ALLY CONDIE

## Caminos cruzados

Ally Condie ha sido profesora de educación secundaria en
los estados de Utah y Nueva York. Actualmente se dedica
exclusivamente a escribir libros para niños y adolescentes,
entre los cuales se encuentra la serie Juntos. Vive en Utah
con su esposo y sus tres hijos.

*Caminos cruzados*

# Caminos cruzados

## ALLY CONDIE

Traducción de Rosa Pérez

Vintage Español
Una división de Random House, Inc.
Nueva York

PRIMERA EDICIÓN VINTAGE ESPAÑOL, NOVIEMBRE 2013

*Copyright de la traducción © 2012 por Rosa Pérez Pérez*

Todos los derechos reservados. Publicado en coedición con Random House
Mondadori, S. A., Barcelona, en los Estados Unidos de América por
Vintage Español, una división de Random House LLC, Nueva York, y en
Canadá por Random House of Canada Limited, Toronto, compañías
Penguin Random House. Originalmente publicado en ingles en EE.UU. como
*Crossed* por Speak, un sello de Penguin Group USA, Nueva York,
en 2011. Copyright © 2011 por Alyson Braithwaite Condie. Esta traducción
fue originalmente publicada en España por Random House Mondadori, S. A.,
Barcelona, en 2012. Copyright de la presente edición para todo el mundo
© 2013 por Random House Mondadori, S. A.

Vintage es una marca registrada y Vintage Español y su colofón son
marcas de Random House LLC.

Información de catalogación de publicaciones disponible en
la Biblioteca del Congreso de los Estados Unidos.

**Vintage ISBN: 978-0-8041-6945-5**

Para venta exclusiva en EE.UU., Canadá, Puerto Rico y Filipinas.

www.vintageespanol.com

Impreso en los Estados Unidos de América

10  9  8  7  6  5  4  3  2  1

*Para Ian,*
*que miró arriba*
*y comenzó a trepar*

*Caminos cruzados*

# No entres dócil en esa buena noche

DYLAN THOMAS

No entres dócil en esa buena noche,
que al final del día debería la vejez arder y delirar;
enfurécete, enfurécete por la muerte de la luz.

Aunque los sabios entienden al final que la tiniebla es lo correcto,
como su verbo ningún rayo ha confiado vigor;
no entran dócilmente en esa buena noche.

Llorando los hombres buenos, al llegar la última ola
por el brillo con que sus frágiles obras pudieron haber danzado en una
[verde bahía,
se enfurecen, se enfurecen ante la muerte de la luz.

Y los locos, que al sol cogieron al vuelo en sus cantares,
y advierten, demasiado tarde, la ofensa que le hacían,
no entran dócilmente en esa buena noche.

Y los hombres graves, que cerca de la muerte con la vista que se apaga
ven que esos ojos ciegos pudieron brillar como meteoros y ser alegres,
se enfurecen, se enfurecen ante la muerte de la luz.

Y tú, padre mío, allá en tu cima triste,

maldíceme o bendíceme con tus fieras lágrimas, lo ruego.

No entres dócilmente en esa buena noche.

Enfurécete, enfurécete ante la muerte de la luz.

# Cruzando la barrera

ALFRED LORD TENNYSON


Estrella vespertina y rojo sol poniente,

¡y una voz desde dentro que me viene a llamar!;

y que el hosco sonido del agua en el rompiente

cese al menos entonces, cuando me haga a la mar.


Que en su lugar aflore marea adormecida,

muy plena, sin espuma ni ruido pertinaz,

cuando aquel que de lo hondo llamado fue a la vida

a su casa retorne sosegado y en paz.


Al caer de la tarde una campana reza,

y después... ya se sabe: ¡total oscuridad!;

y que a nadie le embargue del adiós la tristeza

cuando me embarque solo hacia la eternidad;


Pues aunque el flujo lejos me arrastre mar adentro

y del Tiempo y Espacio se rebase el umbral,

con mi Piloto espero tener un franco encuentro

cuando mi nave cruce el rompiente final.

# Capítulo 1

## Ky

«Estoy de pie en un río. Es azul. Azul oscuro. Refleja el color del cielo nocturno.»

No me muevo. El río, sí. Me lame las piernas y susurra al rozar la hierba que lo bordea.

—Sal de ahí —ordena el militar. Nos enfoca con la linterna desde la orilla.

—Nos ha dicho que dejáramos el cadáver en el agua —objeto, como si le hubiera malinterpretado.

—No he dicho que te metieras tú —aclara—. Déjalo y sal. Y tráeme su abrigo. Ya no lo necesita.

Miro a Vick, que me ayuda con el cadáver. Él no se ha metido en el agua. No es de aquí, pero, en el campamento, todos han oído rumores de que los ríos de las provincias exteriores están envenenados.

—No pasa nada —le digo en voz baja.

Los militares y los funcionarios quieren que nos dé miedo este río, todos los ríos, para que nunca nos atrevamos a beber de ellos ni a cruzarlos.

—¿No quiere una muestra de tejido? —pregunto al militar de la orilla mientras Vick vacila.

El agua fría me llega a las rodillas, y al chico muerto se le cae la cabeza hacia atrás. Sus ojos abiertos están fijos en el cielo. Los muertos no ven, pero yo sí.

Veo demasiadas cosas. Siempre lo he hecho. Mi mente relaciona palabras e imágenes de formas extrañas, y percibo detalles dondequiera que esté. Como ahora. Vick no es cobarde, pero el miedo baña su cara. El chico muerto tiene las mangas deshilachadas y la del brazo que le cuelga se le empapa de agua. Sus finos tobillos y sus pies descalzos están pálidos y relucen en las manos de Vick cuando él se acerca más a la orilla. El militar ya nos ha obligado a quitar las botas al cadáver. Las tiene sujetas por los cordones y las balancea como la negra varilla de un metrónomo. Con la otra mano, me apunta directamente a los ojos con el haz redondo de su linterna.

Le lanzo el abrigo. Él tiene que soltar las botas para cogerlo.

—Puedes soltarlo —digo a Vick—. No pesa. Ya me ocupo yo.

Pero Vick se mete en el río conmigo. Al chico muerto se le mojan las piernas y se le empapa la ropa negra de diario.

—Un banquete final que deja bastante que desear —dice Vick al militar. Percibo rabia en su voz—. ¿Eligió él la cena de anoche? Si lo hizo, merece estar muerto.

Hace tanto tiempo que me permito sentir rabia que no solo la siento. Me llena la boca y me la trago, un sabor ácido y metálico, como si masticara papel de aluminio. Este chico ha muerto porque los militares han calculado mal. No le han dado agua suficiente y ha fallecido antes de tiempo.

Tenemos que ocultar el cadáver porque se supone que no debemos morir en este campamento. Se supone que debemos esperar a que nos trasladen a los pueblos para que el enemigo se encargue de nosotros allí. No siempre ocurre así.

La Sociedad quiere que nos dé miedo morir. Pero yo no tengo miedo. Solo temo hacerlo de la forma equivocada.

—Así es como se van los aberrantes —dice el militar con impaciencia. Da un paso hacia nosotros—. Ya lo sabéis. No hay última cena. Ni últimas palabras. Soltadlo y salid.

«Así es como se van los aberrantes.» Al bajar la vista, advierto que el agua está tan negra como el cielo. No suelto al chico muerto todavía.

Los ciudadanos se van con un banquete. Dicen sus últimas palabras. Les extraen una muestra de tejido para darles la oportunidad de ser inmortales.

No puedo hacer nada con respecto al banquete o la muestra de tejido, pero sí tengo palabras. Siempre ocupan mi pensamiento, mezcladas con las imágenes y los números.

De modo que susurro algunas que me parecen adecuadas para el río y la muerte:

> Pues aunque el flujo lejos me arrastre mar adentro
> y del Tiempo y Espacio se rebase el umbral,
> con mi Piloto espero tener un franco encuentro
> cuando mi nave cruce el rompiente final.

Vick me mira, sorprendido.

—Suéltalo —digo, y ambos lo hacemos a la vez.

## Capítulo 2

## *Cassia*

La tierra es parte de mí. El agua caliente del lavabo del rincón corre por mis manos y me las enrojece, me hace pensar en Ky. Ahora, mis manos se parecen un poco a las suyas.

Naturalmente, casi todo me hace pensar en Ky.

Con una pastilla de jabón que tiene el color de este mes de noviembre, me restriego los dedos una vez más. En ciertos aspectos, la tierra me gusta. Se incrusta en todas las arrugas de mi piel, dibuja un mapa en el dorso de mis manos. Una vez, cuando me sentí muy cansada, miré la cartografía de mi piel e imaginé que podía indicarme el camino hasta Ky.

Ky no está.

La razón de este campo de trabajo, estas manos sucias, este cuerpo fatigado, este corazón triste, es que Ky no está y yo quiero encontrarlo. Y es extraño que la ausencia pueda percibirse como presencia. Como una falta tan honda que, si desapareciera, yo me daría la vuelta aturdida y descubriría que, al final, la habitación está vacía cuando antes al menos tenía algo, aunque no fuera él.

Me aparto del lavabo y recorro la cabaña con la mirada. Por las ventanitas de la parte de arriba solo se cuela oscuridad. Nos trasladan mañana; mi próximo campo será el último. Después, según me han informado, iré a Central, la ciudad más grande de la Sociedad, para ocupar mi puesto de trabajo definitivo en uno de sus centros de clasificación. Una verdadera ocupación, no estos trabajos forzados que me obligan a cavar la tierra. En los tres últimos meses, he pasado por varios campos, pero todos estaban aquí, en la provincia de Tana. No me hallo más cerca de Ky que al principio.

Si voy a escapar para ir a buscarlo, tengo que hacerlo pronto.

Indie, una de las chicas con las que comparto la cabaña, me aparta de camino al lavabo.

—¿Has dejado agua caliente para las demás? —pregunta.

—Sí —respondo.

Ella murmura algo entre dientes mientras abre el grifo y coge el jabón. Algunas chicas hacen cola detrás de ella. Otras se sientan al borde de sus literas, expectantes.

Es el séptimo día, el día que llegan los mensajes.

Con cuidado, abro la bolsita que llevo colgada del cinturón. Todas tenemos una y debemos llevarla siempre encima. La mía está repleta de mensajes; como casi todas mis compañeras, guardo los papeles hasta que están ilegibles. Son como los frágiles pétalos de las neorrosas que Xander me regaló cuando me marché del distrito y que también llevo en la bolsa.

Miro los mensajes antiguos mientras espero. Mis compañeras hacen lo mismo.

Los papeles no tardan en amarillear por los bordes y deshacerse: el objetivo es que las palabras se consuman y se olviden. En su último mensaje, Bram me explica que trabaja duro en las tierras de labranza y es un alumno ejemplar, siempre puntual, y yo me río porque sé que ha exagerado, al menos en lo segundo. Sus palabras también me llenan los ojos de lágrimas: dice que ha visto la microficha de mi abuelo, la que iba en la caja dorada de su banquete final.

El historiador lee un resumen de la vida de nuestro abuelo y, al final de todo, hay una lista de sus recuerdos preferidos —escribe Bram—. Tenía uno de cada uno de nosotros. Su recuerdo preferido de mí era cuando dije mi primera palabra y fue «más». Su recuerdo preferido de ti era lo que él llamaba «el día del jardín rojo».

No estuve muy atenta cuando vimos la microficha el día del banquete: estaba demasiado absorta en el presente de mi abuelo para prestar la debida atención a su pasado. Siempre tuve intención de volver a ver la ficha, pero no lo hice, y ahora me arrepiento. Aun más que eso, me gustaría acordarme del día del jardín rojo. Recuerdo muchos días en un jardín, sentados los dos en un banco, conversando entre capullos rojos en primavera, neorrosas rojas en verano y hojas rojas en otoño. A eso debía de referirse. Puede que Bram lo entendiera mal: mi abuelo recordaba «los días del jardín rojo», en plural. Los días de primavera, verano y otoño que estuvimos sentados conversando.

El mensaje de mis padres parece rebosar alegría: acababan de informarles de que este próximo campo de trabajo iba a ser el último para mí.

Comprendo perfectamente su júbilo. Tenían suficiente fe en el amor para darme la oportunidad de encontrar a Ky, pero no lamentan verla concluir. Los admiro por dejarme intentarlo. Es más de lo que harían la mayoría de los padres.

Voy pasando los papeles mientras pienso en las cartas de una baraja, en Ky. ¿Y si pudiera llegar hasta él con este traslado, quedarme escondida en la aeronave y dejarme caer del cielo como una piedra en las provincias exteriores?

Si lo consiguiera, ¿qué pensaría él si me viera después de tanto tiempo? ¿Me reconocería siquiera? Sé que he cambiado. No son solo mis manos. Pese a las raciones completas de comida, he adelgazado de tanto trabajar. Tengo ojeras porque me cuesta dormir, aunque aquí la Sociedad no controle los sueños de nadie. Me preocupa su falta de interés en nosotras, pero me gusta la nueva sensación de libertad que me procura dormir sin identificadores. Me quedo despierta en la cama, pensando en palabras viejas y nuevas y en un beso robado a la Sociedad cuando no vigilaba. Pero trato de dormirme, con todas mis fuerzas, porque es en sueños como mejor veo a Ky.

Solo podemos ver a otras personas cuando la Sociedad lo permite. En vivo, en el terminal, en una microficha. Antiguamente, los ciudadanos podían llevar consigo fotografías de sus seres queridos. Si las personas habían muerto o se habían ido, al menos recordaban cómo eran. Pero eso no se permite desde hace años. Y ahora la Sociedad incluso ha abolido la tradición de darnos una fotografía de nuestra pareja después de nuestra primera cita cara a cara. Lo sé por uno de los mensajes que no he guardado: una notificación enviada por el Ministerio de Emparejamientos a todos los ciudadanos que habíamos decidido tener pareja. Un párrafo decía: «Los procedimientos que regulan los emparejamientos se están modificando para alcanzar la máxima eficacia y optimizar los resultados».

¿Se habrán cometido otros errores?

Vuelvo a cerrar los ojos y pienso en que ojalá pudiera ver el rostro de Ky delante de mí. Pero, desde hace un tiempo, parece que todas las imágenes que recuerdo estén incompletas, desdibujadas. Me pregunto dónde estará ahora, qué hará, si habrá conseguido conservar el retal de seda verde que le regalé antes de su partida.

Si habrá conseguido conservar mi recuerdo.

Saco otra clase de papel y lo despliego con cuidado encima de la litera. Llevaba pegado un pétalo de neorrosa que tiene su mismo tacto y también ha amarilleado por los bordes.

La chica que ocupa la litera contigua a la mía se da cuenta de lo que hago, de modo que bajo a la litera inferior. Mis compañeras se reúnen alrededor de mí, como hacen siempre que saco esta hoja. No puedo meterme en un lío por guardar esto: de hecho, no es nada ilegal ni de contrabando. Se imprimió en un terminal reglamentario. Pero aquí no podemos imprimir nada aparte de mensajes. Por eso ha adquirido tanto valor este retazo de arte.

—Seguramente, ya no podremos mirarlo más —advierto—. Está casi deshecho.

—No se me ocurrió traerme ninguno de los Cien Cuadros —se lamenta Lin mientras lo mira.

—Ni a mí —digo—. Me lo regalaron.

Lo hizo Xander, en el distrito, el día que nos dijimos adiós. Es el cuadro número diecinueve de los Cien Cuadros, *Abismo del Colorado* de Thomas Moran, sobre el que hice una disertación en clase. Entonces dije que era mi cuadro preferido y, después de tantos años, Xander aún debía de recordarlo. El cuadro me asustaba y me emocionaba de una forma difícil de precisar por la espectacularidad de su cielo, la belleza de su abrupto paisaje, su abundancia de cumbres y abismos. La inmensidad de un lugar como aquel me daba miedo, pero, al mismo tiempo, lamentaba que no fuera a verlo jamás: árboles verdes aferrados a rocas rojas, nubes azules y grises detenidas en su avance, un estallido de tonalidades doradas y oscuras.

Me pregunto si mi voz dejó traslucir parte de aquel anhelo cuando hablé del cuadro. Si Xander se dio cuenta y se acordaba. Xander sigue jugando sus cartas de un modo sutil. Este cuadro es una de sus bazas. Ahora, cuando veo el cuadro o toco uno de los pétalos de neorrosa, recuerdo lo próximo que lo sentía y cuánto sabía de mí y lamento haber tenido que renunciar a él.

No me he equivocado al decir que esta podía ser la última vez que mirábamos el cuadro. Cuando lo recojo, se deshace. Todas suspiramos, a la vez, y nuestras exhalaciones conjuntas crean una corriente de aire que levanta los fragmentos.

—Podríamos ir a ver el cuadro en el terminal —sugiero. El único terminal del campo zumba en la sala principal, grande y vigilante.

—No —dice Indie—. Es demasiado tarde.

Es cierto; no podemos salir de la cabaña después de cenar.

—Pues mañana, durante el desayuno —propongo.

Indie hace un gesto desdeñoso y vuelve la cara. Tiene razón. No sé por qué, pero no es lo mismo. Al principio, pensé que tener el cuadro era lo que lo hacía especial, pero ni tan siquiera es eso. Es mirar algo sin que nadie nos vigile, sin que nadie nos diga cómo hacerlo. Eso es lo que nos ha dado el cuadro.

No sé por qué no llevé nunca cuadros o poemas encima antes de venir aquí. Todo aquel papel de los terminales, todo aquel lujo. Tantas obras de arte meticulosamente seleccionadas y, aun así, no las mirábamos lo suficiente. ¿Cómo es posible que no me diera cuenta de que la vegetación próxima al cañón era tan nueva que casi se palpaba la lisura de las hojas, su viscosidad, como alas de mariposa al abrirse por vez primera?

De un manotazo, Indie tira los pedazos al suelo. Ni siquiera ha mirado. Así es como sé que le duele perder el cuadro, porque sabía exactamente dónde estaban sus fragmentos.

Los llevo al incinerador con lágrimas en los ojos.

«No pasa nada —me digo—. Te quedan otras cosas, palpables, escondidas debajo de los mensajes y los pétalos. El pastillero. La caja plateada del banquete de emparejamiento.»

«La brújula de Ky y las pastillas azules de Xander.»

No suelo llevar la brújula ni las pastillas en la bolsa. Son demasiado valiosas. No sé si los militares registran mis cosas, pero estoy segura de que mis compañeras lo hacen.

Así pues, el día que llego a un campo, saco la brújula y las pastillas azules, las entierro bien hondo y vuelvo a buscarlas más adelante. Aparte de ser ilegales, ambas son valiosos regalos: la brújula, dorada y reluciente, me indica en qué dirección necesito ir. Y la Sociedad siempre nos has dicho que, tomada con agua, la pastilla azul mantiene a una persona con vida durante uno o dos días. Xander robó varias para mí; yo podría vivir mucho tiempo. Juntos, los regalos son la combinación ideal para sobrevivir.

Ojalá pudiera ir a las provincias exteriores para utilizarlos.

En noches como la de hoy, la noche previa a un traslado, tengo que regresar al lugar donde las he enterrado y esperar que la memoria no me falle. Esta noche he sido la última en entrar, con las manos manchadas de una tierra oscura que pertenece a una parte distinta del sembrado. Por eso me las he lavado enseguida, y espero que In-die no lo haya visto con sus ojos de lince mientras estaba detrás de mí. También espero que no caiga ningún resto de tierra de la bolsa y que nadie oiga el repique, tan bello como una promesa, cuando la caja plateada y la brújula chocan entre sí y con el pastillero.

En estos campos trato de ocultar mi condición de ciudadana al resto de las trabajadoras. Aunque la Sociedad suele mantener nues-tro estatus en secreto, he oído conversaciones entre algunas de las chicas sobre tener que entregar sus pastilleros. Lo cual significa que, por algún motivo, sea por sus propios errores o por los de sus pa-dres, algunas han perdido su ciudadanía. Son aberrantes, como Ky.

Solo hay una categoría inferior a los aberrantes: los anómalos. Pero ya no se oye hablar de ellos casi nunca. Parece que se hayan es-fumado. Y ahora creo que, cuando los anómalos desaparecieron, los aberrantes ocuparon su lugar, al menos en la mente colectiva de la Sociedad.

En Oria, nadie hablaba de las reglas de reclasificación y, durante un tiempo, temí poder provocar la reclasificación de mi familia. Pero ahora he deducido las reglas a partir de la historia de Ky y escuchan-do las conversaciones de mis compañeras sin que ellas se enteren.

Las reglas dictan que si un progenitor es reclasificado, también lo es toda la familia.

Pero si uno de los hijos es reclasificado, la familia no lo es. El hijo es el único que carga con el peso de la infracción.

A Ky lo reclasificaron por su padre. Y después lo trasladaron a Oria cuando murió el primer hijo de los Markham. Ahora veo lo excepcional que fue su situación, que solo pudo salir de las provin-cias exteriores porque otra persona murió y que Patrick y Aida podrían haber sido incluso más influyentes de lo que ninguno de nosotros imaginaba. ¿Qué habrá sido de ellos? Se me hiela la sangre cuando lo pienso.

Pero me recuerdo que huir para encontrar a Ky no destruirá a mi familia. Puede provocar mi reclasificación, pero no la suya.

Me aferro a eso: a la idea de que mi familia no va a correr peligro, ni tampoco Xander, vaya donde yo vaya.

—Mensajes —dice la militar al entrar en la cabaña. Es la que tiene la voz aguda y la mirada amable. Asiente y comienza a leer los nombres—. Mira Waring.

Mira da un paso al frente. Todas la observamos y contamos. Ha recibido tres mensajes, como de costumbre. La militar imprime y lee las hojas antes de entregárnoslas para que no tengamos que hacer cola delante del terminal.

No hay nada para Indie.

Y solo hay un mensaje para mí, uno conjunto de mis padres y Bram. Nada de Xander. Es la primera vez que se salta una semana.

«¿Qué ha pasado?» Estrujo mi bolsa y oigo cómo se arrugan los papeles que contiene.

—Cassia —dice la militar—. Por favor, acompáñame a la sala principal. Tenemos una comunicación para ti.

Mis compañeras me miran con cara de sorpresa.

Me estremezco de la cabeza a los pies. Sé quién debe de ser. Mi funcionaria en el terminal, para controlarme.

Veo su rostro con claridad, todas sus gélidas facciones.

No quiero ir.

—Cassia —repite la militar.

Me vuelvo para mirar a mis compañeras y la cabaña, que de golpe me parece cálida y acogedora, antes de ponerme de pie y seguirla. Ella entra en la sala principal y me acompaña hasta el terminal. Oigo su zumbido desde que cruzo la puerta.

Mantengo la mirada baja un momento antes de dirigirla al terminal. Compón la cara, las manos, los ojos. Míralos de forma que no puedan ver dentro de ti.

—Cassia —dice otra persona, una voz que conozco.

Alzo la vista y no doy crédito a mis ojos.

«Está aquí.»

La pantalla del terminal está en blanco y lo tengo delante de mí, en carne y hueso.

«Está aquí.»

Sano y salvo.

«Aquí.»

No viene solo (lo acompaña un funcionario), pero, aun así, está…

«Aquí.»

Me llevo las manos enrojecidas y cartografiadas a los ojos porque la emoción casi me hiere la vista.

—Xander —digo.

## Capítulo 3

### *Ky*


Ya hace un mes y medio que dejamos aquel chico en el agua. Ahora estoy escondido en un hoyo mientras el cielo escupe fuego.

«Es una canción», me digo, como hago siempre. El bajo de la artillería pesada, el soprano de los gritos, el tenor de mi miedo. Todo es parte de la música.

«No trates de huir.» También se lo he dicho a los demás, pero los señuelos nuevos nunca me hacen caso. Aún se creen lo que la Sociedad les ha explicado de camino aquí. «Cumplid vuestra condena en los pueblos y en seis meses volveréis a estar en casa. Volveréis a ser ciudadanos.»

Nadie dura seis meses.

Cuando salga de este hoyo, habrá edificios calcinados y salvia reducida a cenizas. Cadáveres quemados diseminados por la anaranjada tierra arenisca.

La canción se interrumpe y suelto una palabrota. Las aeronaves se marchan. Sé adónde se dirigen.

Esta madrugada, he oído pisadas de botas en la escarcha. No me he dado la vuelta para ver quién me había seguido hasta las afueras del pueblo.

—¿Qué haces? —me ha preguntado. No he reconocido la voz, pero eso no significa nada.

El campo no deja de mandarnos señuelos nuevos. Últimamente, cada vez morimos más deprisa en los pueblos.

Incluso antes de que me obligaran a subir a aquel tren en Oria, sabía que la Sociedad jamás nos destinaría al combate. Ya tiene abundante tecnología y numerosos militares adiestrados para ese fin. Personas que no son ni aberrantes ni anómalos.

Lo que la Sociedad necesita, lo que nosotros somos para ella, son cuerpos. Señuelos. Nos traslada. Nos coloca donde quiera que haga falta más gente para distraer al enemigo. Quiere hacerle creer que las provincias exteriores aún están habitadas y son viables, aunque las únicas personas que he visto aquí sean señuelos como nosotros, depositados por aeronaves con lo justo para seguir con vida hasta ser derribados por el enemigo.

Nadie regresa a casa.

Salvo yo. Yo he regresado a casa. Las provincias exteriores son mi tierra natal.

—La nieve —he dicho al señuelo nuevo—. Miro la nieve.

—Aquí no nieva —se ha mofado.

No he respondido. He seguido mirando la meseta más próxima. Es un espectáculo digno de ver, nieve blanca sobre rocas rojas. Mientras se derrite, se torna cristalina y se inunda de arcoíris. No es la primera vez que veo nieve en una meseta. Es hermoso, su modo de tapizar las plantas muertas en invierno.

Detrás de mí, he oído que el chico daba media vuelta y corría al campo.

—¡Mirad esa meseta! —ha exclamado, y los otros señuelos se han despertado y han reaccionado con el mismo entusiasmo.

—¡Subimos a coger la nieve, Ky! —me ha gritado uno al cabo de un momento—. Ven con nosotros.

—No lo conseguiréis —he dicho—. Ya estará derretida.

Pero nadie me ha hecho caso. Los funcionarios aún nos hacen pasar sed, y la poca agua que nos dan sabe a cantimplora. El río más próximo está envenenado y no llueve a menudo.

Un trago de agua limpia y fría. Comprendo por qué querían ir.

—¿Estás seguro? —me ha preguntado uno, y he vuelto a asentir.

—¡¿Vienes, Vick?! —ha gritado otro.

Vick se ha puesto de pie, se ha protegido los fríos ojos azules con una mano y ha escupido en la salvia cubierta de rocío.

—No —ha respondido—. Ky dice que se derretirá antes de que lleguemos. Y tenemos tumbas que cavar.

—Siempre nos haces cavar —se ha quejado uno de los señuelos—. Se supone que somos campesinos. Es lo que dice la Sociedad. —Tenía razón. La Sociedad quiere que utilicemos las palas y las semillas de los cobertizos para sembrar los campos y dejemos los cadáveres donde están. He oído decir a otros señuelos que es lo que hacen en los demás pueblos. Dejar los cadáveres a merced de la Sociedad, el enemigo o los animales carroñeros.

Pero Vick y yo enterramos a los muertos. Empezamos con el chico del río y, de momento, nadie nos lo ha prohibido.

Vick se ha reído, una risa glacial. En ausencia de funcionarios o militares, se ha convertido en el líder extraoficial y, en ocasiones, los otros señuelos olvidan que, en realidad, no tiene ningún poder dentro de la Sociedad. Olvidan que también es un aberrante.

—Yo no os hago hacer nada. Ni tampoco Ky. Vosotros sabéis quién manda aquí, y si queréis poneros en peligro yendo ahí, yo no voy a deteneros.

El grupo de señuelos ha subido a la meseta mientras también lo hacía el sol. Los he observado durante un rato. Debido a su ropa negra de diario y a la distancia, parecían un enjambre de hormigas trepando por una colina. Después, me he dirigido al cementerio para cavar las tumbas de los señuelos derribados en el ataque aéreo de ayer.

Vick y el resto han trabajado junto a mí. Teníamos siete hoyos que cavar. No demasiados, teniendo en cuenta la intensidad del ataque aéreo y el hecho de que habrían podido perderse hasta un centenar de vidas.

He permanecido de espaldas a los señuelos que subían a la meseta para no tener que ver que ya no quedaba nieve cuando llegaran. Solo perdían el tiempo subiendo hasta allí.

También yo lo pierdo pensando en personas ausentes. Y, a juzgar por cómo van aquí las cosas, ya no me queda mucho.

Pero no puedo evitarlo.

La primera noche que pasé en el distrito de los Arces, miré por la ventana de mi nueva habitación y no hubo ni una sola cosa que me resultara familiar o me recordara mi tierra. Así que dejé de mirar. Entonces entró Aida y su parecido con mi madre, pese a ser lejano, me permitió volver a respirar.

Aida me enseñó la brújula que llevaba en la mano.

—Nuestros padres solo tenían una reliquia, y dos hijas. Tu madre y yo decidimos que la tendríamos por turnos, pero ella nos ha dejado. —Me abrió la mano y me puso la brújula en la palma—. Teníamos la misma reliquia. Y ahora tenemos el mismo hijo. Es para ti.

—No puedo aceptarla —objeté—. Soy un aberrante. No nos permiten tener esta clase de cosas.

—Da lo mismo —dijo—. Es tuya.

Más adelante, se la regalé a Cassia y ella me regaló su retal de seda verde. Yo sabía que algún día me lo arrebatarían. Sabía que no podría conservarlo. Por eso, la última vez que bajamos de la Loma, me detuve para atarlo a un árbol. Con rapidez, para que ella no se diera cuenta.

Me gusta imaginarlo en la cima de la Loma, expuesto al viento y la lluvia.

Porque, al final, no siempre podemos decidir con qué nos quedamos. Solo podemos decidir cómo desprendernos de ello.

Cassia.

Pensaba en ella cuando he visto la nieve. Pensaba: «Podríamos subir ahí. Aunque se derritiera toda. Nos sentaríamos a escribir palabras en la tierra todavía húmeda. Podríamos hacerlo, si no te hubieras marchado».

«Aunque —he recordado— no eres tú la que se ha ido. Sino yo.»


Una bota aparece al borde de la tumba. Sé a quién pertenece por las muescas del borde de la suela, un método que algunos señuelos utilizan para llevar la cuenta del tiempo que han sobrevivido. Nadie más tiene tantas muescas, tantos días contados.

—No estás muerto —observa Vick.

—No —digo mientras salgo del hoyo. Escupo tierra y cojo la pala.

Vick cava junto a mí. Ninguno de los dos habla de los muertos que no podremos enterrar hoy. Los que trataban de alcanzar la nieve.

Oigo a los señuelos en el pueblo, hablando a gritos.

—Aquí hay otros tres muertos —nos informan, y se quedan callados cuando miran hacia la meseta.

Ni uno solo de los señuelos que han subido regresará. Me sorprendo deseando lo imposible, que al menos hayan saciado su sed antes del ataque aéreo. Que tuvieran la boca llena de nieve limpia y fría al morir.

# Capítulo 4

## *Cassia*

Xander, aquí, delante de mí. Pelo rubio, ojos azules, una sonrisa tan cálida que no puedo evitar acercarme a él incluso antes de que el funcionario nos haya dado permiso para tocarnos.

—Cassia —susurra él, y tampoco espera. Me atrae hacia sí y nos fundimos en un abrazo. Ni tan siquiera evito enterrar la cara en su pecho, en su ropa, que huele a mi hogar y a él.

—Te he echado de menos —añade, y su voz retumba por encima de mi cabeza. Parece más grave. Y él, más fuerte.

Estar juntos es una sensación tan maravillosa que me echo hacia atrás, le cojo la cara entre las manos, se la acerco a la mía y lo beso en la mejilla, peligrosamente cerca de la boca. Cuando me separo, los dos tenemos lágrimas en los ojos. Ver a Xander lloroso es tan poco habitual que se me corta la respiración.

—Yo más —digo, y me pregunto cuánta parte de mi dolor se debe a que también lo he perdido a él.

El funcionario sonríe. A nuestro reencuentro no le falta de nada. Se retira un poco, con discreción, para darnos espacio, y escribe unas líneas en su terminal portátil. Probablemente, algo parecido a: «Ambos individuos han tenido una reacción apropiada al verse».

—¿Por qué? —pregunto a Xander—. ¿Por qué estás aquí? —Aunque verlo es maravilloso, casi lo es demasiado. ¿Es esta otra prueba de mi funcionaria?

—Llevamos cinco meses emparejados —responde—. Todas las parejas que se formaron en nuestro mes están teniendo su primera cita cara a cara. El Ministerio todavía no ha eliminado eso. —Me sonríe con una cierta tristeza en la mirada—. Yo alegué que, como nosotros ya no vivimos cerca, también nos merecíamos una cita. Y es costumbre verse donde vive la chica.

No ha dicho «en casa de la chica». Lo comprende. Tiene razón. Vivo aquí. Pero este campo no es mi casa. Podría serlo Oria, porque es donde vive él, y también Em, porque es donde yo nací. Aunque nunca he vivido en los territorios agrarios de la provincia de Keya, también podría considerarlos mi casa porque son el nuevo hogar de mis padres y Bram.

Y existe un lugar donde vive Ky que considero mi casa, aunque no pueda nombrarlo ni conozca su ubicación.

Xander me coge la mano.

—Nos dejan ir a dar una vuelta —dice—. Si a ti te apetece.

—Por supuesto —respondo entre risas; no puedo evitarlo.

Hace unos minutos, estaba lavándome las manos y sintiéndome sola, y ahora tengo a Xander conmigo. Es como si hubiera pasado por delante de las ventanas iluminadas de una casa del distrito, fingiendo que no me importa lo que he dejado atrás, y, de golpe, me encontrara en esa habitación bañada de cálida luz dorada sin haber siquiera alzado la mano para abrir la puerta.

El funcionario nos señala la salida y advierto que no es el mismo que nos acompañó cuando cenamos en el comedor privado del distrito. Aquello fue un arreglo especial para Xander y para mí, en lugar de nuestra primera comunicación a través del terminal, porque ya nos conocíamos. El que nos acompañó esa noche era joven. Este también lo es, pero parece más amable. Se percata de mi mirada y me saluda con la cabeza, un gesto grave y cortés pero, de algún modo, afectuoso.

—Ya no asignan funcionarios específicos a cada pareja —me aclara—. Es más eficaz.

—Ya es muy tarde para cenar —dice Xander—. Pero podemos acercarnos al centro. ¿Adónde te apetece ir?

—Ni siquiera sé qué hay —respondo.

Tengo un vago recuerdo de cuando llegué a la ciudad en el tren de largo recorrido y caminé por la calle hasta el transporte que nos trajo al campo. Recuerdo unos árboles cuyas escasas hojas rojas y doradas parecían encender el cielo. Pero ¿se trataba de esta ciudad o de otra próxima a un campo distinto? Si las hojas tenían unos colores tan vivos, el otoño no podía estar tan avanzado como ahora.

—Aquí es todo más pequeño —dice Xander—. Pero tienen lo mismo que en nuestro distrito: un auditorio, un centro recreativo, un par de cines.

Un cine. Llevo mucho tiempo sin ver una proyección. Por un instante, creo que me decidiré por eso; incluso abro la boca para decirlo. Imagino que la sala se queda a oscuras y el corazón comienza a palpitarme mientras aguardo a que aparezcan imágenes en la pantalla y suene música por los altavoces. Pero me acuerdo del ataque aéreo y de las lágrimas en los ojos de Ky cuando las luces se encendieron, y me asalta otro recuerdo.

—¿Tienen un museo?

A Xander le brillan los ojos, pero no sé por qué. ¿Está contento? ¿Sorprendido? Me acerco más para tratar de averiguarlo: él no suele ser un misterio para mí. Es franco, honesto, un relato que me fascina cada vez que lo releo. Pero, en este momento, no sé qué piensa.

—Sí —responde.

—Me gustaría ir al museo —digo—, si te parece bien.

Asiente.

Hay una buena caminata hasta el centro y el olor a campo lo impregna todo: leña ardiendo, aire fresco y manzanas fermentando para elaborar sidra. Siento un inesperado afecto por este lugar que sé que guarda relación con el chico que me acompaña. Xander siempre mejora los lugares, a las personas. La noche tiene un sabor agridulce a lo que pudo ser y no fue y, cuando Xander me mira bajo la cálida luz de una farola, contengo el aliento. En sus ojos veo que aún no lo ha dado todo por perdido.


El museo solo tiene una planta y el corazón se me encoge. Es minúsculo. ¿Y si aquí las cosas no son como en Oria?

—Cerramos en media hora —dice el empleado. Su raído uniforme parece a punto de abrirse por las costuras, y él tiene el mismo aspecto. Desliza las manos por la mesa y nos acerca un terminal portátil—. Escriban sus nombres —añade, y nosotros lo hacemos después del funcionario. Visto de cerca, parece tener la misma mirada hastiada que el empleado del museo.

—Gracias —digo, después de escribir mi nombre y acercarle el terminal portátil por la mesa.

—No hay mucho que ver —comenta.

—No importa —respondo.

Me pregunto si a nuestro funcionario le ha extrañado que haya decidido venir aquí, pero, para mi sorpresa, se aleja casi de inmediato cuando entramos en la sala principal. Parece que quiera darnos espacio para que hablemos a solas. Se dirige a una vitrina acristalada, se inclina hacia delante y se lleva las manos a la espalda con una naturalidad que es casi elegante. Un funcionario amable. Por supuesto que los hay. Mi abuelo fue uno.

Me invade un gran alivio cuando encuentro lo que busco casi de inmediato: un mapa acristalado de la Sociedad. Ocupa el centro de la sala.

—Ahí está —digo a Xander—. ¿Vamos a verlo?

Él asiente. Mientras leo los nombres de los ríos, ciudades y provincias, se coloca a mi lado y se pasa la mano por el pelo. A diferencia de Ky, que se queda quieto en lugares como este, Xander siempre realiza una serie de seguros movimientos, una breve secuencia de gestos. Es lo que lo hace tan eficaz cuando juega: su forma de enarcar las cejas, de sonreír, de mover constantemente las cartas.

—Hace tiempo que no renuevan la exposición —dice una voz detrás de nosotros, y yo me sobresalto. Es el hombre de la entrada. Miro alrededor en busca de otro empleado. Él se da cuenta y sonríe casi con pesar—. Los demás están en la parte de atrás, cerrando. Si queréis saber alguna cosa, solo estoy yo.

Lanzo una mirada a nuestro funcionario. Sigue delante de la vitrina más próxima a la entrada y parece absorto en su contenido. Miro a Xander y trato de transmitirle un mensaje con el pensamiento. «Por favor.»

Por un momento, creo que no me ha entendido o no quiere hacerlo. Noto que me aprieta la mano y veo que endurece la mirada y tensa un poco la mandíbula. Pero, poco después, la expresión se le dulcifica y asiente.

—Date prisa —dice. Me suelta la mano y se dirige al otro extremo de la sala para hacer compañía al funcionario.

Tengo que intentarlo, aunque no creo que este hombre cansado de pelo gris tenga respuestas para mí y mis esperanzas parezcan estar desvaneciéndose.

—Quiero saber más cosas de la gloriosa historia de la provincia de Tana.

Una pausa. Un latido.

El hombre respira y comienza a hablar.

—La provincia de Tana tiene una bella geografía y también es famosa por su agricultura —dice, con voz apagada.

«No sabe nada.» Se me encoge el corazón. En Oria, Ky me dijo que los poemas que me regaló mi abuelo podían ser valiosos y que preguntar por la historia de la provincia era una forma de comunicar a los archivistas la intención de hacer tratos con ellos. Esperaba que aquí fuera igual. Ha sido una estupidez. A lo mejor no hay archivistas en Tana y, si los hay, deben de tener mejores ocupaciones que esperar a que este patético museo cierre sus puertas hasta mañana.

El empleado continúa.

—Antes de la Sociedad, había inundaciones periódicas en Tana provocadas por las mareas, pero ya llevan muchos años controladas. Somos una de las provincias agrícolas más productivas de la Sociedad.

No me vuelvo para mirar a Xander. Ni al funcionario. Solo miro el mapa que tengo delante. Ya he tratado de hacer esto una vez y tampoco dio resultado. Pero entonces se debió a que no pude despojarme del poema que Ky y yo compartíamos.

Advierto que el empleado ha dejado de hablar. Me mira a los ojos.

—¿Alguna cosa más? —pregunta.

Debería darme por vencida. Debería sonreír, volver con Xander y olvidarme de esto, aceptar que el empleado no sabe nada y pasar página. Pero, por alguna razón, pienso de golpe en una de las hojas rojas de aquellos árboles casi pelados. Respiro. La hoja cae.

—Sí —respondo en voz baja.

Mi abuelo me regaló dos poemas. A Ky y a mí nos gustó mucho el de Thomas, pero también había uno de Tennyson, que es el que ahora me viene a la memoria. No lo recuerdo todo, pero sí una estrofa, con mucha claridad, como si siempre la hubiera llevado escrita en el pensamiento. Quizá me la haya recordado el empleado al mencionar las inundaciones provocadas por las mareas:

> Pues aunque el flujo lejos me arrastre mar adentro
> y del Tiempo y Espacio se rebase el umbral,
> con mi Piloto espero tener un franco encuentro
> cuando mi nave cruce el rompiente final.

Mientras susurro las palabras, el empleado cambia de cara. Se torna sagaz, se espabila, revive. Parece que la memoria no me ha fallado.

—Es un poema interesante —dice—. Creo que no es uno de los Cien.

—No —confirmo. Me tiemblan las manos y me atrevo a abrigar de nuevo esperanzas—. Pero aún tiene algún valor.

—Me temo que no —dice—. A menos que tengas el original.

—No —respondo—. Fue destruido. —Lo destruí yo. Recuerdo el momento en la biblioteca en ruinas y cómo el papel danzó en el aire antes de caer para ser pasto de las llamas.

—Lo siento —dice, y me parece sincero—. ¿Por qué esperabas intercambiarlo? —pregunta, con cierta curiosidad en la voz.

Señalo las provincias exteriores.

—Sé que están llevando a los aberrantes ahí —susurro—. Pero quiero saber adónde exactamente, y cómo ir. Un mapa.

El empleado niega con la cabeza. «No.»

¿No me lo puede decir? ¿O no quiere?

—Tengo otra cosa —digo.

Me vuelvo del todo para que ni Xander ni el funcionario me vean las manos. Meto una en la bolsa. Palpo el papel de aluminio de las pastillas y la dura superficie de la brújula y vacilo.

«¿Qué debo intercambiar?»

Me siento aturdida, confusa, recordando la vez que tuve que clasificar a Ky. El vapor del recinto, el sudor, la agonía de tener que decidir…

«No te precipites», me digo. Miro a Xander de soslayo y, por un instante, veo el azul de sus ojos antes de que él se vuelva otra vez hacia el funcionario. Recuerdo a Ky mirándome desde el andén del tren aéreo antes de que se lo llevaran y vuelve a atenazarme la angustia de que el tiempo se me agota.

Me decido y saco el objeto que quiero intercambiar. Lo sostengo a la altura justa para que el empleado lo vea mientras intento que no me tiemblen las manos y convencerme de que puedo renunciar a él.

Él sonríe y asiente.

—Sí —dice—. Esto sí tiene algún valor. Pero tardaría días, incluso semanas, en conseguir lo que quieres.

—Solo tengo esta noche —aclaro.

Antes de que pueda decir nada más, el empleado coge el objeto y me deja la mano vacía—. ¿Adónde vais después?

—Al auditorio —respondo.

—Mira debajo de la butaca cuando te marches —susurra—. Haré todo lo posible. —Las luces del techo se apagan. También lo hacen sus ojos antes de añadir, en el mismo tono neutro del principio—: Estamos cerrando. Tendréis que marcharos.


Xander se inclina hacia mí mientras suena la música.

—¿Has conseguido lo que querías? —pregunta en voz baja. Tiene la voz grave y su respiración me acaricia el cuello.

Sentado a su otro lado, el funcionario mira al frente. Tamborilea con los dedos en el brazo de su butaca al son de la música.

—Todavía no lo sé —respondo. El archivista ha dicho que no mirara debajo de la butaca hasta que me fuera, pero aún me tienta hacerlo antes—. Gracias por ayudarme.

—Para eso estoy —dice Xander.

—Lo sé —admito. Recuerdo los regalos que me ha hecho: el cuadro, las pastillas azules, ordenadas en sus compartimientos. Me doy cuenta de que incluso me hizo el favor de guardarme la brújula, el regalo de Ky, el día que nos confiscaron las reliquias en el distrito.

—Pero no lo sabes todo de mí —dice. Una sonrisa traviesa le ilumina el rostro.

Observo mi mano envuelta en la suya, su pulgar, que me acaricia la piel, antes de mirarlo de nuevo a los ojos. Aunque sigue sonriendo, su expresión ha adquirido una cierta seriedad.

—No —admito—. Es cierto.

Seguimos cogidos de la mano. La música de la Sociedad nos ahoga con su abrazo, pero jamás podrá influir en nuestros pensamientos.

Cuando me levanto, paso la mano por debajo de la butaca. Hay algo, un papel doblado, que se separa con facilidad cuando tiro de él. Aunque quiero mirarlo ya, me lo meto en el bolsillo con disimulo, preguntándome qué tengo, qué he intercambiado.

El funcionario regresa con nosotros a la sala principal del campo. Al entrar, la recorre con la vista, se fija en las largas mesas y el gigantesco terminal y, cuando me mira, creo percibir lástima en sus ojos. Levanto el mentón.

—Tenéis diez minutos para despediros —dice. Su voz, una vez en el campo, es más severa. Saca su terminal portátil y saluda con la cabeza al militar que aguarda para llevarme a mi cabaña.

Xander y yo inspiramos a la vez y nos echamos a reír. Me gusta oír el eco de nuestras risas en la sala casi vacía.

—¿Qué ha estado mirando tanto rato? —pregunto a Xander después de señalar al funcionario con la cabeza.

—Una vitrina sobre la historia de los emparejamientos —responde en voz baja. Me mira como si yo debiera leer entre líneas, pero no lo hago. No he prestado suficiente atención al funcionario.

—Nueve minutos —nos advierte él sin mirarnos.

—Sigo sin poder creerme que te hayan dejado venir —digo a Xander—. Me alegro de que lo hayan hecho.

—Me venía de paso —explica—. Me marcho de Oria. Solo estoy en Tana de camino a la provincia de Camas.

—¿Qué? —Parpadeo, sorprendida.

Camas es una de las provincias fronterizas, situadas justo al lado de las provincias exteriores. Me siento extrañamente desubicada. Por mucho que me guste mirar las estrellas, jamás he aprendido a guiarme por ellas. Mi rumbo está trazado por personas: Xander, un punto en el mapa; mis padres, otro; Ky, mi destino final. Cuando Xander se mueve, toda mi geografía cambia.

—Ya tengo mi puesto de trabajo definitivo —dice—. Está en Central. Como el tuyo. Pero quieren que antes adquiera experiencia en las provincias fronterizas.

—¿Por qué? —pregunto en voz baja.

Su tono es grave.

—Hay aspectos de mi trabajo que no puedo aprender en ningún otro sitio.

—Y luego irás a Central —digo. La idea de que Xander vaya a Central me parece lógica e irrebatible. Es obvio que su sitio está en la capital de la Sociedad. Es obvio que lo han destinado allí porque han visto su potencial—. Así que nos dejas.

Por un momento, me mira con una expresión que podría ser enfado.

—¿Tienes idea de qué se siente cuando te dejan?

—Claro que sí —respondo, herida.

—No —dice—. No como te dejó Ky. Él no quería irse. ¿Sabes qué se siente cuando alguien decide dejarte?

—Yo no decidí dejarte. Nos reubicaron.

Xander exhala.

—Sigues sin entenderlo —dice—. Tú me dejaste antes de marcharte de Oria. —Lanza una mirada al funcionario. Cuando vuelve a clavarlos en mí, sus ojos azules están serios. Ha cambiado desde la última vez que lo vi. Se ha endurecido. Se ha vuelto más cauto.

Más parecido a Ky.

Ahora le entiendo. Para él, comencé a dejarlo cuando elegí a Ky.

Mira nuestras manos, que siguen entrelazadas.

Yo sigo sus ojos. Sus manos son fuertes y tienen los nudillos ásperos. No sabe escribir, pero es rápido y seguro con ellas cuando juega y maneja las cartas. Este contacto físico, pese a no ser con Ky, continúa siendo con una persona que quiero. Me agarro a Xander como si no fuera a soltarlo nunca, y hay una parte de mí que no quiere hacerlo.

Hace fresco en la sala principal y tirito. ¿Estamos a finales de otoño? ¿A principios de invierno? No lo sé. La Sociedad, con sus cultivos introducidos, ha desdibujado la línea entre las estaciones, entre cuándo sembrar y cosechar y cuándo sentarse a descansar. Xander me suelta las manos, se inclina sobre mí y me mira con intensidad. Me descubro fijándome en su boca, recordando el beso que nos dimos en el distrito, aquel beso tierno e inocente antes de que todo cambiara. Creo que ahora nos besaríamos de otra forma.

Con un susurro que me acaricia la clavícula, me pregunta:

—¿Aún quieres ir a buscarlo a las provincias exteriores?

—Sí —respondo.

El funcionario nos informa de la hora. Solo nos quedan unos minutos. Xander sonríe de manera forzada y trata de adoptar un tono ligero.

—¿Es eso lo que quieres? ¿Quieres a Ky, a cualquier precio?

—Casi imagino las palabras que el funcionario escribe en su terminal portátil mientras nos observa: «La novia ha manifestado cierta agitación poco después de que el novio le haya hablado de su traslado a Camas. El novio ha podido consolarla».

—No —respondo—. A cualquier precio, no.

Xander respira hondo.

—¿Y hasta dónde piensas llegar? ¿A qué no estás dispuesta a renunciar?

Trago saliva.

—A mi familia.

—Pero no te importa renunciar a mí —dice. Tensa la mandíbula y mira a otra parte. «Vuelve a mirarme —pienso—. ¿No sabes que también te quiero a ti? ¿Que eres mi amigo desde hace años? ¿Que, en ciertos aspectos, aún siento que somos pareja?»

—No —susurro—. No pienso renunciar a ti. Mira. —Y me arriesgo. Abro la bolsa y le enseño lo que aún contiene, lo que he conservado. Las pastillas azules. Aunque me las dio para que encontrara a Ky, siguen siendo su regalo.

Pone los ojos como platos.

—¿Has intercambiado la brújula de Ky?

—Sí —respondo.

Sonríe y en su expresión percibo sorpresa, astucia y felicidad. Lo he sorprendido, y también me he sorprendido a mí. Lo quiero de un modo que quizá sea más complejo de lo que yo pensaba.

Pero es a Ky a quien debo encontrar.

—Ya es la hora —anuncia el funcionario. El militar me mira.

—Adiós —digo a Xander con voz entrecortada.

—No lo creo —replica, y se agacha para besarme como yo le he besado antes, justo al lado de la boca. Si uno de los dos se moviera un poco, todo cambiaría.

# Capítulo 5

## *Ky*

Vick y yo cogemos uno de los cadáveres y lo llevamos a una tumba. Recito las palabras que ahora digo por todos los muertos:

> Pues aunque el flujo lejos me arrastre mar adentro
> y del Tiempo y Espacio se rebase el umbral,
> con mi Piloto espero tener un franco encuentro
> cuando mi nave cruce el rompiente final.

No concibo que pueda haber nada más aparte de esto. Que algo de estos cuerpos pueda perdurar cuando mueren con tanta facilidad y se descomponen tan deprisa. Aun así, una parte de mí quiere creer que el flujo de la muerte sí nos lleva a algún lugar. Que alguien nos espera al final. Esa es la parte de mí que dice las palabras por los muertos cuando sé que ellos no las oyen.

—¿Por qué recitas siempre lo mismo? —me pregunta Vick.

—Me parece bonito.

Vick aguarda. Quiere que diga más, pero no pienso hacerlo.

—¿Sabes qué significa? —pregunta, por fin.

—Trata de alguien que espera más —respondo, con indiferencia—. Es una estrofa de un poema anterior a la Sociedad. —No del poema que nos pertenece a Cassia y a mí. Nadie volverá a oírlo de mis labios hasta que pueda recitárselo a ella. Este poema es el otro que Cassia encontró dentro de su reliquia cuando la abrió aquel día en el bosque.

No sabía que yo la espiaba. La observé mientras leía el papel. Vi que sus labios formaban las palabras de un poema que yo no conocía y, después, de otro que sí me sabía. Cuando me di cuenta de que hablaba del Piloto, di un paso y pisé una rama.

—No les sirve de nada —dice Vick después de señalar uno de los cadáveres y apartarse el pelo rubio de la cara con irritación. No nos dan tijeras ni cuchillas para cortarnos el pelo y afeitarnos: es demasiado fácil convertirlas en armas para matarnos unos a otros o suicidarnos. Por lo general, no importa. Solo Vick y yo llevamos aquí tiempo suficiente para que el pelo nos tape los ojos—. Entonces, ¿no es más que eso? ¿Un viejo poema?

Me encojo de hombros.

Es un error.

Por lo general, a Vick le da igual que no le responda, pero esta vez percibo desafío en su mirada. Me pongo a pensar en el mejor modo de derribarlo. La intensificación de los ataques aéreos también le ha afectado a él. Le ha puesto los nervios de punta. Es más corpulento que yo, pero no mucho, y yo aprendí a pelear aquí, en las provincias exteriores, años atrás. Ahora que he regresado lo recuerdo, como la nieve de la meseta. Tenso la musculatura.

Pero Vick abandona su actitud.

—Nunca te cortas muescas en la bota —dice. Sé, por su voz y su mirada, que vuelve a estar tranquilo.

—No —admito.

—¿Por qué?

—No le importa a nadie —respondo.

—¿El qué? ¿Saber cuánto has durado? —pregunta Vick.

—Saber algo de mí —digo.

Nos alejamos de las tumbas y hacemos un descanso para almorzar. Nos sentamos en unos pedruscos próximos al pueblo. Sus colores anaranjados y rojizos son los de mi infancia, y también lo es su textura: seca, áspera y, en noviembre, fría.

Utilizo el estrecho cañón de mi pistola de fogueo para arañar la roca arenisca. No quiero que nadie se entere de que sé escribir, de modo que no escribo su nombre.

En cambio, trazo una curva. Una ola. Como un mar, o un retal de seda verde que ondea al viento.

Cric, cric. Ahora, esta roca, moldeada por otras fuerzas, el agua y el viento, está modificada por mí. Y eso me gusta. Yo siempre me transformo en lo que otras personas quieren. Con Cassia en la Loma: solo que entonces era yo mismo.

No estoy listo para dibujar su rostro. Ni sé si sabría hacerlo. Pero trazo otra curva en la roca. Se parece un poco a la «C», la primera letra que le enseñé a escribir. Vuelvo a dibujar la curva y recuerdo su mano.

Vick se agacha para ver lo que hago.

—No se parece a nada.

—Se parece a la luna —digo—. Cuando está menguante.

Vick mira la meseta. Hace un rato, han venido unas aeronaves para llevarse los cadáveres. Es la primera vez que ocurre. No sé qué ha hecho con ellos la Sociedad, pero ahora me arrepiento de no haber subido a la meseta para escribir alguna cosa que señalara el paso de los señuelos.

Porque ahora no hay nada que atestigüe su presencia allí. La nieve se ha derretido antes de que hayan podido pisarla. Sus vidas han concluido antes de que supieran siquiera en qué podían convertirse.

—¿Crees que aquel chico tuvo suerte? —pregunto a Vick—. El que murió en el campo, antes de que nos trasladaran a los pueblos.

—Suerte —dice Vick, como si desconociera el significado de la palabra. Y quizá sea así. Suerte no es una palabra que la Sociedad fomente. Y no es algo que abunde por aquí.

El enemigo atacó la primera noche que pasamos en los pueblos. Todos echamos a correr para ponernos a cubierto. Unos cuantos señuelos salieron a la calle con las pistolas desenfundadas y dispararon al cielo. Vick y yo acabamos refugiados en la misma casa con uno o dos chicos más. No recuerdo sus nombres. Ahora ya no están.

—¿Por qué no estás en la calle, disparando? —me preguntó Vick. No habíamos hablado mucho desde que dejamos al chico en el río.

—No tiene sentido —respondí—. Las balas son de fogueo. —Dejé mi pistola reglamentaria en el suelo junto a mí.

Vick también dejó la suya.

—¿Cuánto hace que lo sabes?

—Desde que nos las dieron en el tren —respondí—. ¿Y tú?

—Igual —dijo Vick—. Deberíamos habérselo dicho a los demás.

—Lo sé —admití—. He sido un estúpido. Pensaba que tendríamos un poco más de tiempo.

—Tiempo —dijo Vick— es lo que no tenemos.

Fuera, el mundo se hizo añicos y alguien empezó a gritar.

—Ojalá tuviera una pistola que funcionara —dijo Vick—. Me cargaría a todos los que van en esas aeronaves. Sus pedazos caerían como fuegos artificiales.



—Listo —dice Vick mientras dobla su envase de papel de aluminio hasta convertirlo en un fino cuadrado plateado—. Será mejor que volvamos al tajo.

—No sé por qué no se limitan a darnos pastillas azules —observo—. Así no tendrían que molestarse en hacernos la comida.

Vick me mira como si estuviera loco.

—¿No lo sabes?

—¿Saber qué? —pregunto.

—Las pastillas azules no te salvan la vida. Te inmovilizan. Si te tomas una, vas cada vez más despacio y te quedas parado hasta que alguien te encuentra o te mueres esperando. Dos son fulminantes.

Niego con la cabeza y miro el cielo, pero no busco nada. Solo lo hago para contemplar el azul. Levanto la mano y tapo el sol para ver mejor el cielo que lo rodea. No hay nubes.

—Lo siento —dice Vick—, pero es cierto.

Lo miro. Me parece percibir preocupación en su rostro pétreo. Es todo tan absurdo que empiezo a reírme y Vick también lo hace.

—Debería habérmelo imaginado —digo—. Si a la Sociedad le ocurriera algo, no querría que nadie siguiera viviendo sin ella.

Unas horas más tarde, oímos el pitido del miniterminal que lleva Vick. Él se lo saca de la trabilla del cinturón y mira la pantalla. Es el único señuelo que tiene un miniterminal, un aparato del mismo tamaño aproximado que un terminal portátil. No obstante, a diferencia de este, no solo almacena información sino que también sirve para comunicarse. Vick casi siempre lo lleva encima, pero, de vez en cuando, por ejemplo cuando revela a los nuevos señuelos la verdad sobre el pueblo y las pistolas, lo esconde temporalmente en alguna parte.

Estamos bastante seguros de que la Sociedad sigue nuestros movimientos a través del miniterminal. No sabemos si también escucha nuestras conversaciones, como hace con los terminales grandes. Vick cree que sí. Cree que la Sociedad siempre nos vigila. Yo no creo que se tome la molestia.

—¿Qué quieren? —pregunto a Vick mientras lee el mensaje en la pantalla.

—Nos trasladan —responde.

Los otros señuelos forman una fila detrás de nosotros cuando vamos a recibir a las aeronaves que aterrizan sin hacer ruido fuera del pueblo. Los militares tienen prisa, como de costumbre. No les gusta pasar mucho tiempo al raso. No estoy seguro de si es por nosotros o por el enemigo. Me pregunto a quién consideran una mayor amenaza.

Es joven, pero el militar encargado de este traslado me recuerda a nuestro instructor de la Loma en Oria. Su expresión indica: «¿Cómo he terminado aquí? ¿Qué se supone que debo hacer con estas personas?».

—Bien —dice mientras nos mira—. En la meseta. ¿Qué ha sido eso? ¿Qué ha pasado? Habría muerto mucha menos gente si os hubierais quedado todos en el pueblo.

—Esta mañana había nieve allí y han subido a buscarla —explico—. Siempre tenemos sed.

—¿Estás seguro de que solo han subido por esa razón?

—No hay muchas razones para hacer las cosas —le responde Vick—. Hambre. Sed. No morir. Eso es todo lo que hay. Así que, si no nos cree, puede elegir entre las otras dos.

—A lo mejor han subido para ver el paisaje —sugiere el militar.

Vick se ríe, y su risa no es agradable.

—¿Dónde están los sustitutos?

—En la aeronave —responde el militar—. Vamos a llevaros a otro pueblo y os daremos más provisiones.

—Y más agua —dice Vick. Aunque no va armado y está a merced del militar, parece que sea él quien da las órdenes.

El militar sonríe. La Sociedad no es humana, pero las personas que trabajan para ella a veces lo son.

—Y más agua —repite el militar.


Vick y yo maldecimos entre dientes cuando vemos a los sustitutos en la aeronave. Son casi unos niños, mucho menores que nosotros. Aparentan trece o catorce años. Tienen los ojos muy abiertos. Están asustados. Uno de ellos, el que aparenta menos edad, se parece un poco al hermano menor de Cassia, Bram. Tiene la piel más oscura que él, incluso que yo, pero sus ojos son igual de brillantes. Antes de que se lo cortaran, debía de tener el pelo rizado como Bram.

—La Sociedad debe de estar quedándose sin gente —digo a Vick sin levantar la voz.

—A lo mejor ese es el plan —sugiere.

Los dos sabemos que la Sociedad quiere a los aberrantes muertos. Eso explica por qué nos deja tirados aquí. Por qué no llegamos a combatir. Pero hay otra pregunta para la que no tengo respuesta: «¿Por qué nos odia tanto?».


No vemos nada durante el vuelo. La aeronave solo tiene ventanillas en la cabina del piloto.

Por eso no sé dónde estamos hasta que me apeo.

No conozco el pueblo, pero sí la zona. El campo por el que caminamos es de anaranjada tierra arenisca y las rocas son negras. Las espigas que verdearon en verano ya están amarillas. Hay campos como este en todas las provincias exteriores. Pero, aun así, sé exactamente dónde estoy por lo que veo delante de mí.

«¡Estoy en mi tierra!»

Es doloroso.

Allí está, en el horizonte, el punto de referencia de mi infancia.

¡La Talla!

Desde mi posición, no la veo entera. Solo diviso las cúspides rojas y anaranjadas de algunas rocas dispersas. Pero si me acercara más, si llegara al borde y me asomara, vería que no se trata de meras rocas, sino de formaciones tan altas como montañas.

La Talla no es un cañón, una montaña, sino muchos, un entramado de formaciones interconectadas con kilómetros de longitud. El terreno sube y baja como el agua y sus picos recortados y hondos cañones alternan los colores de las provincias exteriores: gradaciones de naranja, rojo, blanco. A lo lejos, las nubes tiñen de azul los ígneos colores de la roca.

Sé todo eso porque me he asomado varias veces al borde.

Pero no he bajado jamás.

—¿Por qué sonríes? —me pregunta Vick, pero, antes de que pueda responderle, el niño que se parece a Bram se acerca y se planta delante de él.

—Soy Eli —dice.

—Bien —responde Vick con irritación y, acto seguido, se vuelve hacia la hilera de rostros que lo han elegido como líder aunque él nunca haya querido serlo. Algunas personas no pueden evitar ser líderes. Lo llevan en la sangre, los tuétanos, el cerebro. No tienen alternativa.

Y algunas personas necesitan líderes.

«Tienes más probabilidades de sobrevivir si no eres líder —me recuerdo—. Tu padre se creía un líder. Nunca tuvo suficiente, y mira qué le paso.» Yo siempre voy un paso por detrás de Vick.

—¿No vas a soltarnos un discurso ni nada? —pregunta Eli—. Acabamos de llegar.

—Yo no estoy al mando de este caos —aduce Vick. Y ahí está. El enfado que intenta dominar empleando casi toda su energía aflora por un instante—. No soy el portavoz de la Sociedad.

—Pero eres el único que lleva uno de esos —objeta Eli mientras señala el miniterminal de su cinturón.

—¿Queréis un discurso? —pregunta Vick, y todos los señuelos nuevos asienten y lo miran. Habrán oído el mismo sermón que nos soltaron a nosotros en la aeronave sobre cómo necesita la Sociedad que finjamos que vivimos aquí para distraer al enemigo. Sobre cómo se trata únicamente de un trabajo de seis meses y regresaremos convertidos en ciudadanos.

Hará falta un solo día de ataques aéreos para que comprendan que nadie ha durado seis meses. Ni tan siquiera Vick está cerca de tener tantas muescas en las botas.

—Observadnos a los demás —dice—. Actuad como si vivierais en el pueblo. Se supone que estamos aquí para eso. —Se queda callado. Acto seguido, se saca el miniterminal del bolsillo y se lo lanza a un señuelo que ya lleva unas dos semanas en el campo—. Llévate esto. Asegúrate de que aún funciona cuando llegues a las afueras del pueblo.

El señuelo echa a correr. Cuando estamos fuera del alcance del miniterminal, Vick añade:

—Las balas son de fogueo. Así que no os molestéis en defenderos.

Eli lo interrumpe.

—Pero hemos hecho prácticas de tiro en el campo de instrucción —protesta. Sonrío, pese a todo, y pese al hecho de que debería repugnarme, y es así, que alguien de su edad haya acabado aquí. Este niño es como Bram.

—Da igual —dice Vick—. Ahora todas son de fogueo.

Eli lo encaja, pero tiene otra pregunta.

—Si esto es un pueblo, ¿dónde están las mujeres y los niños?

—Tú eres un niño —dice Vick.

—No lo soy —objeta Eli—. Y no soy una chica. ¿Dónde están?

—No hay chicas —responde Vick—. Aquí no hay mujeres.

—Entonces, el enemigo debe de saber que no vivimos aquí —arguye Eli—. Debe de haberlo deducido.

—Exacto —dice Vick—. Pero nos mata igualmente. A nadie le importa. Y ahora tenemos trabajo. Se supone que somos un pueblo lleno de campesinos. Así que vamos a cultivar.

Nos dirigimos a las tierras de labranza. El sol cae a plomo. Percibo la mirada airada de Eli incluso cuando nos damos la vuelta.

—Al menos, tenemos suficiente agua potable —digo a Vick mientras señalo la cantimplora llena—. Gracias a ti.

—No me des las gracias —objeta. Baja la voz—. No es suficiente para ahogarnos en ella.

Aquí cultivamos algodón, una planta que es casi imposible que medre en estas tierras. Las fibras que contiene la cápsula son de tan mala calidad que se deshacen enseguida.

—No nos tiene que preocupar que no haya mujeres ni niños —dice Eli detrás de mí—. El enemigo debe de saber que esto no es un pueblo de verdad a simple vista. Nadie sería tan imbécil de plantar algodón aquí.

Al principio, no le respondo. No he caído en la trampa de hablar con nadie mientras trabajamos, aparte de Vick. Me he mantenido alejado del resto de los señuelos.

Pero en este momento me siento vulnerable. El algodón de hoy y la nieve de ayer han vuelto a recordarme lo que Cassia me contó sobre las semillas de álamo de Virginia que nevaron en junio. La Sociedad los odia, pero los álamos de Virginia son precisamente la clase ideal de árboles para las provincias exteriores. Su madera es buena para labrarla. Si encontrara uno, cubriría la corteza con su nombre como solía cubrir su mano con la mía en la Loma.

Comienzo a hablar con Eli para refrenar mi impulso de querer lo que es demasiado difícil de tener.

—Es absurdo —digo—, pero tiene más sentido que algunas de las cosas que ha hecho la Sociedad. Algunos de estos pueblos se fundaron como comunidades agrícolas para aberrantes. El algodón fue una de las plantas que la Sociedad les obligó a intentar cultivar. Entonces había más agua. Así que no es tan raro que aquí haya alguien cultivando estas tierras.

—Ah —dice Eli. Se queda callado.

No sé por qué trato de alimentar su esperanza. Quizá sea por haber recordado las semillas de álamo de Virginia.

O por haberme acordado de ella.

Cuando vuelvo a mirarlo al cabo de un rato, Eli está llorando, pero no es agua suficiente para ahogarse en ella, de modo que no hago nada todavía.


De regreso al pueblo, hago a Vick un gesto brusco con la cabeza, nuestra señal de que quiero hablar sin el miniterminal.

—Ten —dice, y se lo lanza a Eli, que ha dejado de llorar—. Llévatelo. —Eli asiente y echa a correr.

—¿Qué pasa? —pregunta Vick.

—Yo vivía cerca de aquí —respondo mientras trato de disimular mi emoción. Esta parte del mundo era mi hogar. Odio lo que le ha hecho la Sociedad—. Mi pueblo solo estaba a unos kilómetros de aquí. Conozco la zona.

—¿Vas a escapar? —pregunta.

Ahí está. La verdadera pregunta. La que nos hacemos constantemente. ¿Voy a escapar? Me lo planteo todos los días, a todas horas.

—¿Estás pensando en volver a tu pueblo? —pregunta—. ¿Hay alguien allí que pueda ayudarte?

—No —respondo—. Mi pueblo ya no existe.

Niega con la cabeza.

—Entonces, no tiene sentido escapar. No llegaremos muy lejos sin que nos vean.

—Y el río más próximo está demasiado lejos —digo—. No podemos escapar por ahí.

—Entonces, ¿por dónde? —pregunta.

—Por donde no puedan vernos.

Me mira.

—¿Y por dónde es eso?

—Por los cañones —respondo mientras señalo la Talla, próxima a nosotros, con sus kilómetros de longitud y estrechos desfiladeros que es imposible ver desde aquí—. Si nos adentramos lo suficiente, encontraremos agua dulce.

—Los militares siempre nos dicen que los cañones de las provincias exteriores están plagados de anómalos —objeta.

—Yo también lo he oído —confieso—. Pero algunos de ellos han construido un pueblo y ayudan a los viajeros. Se lo oí decir a gente que había estado dentro.

—Un momento. ¿Conoces a gente que ha entrado en los cañones? —pregunta.

—Conocí a gente que había estado —respondo.

—¿Gente de la que podías fiarte?

—Mi padre —digo, como si eso zanjara la conversación, y Vick asiente.

Damos unos pasos más.

—¿Cuándo nos vamos? —pregunta.

—Ese es el problema —respondo mientras trato de disimular cuánto me alivia que me acompañe. Enfrentarme a los cañones es algo que prefiero no hacer solo—. Si no queremos que la Sociedad nos persiga y nos dé un escarmiento, el mejor momento para escapar es durante la confusión de un ataque aéreo. De noche. Pero con luna llena, para que podamos ver. A lo mejor creen que, en vez de escapar, hemos muerto.

Se ríe.

—Tanto la Sociedad como el enemigo tienen rayos infrarrojos. Nos verán desde el cielo.

—Lo sé, pero a lo mejor no se fijan en tres puntitos cuando aquí tienen muchos más.

—¿Tres? —pregunta.

—Eli viene con nosotros. —No lo sabía hasta que lo he dicho.

Silencio.

—Estás loco —dice—. Es imposible que ese crío viva hasta entonces.

—Lo sé —admito. Tiene razón. Solo es cuestión de tiempo que Eli caiga. Es pequeño. Es impulsivo. Hace demasiadas preguntas.

Aunque, por otra parte, también es solo cuestión de tiempo para todos nosotros.

—Entonces, ¿para qué protegerlo? ¿Para qué llevárnoslo?

—Hay una chica de Oria que conozco —explico—. Eli me recuerda a su hermano.

—No es razón suficiente.

—Para mí, sí —afirmo.

—Te estás volviendo débil —opina, por fin—. Y eso podría matarte. Podría impedirte volver a verla.

—Si no cuido de él —digo—, aunque consiguiera volver a verla, ya no sería la misma persona y ella no me conocería.

## Capítulo 6

## *Cassia*

Cuando estoy segura de que todas mis compañeras duermen por la profundidad de su respiración, me pongo de lado en la cama y saco del bolsillo el papel del archivista.

La página es rugosa y de mala calidad, no como la recia hoja de color crema que llevaba impresos los poemas de mi abuelo. Es vieja, pero no tanto como el papel de mi abuelo. Es posible que mi padre pudiera determinar su antigüedad; pero no está, dejó que me fuera. Cuando despliego la hoja con cuidado, el ruido inunda el silencio de la cabaña y espero que mis compañeras crean que es el roce de las mantas o un insecto que frota sus alas.

Esta noche, todas hemos tardado mucho en dormirnos. Cuando he regresado de mi paseo con Xander, mis compañeras me han explicado que todavía no se sabe adónde van a llevarnos, que la militar ha dicho que lo sabremos por la mañana. He comprendido su inquietud: yo también la siento. Siempre hemos sabido la noche anterior adónde nos mandarían al día siguiente. ¿Por qué este cambio? Con la Sociedad, siempre hay una razón.

Coloco el papel en el cuadrado de luz que la luna vierte por una ventana. El corazón se me acelera como si, en vez de echada, estuviera corriendo. «Por favor, que el precio haya merecido la pena», suplico a nada y a nadie antes de mirar la hoja.

«¡No!»

Me meto el puño en la boca para no gritar la palabra en la cabaña dormida.

No es un mapa. Ni siquiera se trata de una serie de indicaciones.

Es un relato y, en cuanto leo el primer renglón, sé que no es uno de los Cien:

Un hombre empujó una piedra colina arriba. Cuando llegó a la cima, la piedra rodó hasta abajo y él volvió a empezar. En el pueblo cercano, la gente lo vio. «Un castigo», dijo. Nadie lo acompañó ni trató de ayudarle porque temían a quienes habían impuesto el castigo. El hombre siguió empujando. La gente continuó mirando.

Años después, una nueva generación se dio cuenta de que la colina estaba engullendo al hombre y su piedra igual que la noche engulle al día. Ya solo se veía parte de la piedra y del hombre mientras él la empujaba por la cima.

Una niña sintió curiosidad y, un buen día, subió a la colina. Cuando se halló más cerca, le sorprendió ver que la piedra tenía grabados nombres, fechas y lugares.

—¿Qué son esas palabras? —preguntó.

—Las penas del mundo —respondió el hombre—. Las cargo hasta la cima, una y otra vez.

—Las utilizas para desgastar la colina —dijo la niña al ver el hondo surco que había abierto la piedra.

—Construyo una cosa —respondió el hombre—. Cuando termine, tú ocuparás mi lugar.

La niña no tuvo miedo.

—¿Qué construyes?

—Un río —respondió el hombre.

La niña bajó de la colina, extrañada de que alguien pudiera construir un río. Pero no mucho después, cuando llegaron las lluvias y el agua inundó el largo surco y se llevó al hombre a algún lugar lejano, vio que él tenía razón y ocupó su lugar: empujó la piedra y cargó con las penas del mundo.

Así es cómo nació el Piloto.

El Piloto es un hombre que empujó una piedra y el agua se lo llevó. Es una mujer que atravesó el río y miró el cielo. El Piloto es viejo y joven y tiene los ojos de todos los colores y el pelo de todos los tonos; vive en desiertos, islas, bosques, montañas y llanuras.

El Piloto encabeza el Alzamiento, la rebelión contra la Sociedad, y no muere nunca. Cuando el tiempo de un Piloto se agota, otro ocupa su lugar.

Y así sucesivamente, una y otra vez, igual que una piedra cuando rueda.

En la cabaña, una chica se da la vuelta en la cama y yo me quedo petrificada mientras espero a que su respiración recobre la regularidad del sueño. Cuando vuelve a quedarse dormida, leo el último renglón de la hoja:

En un lugar que no sale en los mapas de la Sociedad, el Piloto vivirá y gobernará siempre.

De pronto, la llama de la esperanza me quema por dentro cuando comprendo qué significa este relato, qué me ha dado el archivista.

Hay una rebelión. Algo real, organizado y establecido, con un líder.

«¡Ky y yo no estamos solos!»

La palabra «Piloto» era el nexo. ¿Sabía eso mi abuelo? ¿Por eso me dio el papel antes de morir? ¿Me he decantado desde el principio por el poema equivocado?

No puedo estarme quieta.

—¡Despertad! —susurro tan quedo que apenas me oigo—. No estamos solas.

Saco un pie de la cama. Podría bajar de la litera y despertar a mis compañeras para hablarles del Alzamiento. Es posible que ya lo sepan. No lo creo. Parecen tan desesperanzadas… Excepto Indie. Pero, aunque su fuego arde con más fuerza, ella también carece de un propósito. Creo que tampoco lo sabe.

Debería contárselo.

Por un momento, creo que lo haré. Bajo de la litera sin hacer ruido. Abro la boca, pero oigo los pasos de la militar de guardia al otro lado de la puerta y me quedo petrificada, con el peligroso papel en la mano como si fuera una banderita blanca.

En ese instante sé que no se lo contaré a nadie. Haré lo que siempre hago cuando alguien me confía palabras peligrosas: las destruiré.


—¿Qué haces? —me pregunta Indie en voz baja.

No la he oído acercarse por detrás y casi doy un respingo, pero me refreno a tiempo.

—Lavarme otra vez las manos —susurro mientras combato el impulso de darme la vuelta. El agua helada corre entre mis dedos y suena como un río en la oscuridad de la cabaña—. No me han quedado limpias. Ya sabes cómo se ponen los militares si ensuciamos la cama de tierra.

—Despertarás a las demás —observa Indie—. Les ha costado mucho dormirse.

—Lo siento —digo, y es cierto. Pero no se me ha ocurrido otro modo de ahogar las palabras.

El tiempo que he tardado en hacer trizas el papel se me ha hecho eterno. Primero, me lo he pegado a los labios y he respirado en él para que hiciera menos ruido al romperse. Espero que los trozos sean lo bastante pequeños para no taponar el lavabo.

Indie alarga la mano y cierra el grifo. Por un instante, creo que sabe algo. Tal vez no esté al corriente del Alzamiento, pero tengo la extraña sensación de que sabe algo de mí.

Toc. Toc. Los tacones de la militar que hace la ronda en el cemento. Indie y yo corremos a nuestras literas. Yo me encaramo rápidamente a la mía y miro por la ventana.

La militar se detiene delante de nuestra cabaña, escucha y sigue su camino.

Me quedo mirando por la ventana y la veo alejarse por el sendero. Se detiene en la puerta de otra cabaña.

Una rebelión. Un Piloto.

¿Quién podría ser?

¿Sabe Ky algo de esto?

Tal vez. El hombre del relato que empuja la piedra parece Sísifo, y Ky me habló de él en el distrito. Y también recuerdo cómo Ky me dio su propia historia en fragmentos. Siempre he sabido que no la conozco toda.

Encontrarlo ha sido mi único objetivo durante todo este tiempo. Incluso sin mapa, incluso sin la brújula, sé que puedo hacerlo. No dejo de imaginarme el momento en que nos encontraremos; cómo me estrechará entre sus brazos, cómo le susurraré un poema. El único fallo de mi sueño es que aún no he terminado de escribirle nada; jamás logro pasar del primer renglón. He escrito y reescrito muchos principios en los meses que llevo aquí, pero aún no conozco ni el desarrollo ni el desenlace de nuestra historia de amor.

Me coloco la bolsa contra la cadera y me tumbo con la mayor suavidad posible, célula a célula, parece, hasta que la cama sustenta todo mi peso, desde las livianas puntas de mis cabellos hasta la pesadez de mis piernas, mis pies. Esta noche no voy a dormir.


Llegan de madrugada, igual que cuando se llevaron a Ky.

No oigo gritos, pero me alerta otra cosa. Una cierta pesadez en el ambiente, quizá; un cierto cambio en el canto de los pájaros que anuncian la mañana al posarse en los árboles de camino al sur.

Me siento en la cama y miro por la ventana. Los militares están sacando a chicas de otras cabañas, algunas de las cuales lloran e intentan soltarse. Pego la cara al cristal para ver más, con el corazón acelerado, convencida de que conozco el destino de las chicas.

«¿Cómo puedo ir con ellas?» Barajo mentalmente las cifras. Cuántos kilómetros, cuántas variables vuelvo a tener en contra para acercarme a él. Parece que no he logrado ir a las provincias exteriores sin ayuda, pero es posible que ahora me lleve la Sociedad.

Dos militares abren la puerta.

—Necesitamos dos chicas de esta cabaña —dice uno—. Las literas ocho y tres. —La chica de la litera ocho se incorpora. Parece asustada y cansada.

La litera tres, la de Indie, está vacía.

Los militares exclaman y yo miro por la ventana. Hay una persona al borde de los árboles próximos al sendero. Es Indie. Aunque apenas ha amanecido, sé que es ella por su cabellera pelirroja, por su postura. También debe de haber oído ruidos y ha logrado escabullirse. No la he visto salir.

Va a huir.

Mientras los militares están distraídos llevándose a la chica de la litera ocho e informando sobre Indie por sus miniterminales, yo actúo con rapidez. Vacío mi pastillero y meto las tres pastillas, la verde, la azul y la roja, en el paquete de mis pastillas azules. Lo escondo en la bolsa, debajo de los mensajes, y rezo para que nadie me cachee tan a fondo. Meto el pastillero debajo del colchón. Tengo que deshacerme de todo lo que demuestra que soy una ciudadana.

Y entonces me doy cuenta.

En mi bolsa falta algo.

La caja plateada de mi banquete de emparejamiento.

Hurgo una vez más entre los mensajes; palpo las mantas de la cama; miro el suelo. No se me ha caído ni la he perdido; ha desaparecido.

Tendría que haberme deshecho de ella igualmente; era lo que planeaba hacer; pero su falta me inquieta.

«¿Dónde puede estar?»

Ahora no tengo tiempo para preocuparme de eso. Bajo de mi litera y sigo a los militares y a la chica llorosa. El resto finge dormir, igual que mis vecinos la mañana que se llevaron a Ky del distrito.

—¡Escapa, Indie! —susurro entre dientes. Espero que las dos lo consigamos.

Si amas a una persona, si ella te ama, si te ha enseñado a escribir y ha conseguido que puedas hablar, ¿cómo puedes quedarte de brazos cruzados? Más vale que rescates sus palabras de la tierra e intentes arrancárselas al viento.

Porque, una vez que amas, es para siempre. Amas, y no puedes volver atrás.

Ky me ocupa la mente, me colma el corazón, sus cálidas palmas calientan mis manos vacías. Tengo que tratar de encontrarlo. Amarlo me dio alas y todo este esfuerzo me ha dado la fortaleza para batirlas.

Una aeronave aterriza en el centro del campo. Los militares, algunos de las cuales no he visto hasta ahora, parecen nerviosos, preocupados. El que lleva un uniforme de piloto hace un comentario brusco y mira el cielo. El sol no tardará en salir.

—Nos falta una —le oigo decir en voz baja, y me pongo en la cola.

—¿Estás seguro? —pregunta su compañera mientras nos cuenta. Pone cara de alivio. Tiene una bonita melena castaña y parece amable, para ser militar—. No —añade—. Tenemos suficientes.

—Ah, ¿sí? —pregunta el piloto. También nos cuenta. Me parece que sus ojos se demoran en mi cara porque recuerda que antes no estaba. No por primera vez, me pregunto cuánto sabe y cuánto ha predicho mi funcionaria de todo lo que hago. ¿Me sigue observando? ¿Lo hace la Sociedad?

Otro militar obliga a Indie a subir cuando el resto ya estamos a bordo. El hombre tiene arañazos en la cara. Hay regueros marrones en su uniforme y en la ropa de diario de Indie, como heridas que rezuman tierra.

—Ha intentado escapar —dice el militar al sentarla a mi lado.

Le coloca unas esposas. Indie no se inmuta cuando las cierra, pero yo me estremezco al oír el chasquido.

—Ahora sobra una —dice la militar.

—Son aberrantes —espeta su compañero—. ¿Acaso importa? Tenemos que irnos.

—¿Las cacheamos ahora? —pregunta la militar.

«¡No!» Encontrarán las pastillas en mi bolsa.

—Lo haremos en ruta. Vamos.

Indie se vuelve y nos miramos a los ojos. Por primera vez desde que la conozco, percibo una extraña afinidad con ella, una familiaridad casi rayana en la amistad. Nos hemos conocido en el campo de trabajo. Ahora, partimos juntas a una nueva experiencia.

Este traslado no se parece a los demás: es precipitado, desorganizado, impropio de la Sociedad. Aunque agradezco la oportunidad de colarme por una grieta del sistema, aún siento que sus paredes me oprimen desde todos los costados, y su presencia, aunque me aplasta, también me reconforta.

Un funcionario sube a bordo.

—¿Todo listo? —pregunta, y los militares asienten.

Espero que suban más funcionarios (casi siempre van de tres en tres), pero la puerta se cierra. Solo un funcionario y tres militares, uno de ellos el piloto. Por la reacción de los militares, sé que el funcionario es el que tiene más categoría del grupo.

La aeronave despega. Es la primera vez que viajo así (hasta ahora, solo lo había hecho en automóviles o trenes aéreos) y la decepción me encoge el estómago cuando advierto que no hay ventanillas.

No es así como pensaba que sería volar alto. Sin ver lo que hay abajo ni dónde pueden estar las estrellas cuando caiga la noche. El piloto ve el exterior desde la cabina de la aeronave; pero la Sociedad no permite que el resto veamos la trayectoria de nuestro vuelo.

## Capítulo 7

## *Ky*

—Todos te miran —me dice Vick.

No le hago caso. Algunos de los proyectiles que el enemigo lanzó anoche sobre nosotros no han explotado del todo. Aún contienen pólvora. Introduzco un puñado en el cañón de una pistola. El enemigo me desconcierta: conforme pasa el tiempo, su munición parece volverse más primitiva e ineficaz. A lo mejor es cierto que está perdiendo la guerra.

—¿Qué haces? —pregunta Vick.

No respondo. Estoy concentrado en recordar cómo se hace esto. La pólvora me ennegrece las manos mientras la froto entre los dedos.

Vick me agarra el brazo.

—Para —susurra—. Todos los señuelos te miran.

—¿Qué importa lo que piensen?

—Que alguien como tú se vuelva loco baja la moral.

—Tú mismo has dicho que no somos sus líderes —objeto.

Me vuelvo hacia a los señuelos. Todos apartan los ojos salvo Eli, que me mira fijamente. Le sonrío para hacerle saber que no estoy loco.

—Ky —dice Vick, y entonces cae en la cuenta—. ¿Intentas volver a utilizarla como munición?

—No servirá de mucho —explico—. Solo explotará una vez, y habrá que usar las pistolas a modo de granadas. Lanzarlas y luego echar a correr.

A Vick le gusta la idea.

—Podríamos meter piedras y otras cosas. ¿Sabes cómo hacerlas estallar?

—Todavía no —respondo—. Es lo más difícil.

—¿Por qué? —pregunta, en voz baja, para que el resto no le oiga—. Desde luego, es buena idea, pero no vamos a poder hacerlas estallar mientras corremos.

—No son para nosotros —digo, y miro otra vez a los señuelos—. Les enseñaremos cómo se hace antes de escapar. Pero el tiempo corre. Propongo que hoy les dejemos los muertos a ellos.

Vick se levanta y se dirige al grupo.

—Ky y yo vamos a tomarnos el día libre —dice—. El resto podéis turnaros para enterrar los cadáveres. Algunos de los nuevos ni siquiera lo habéis hecho aún.

Mientras los señuelos se alejan, me miro las manos, cenicientas y cubiertas del mortífero material que anoche llovió sobre nosotros, y recuerdo cómo en mi pueblo solíamos salir a buscar restos después de un ataque. La Sociedad y el enemigo creían que eran los únicos que conocían el fuego, pero nosotros sabíamos utilizar el suyo. Y encender el nuestro. Empleábamos una piedra llamada pedernal para encender fogatas cuando las necesitábamos.

—Sigo pensando que deberíamos escapar una noche en la que el enemigo no ataque —dice Vick—. Si somos convincentes, a lo mejor suponen que hemos saltado por los aires con esto. —Señala la pólvora diseminada alrededor.

Tiene parte de razón. Estoy tan seguro de que nos perseguirán que no he contemplado otras posibilidades. Aun así, es más probable que otros señuelos traten de seguirnos sin un ataque que los distraiga ni muertos que borren nuestro rastro. Si escapamos más de unos pocos señuelos, la Sociedad se dará cuenta y es más probable que decida perseguirnos.

Y no tengo la menor idea de qué vamos a encontrar en la Talla. No trato de ser un líder. Solo quiero sobrevivir.

—¿Qué te parece esto? —pregunto—. Nos iremos esta noche. Haya o no ataque.

—De acuerdo —dice Vick al cabo de un momento.

Está decidido. Vamos a huir. Pronto.

Vick y yo nos apresuramos para hallar un modo de que las pistolas estallen. Cuando los otros señuelos regresan del cementerio y comprenden qué tratamos de hacer, nos ayudan recogiendo pólvora y piedras. Algunos comienzan a tararear y cantar mientras trabajan. Se me hiela la sangre cuando reconozco la melodía, aunque no debería sorprenderme. Es el himno de la Sociedad. La Sociedad nos arrebató la música al seleccionar las Cien Canciones, melodías complicadas que solo sus voces artificiales pueden entonar con facilidad, y el himno es la única que la mayoría de nosotros podemos cantar sin desafinar. Aunque tenga un solo de soprano tan agudo que ningún profano sabría interpretar. La mayoría solo sabemos imitar los repetitivos compases graves o las fáciles notas de las partes interpretadas por la contralto y el tenor. Eso es lo que ahora oigo.

Algunos de los habitantes de las provincias exteriores consiguieron conservar sus canciones. Las cantábamos juntos mientras trabajábamos. Una mujer me dijo en una ocasión que no era difícil recordar melodías antiguas en la proximidad de ríos, cañones y en la Talla.

Yo solo quería recordar el modo de hacer esto. Pero no consigo separarlo de las personas y las razones por las que lo aprendí.

Vick niega con la cabeza.

—Aunque lo resolvamos, van a morir igualmente —dice.

—Lo sé —admito—. Pero, al menos, podrán contraatacar.

—Una vez —dice.

Es la primera vez que lo veo con la espalda tan encorvada. Como si por fin hubiera cobrado conciencia del líder que es y siempre ha sido y le pesara haberse dado cuenta.

—No es suficiente —afirmo, y vuelvo a mi trabajo.

—No —dice.

Me he esforzado por no ver a los otros señuelos, pero lo he hecho. Uno tiene la cara magullada. Otro es pecoso y se parece tanto al chico que dejamos en el río que podrían ser hermanos, pero jamás se lo he preguntado ni jamás lo haré. Todos llevan ropa de diario que no es de su talla y recios abrigos que les protegen del frío mientras aguardan la muerte.

—¿Cuál es tu verdadero nombre? —me pregunta Vick de golpe.

—Mi verdadero nombre es Ky —respondo.

—Pero ¿cuál es tu nombre completo?

Me quedo callado y pienso en él por primera vez en muchos años. «Ky Finnow.» Así me llamaba entonces.

—Roberts —dice, impaciente con mi indecisión—. Ese es mi apellido. Vick Roberts.

—Markham —respondo—. Ky Markham. —Porque ese es el nombre por el que ella me conoce. Ahora, es mi verdadero nombre.

Aun así, mi otro apellido también me ha sonado bien cuando lo he dicho mentalmente. «Finnow.» El apellido que compartí con mis padres.

Miro a los señuelos mientras recogen piedras. Me gusta verlos tan motivados y saber que, gracias a mí, van a sentirse mejor, aunque sea por poco tiempo. Pero, en el fondo, sé que lo único que he hecho es arrojarles las sobras. De todos modos, van a morirse de hambre.

## Capítulo 8

## *Cassia*

L o primero que hace la Sociedad mientras todas temblamos de frío en la aeronave bien refrigerada es prometernos abrigos.

—Antes de la Sociedad, cuando se produjo el Calentamiento, el clima de las provincias exteriores cambió —explica el funcionario—. Aún hace frío, pero no tanto. Aún puede helar por las noches, pero, si lleváis los abrigos, no pasaréis frío.

Las provincias exteriores. Ya es seguro. Las otras chicas, incluso Indie, miran al frente. No parpadean. Algunas tiemblan más que otras.

—Este campo de trabajo no es distinto a los demás —continúa el funcionario cuando no hay preguntas—. Os necesitamos para cultivar la tierra. Para sembrar algodón, de hecho. Queremos hacer creer al enemigo que esta parte del país sigue habitada y aún es viable. Es una medida estratégica de la Sociedad.

—Entonces, ¿es cierto? ¿Hay una guerra con el enemigo? —pregunta una de las chicas.

El funcionario se ríe.

—No realmente. La Sociedad la tiene ganada. Pero el enemigo es imprevisible. Necesitamos hacerle creer que las provincias exteriores están bien pobladas y son florecientes. Y la Sociedad no quiere que un solo grupo tenga que vivir demasiado tiempo allí. Por eso ha establecido rotaciones de seis meses. En cuanto la vuestra acabe, volveréis, como ciudadanas.

«Nada de esto es cierto —pienso—, aunque parezca que usted crea que lo es.»

—Bien —dice el funcionario mientras señala a los dos militares que no pilotan la aeronave—. Os llevarán detrás de esa cortina, os cachearán y os darán la ropa reglamentaria. Incluido el abrigo.

«Van a cachearnos. Ahora.»

No me llaman la primera. Frenética, trato de encontrar un lugar donde esconder las pastillas, pero no veo ninguno. El paisaje artificial de esta aeronave fabricada por la Sociedad solo tiene lustrosas superficies lisas y carece de recovecos. Incluso nuestros duros asientos son lisos, al igual que los sencillos cinturones de seguridad que se nos ciñen al cuerpo. No hay ningún sitio donde ocultar las pastillas.

—¿Tienes algo que esconder? —me susurra Indie.

—Sí —respondo. ¿Por qué mentir?

—Yo también —dice—. Cogeré lo tuyo. Tú coge lo mío cuando me toque a mí.

Abro la bolsa y saco el paquete de pastillas. Antes de poder hacer nada más, Indie, rápida incluso con las esposas puestas, lo coge con disimulo. ¿Qué hará después? ¿Qué necesita esconder y cómo va a sacarlo con las manos esposadas?

No tengo tiempo de verlo.

—La siguiente —dice la militar de cabellos castaños mientras me señala.

«No mires a Indie —me digo—. No hagas nada que pueda delatarte.»


Detrás de la cortina, tengo que desnudarme hasta quedarme en ropa interior mientras la militar registra los bolsillos de mi vieja ropa marrón de diario. Me entrega ropa de diario nueva: negra.

—Veamos la bolsa —dice mientras la coge—. Hurga entre mis mensajes e intento no hacer una mueca cuando uno de los más antiguos de Bram se hace pedazos.

Me devuelve la bolsa.

—Puedes vestirte —dice.

En cuanto termino de abrocharme la camisa, la militar llama al alto funcionario.

—Esta no lleva nada —le informa.

Él asiente.

Vuelvo a sentarme al lado de Indie y me pongo mi nuevo abrigo.

—Estoy lista —susurro, sin apenas mover los labios.

—Ya está en el bolsillo de tu abrigo —dice.

Deseo preguntarle cómo lo ha hecho tan deprisa, pero no quiero que nadie nos oiga. Lo que hemos conseguido, lo que Indie ha conseguido, me alivia tanto que estoy casi eufórica.

Cuando la militar señala a Indie al cabo de un rato, ella se levanta y se acerca obedientemente con la cabeza gacha y las manos delante de ella. «Indie finge muy bien que la han doblegado», pienso para mis adentros.

En el otro extremo de la aeronave, la chica a la que acaban de cachear comienza a sollozar. Me pregunto si trataba de esconder algo y no lo ha conseguido, que es lo que me habría pasado a mí sin Indie.

—Ya puedes llorar, ya —se lamenta otra chica—. Vamos a las provincias exteriores.

—Déjala en paz —dice una tercera.

El funcionario se percata de que la chica llora y le lleva una pastilla verde.

Indie no dice nada cuando regresa. No mira en mi dirección. Noto el peso de las pastillas en el bolsillo de mi abrigo. Ojalá pudiera mirar para asegurarme de que están todas, las azules de Xander y las tres mías, pero no lo hago. Me fío de Indie y ella se fía de mí. El paquete pesa casi lo mismo; no noto más peso que antes en el bolsillo. No sé qué necesitaba esconder Indie, pero debe de ser pequeño y ligero.

¿Qué será? Quizá me lo diga después.


Nos proporcionan lo mínimo: víveres para dos días, una muda de ropa de diario, una cantimplora, una mochila en la que nos cabe todo. Ningún cuchillo, nada afilado. Ninguna arma de fuego. Una linterna, pero tan ligera y con los cantos tan redondeados que no serviría de mucho en una pelea.

Nuestros abrigos pesan poco pero son calientes. Sé que están hechos de un material especial y me pregunto por qué la Sociedad habría de desperdiciar recursos en las personas que manda aquí. Son el único indicio de que quizá le importa si vivimos o morimos. Más que ninguna de las cosas que nos han dado, representan una inversión. Un gasto.

Miro al funcionario. Él se da la vuelta y entra en la cabina. Deja la puerta entreabierta y veo la constelación de instrumentos encendidos en el cuadro de mandos. Para mí, son tan numerosos e incomprensibles como las estrellas, pero el piloto conoce el camino.

—Esta aeronave suena igual que un río —dice Indie.

—¿Había muchos ríos donde vivías?

Ella asiente.

—El único río de por aquí del que he oído hablar es el río Sísifo —digo.

—¿El río Sísifo? —pregunta.

Lanzo una mirada a los militares y al funcionario para asegurarme de que no nos oyen. Parecen cansados; la militar incluso cierra un momento los ojos.

—La Sociedad lo envenenó —digo a Indie—. No puede vivir nada en él, ni tampoco en sus orillas. No puede crecer nada.

Indie me mira.

—Es imposible matar un río —afirma—. No se puede matar algo que siempre está moviéndose y cambiando.

El funcionario se pasea por la aeronave, habla con el piloto, conversa con los otros militares. Su modo de moverse me hace pensar en Ky, en su habilidad para mantener el equilibrio en un tren aéreo en movimiento y prever sutiles cambios de dirección.

Ky no necesitaba llevar la brújula para hacer eso. Yo también puedo viajar sin ella.

Vuelo hacia Ky y me alejo de Xander; salgo al exterior, me adentro en lo desconocido.

—Ya casi hemos llegado —anuncia la militar de pelo castaño. Nos mira y percibo algo en sus ojos: lástima. Se compadece de todas nosotras. Se compadece de mí.

No debería. Nadie de esta aeronave debería compadecerse de mí. Por fin voy a las provincias exteriores.

Me permito imaginar que Ky me espera cuando aterrizamos. Que solo me quedan unos momentos para verlo. Quizá incluso para tocarle la mano y, más tarde, en la oscuridad, los labios.

—Estás sonriendo —dice Indie.

—Lo sé —admito.

## Capítulo 9

### *Ky*

La noche cae implacable mientras esperamos a que salga la luna. El cielo se vuelve azul, rosa y de nuevo azul. Un azul más oscuro e intenso, casi negro.

Aún no he dicho a Eli que nos vamos.

Hace un rato, Vick y yo hemos enseñado a los señuelos a utilizar las pistolas. Ahora estamos esperando para abandonarlos y correr a las insondables fauces de la Talla.

El miniterminal emite un pitido agudo y Vick se lo lleva al oído para escuchar el mensaje que acaba de recibir.

Me pregunto qué pensara el enemigo de nosotros, de estas personas que la Sociedad rara vez se molesta en defender. Nos abate a tiros y nosotros volvemos a salir como si nuestras reservas fueran inagotables. ¿Parecemos ratas, ratones, pulgas, alguna alimaña imposible de matar? ¿O está el enemigo al corriente del engaño de la Sociedad?

—Prestad atención —dice Vick. Ha terminado de hablar por el miniterminal—. Acabo de recibir un mensaje de un alto funcionario.

—Los señuelos murmuran. Tienen las manos manchadas de pólvora y los ojos rebosantes de esperanza. Me cuesta mirarlos. Comienzan a pasárseme palabras por la cabeza, una cadencia familiar, y solo tardo un momento en darme cuenta de lo que hago: estoy recitando para ellos el poema que digo por los muertos.

—Pronto van a llegar señuelos nuevos —dice Vick.

—¿Cuántos? —pregunta alguien.

—No lo sé —responde—. Solo sé que el funcionario dice que van a ser distintos, pero debemos tratarlos como a cualquier otro señuelo y seremos responsables de cualquier cosa que les pase.

Todos se quedan callados. Esa es una de las pocas cosas que nos han dicho que sí ha resultado cierta: si uno de nosotros mata o hiere a otro, los funcionarios se lo llevan. Deprisa. Ya lo hemos visto. La Sociedad lo ha dejado muy claro: no debemos lastimarnos. Para eso ya está el enemigo.

—A lo mejor mandan un grupo grande —aventura un señuelo—. Quizá deberíamos esperar a que lleguen para intentar luchar.

—No —dice Vick en tono autoritario—. Si el enemigo ataca esta noche, nosotros contraatacamos esta noche. —Señala la redonda luna blanca que asoma por el horizonte—. Todos a sus puestos.

—¿A qué creéis que se refería el funcionario —pregunta Eli cuando nos quedamos los tres solos— con eso de que los señuelos nuevos son distintos?

Vick tensa la mandíbula y sé que los dos hemos pensado lo mismo. Chicas. Van a mandar chicas.

—Tienes razón —me dice—. Se están deshaciendo de los aberrantes.

—Y estoy seguro de que antes de nosotros dejaron que mataran a todos los anómalos —añado, y, casi antes de acabar, veo que Vick cierra la mano para darme un puñetazo en la cara. Me aparto justo a tiempo. Él falla e, instintivamente, le doy un golpe fuerte en el abdomen. Él retrocede tambaleándose, pero no se desploma.

Eli ahoga un grito. Vick y yo nos miramos.

El dolor de sus ojos no se debe a mi puñetazo. Ya le han pegado antes, igual que a mí. Sabemos sobrellevar esa clase de dolor. No estoy seguro de por qué ha reaccionado así, pero sé que jamás me lo contará. Yo guardo mis secretos. Y él guarda los suyos.

—¿Crees que soy un anómalo? —pregunta Vick, en voz baja. Eli retrocede un paso y guarda las distancias.

—No —respondo.

—¿Y si lo fuera?

—Me alegraría —digo—. Significaría que alguien ha sobrevivido. O que tengo una idea equivocada de lo que la Sociedad está haciendo aquí…

Vick y yo miramos el cielo. Hemos oído lo mismo, hemos percibido el mismo cambio.

El enemigo.

La luna ya ha salido.

Y está llena.

—¡Ya vienen! —grita Vick.

Otras voces repiten su aviso. Gritan y chillan y en ellas percibo terror, rabia y otro sentimiento que reconozco de otra época ya muy lejana. La alegría de devolver el golpe.

Vick me mira y sé que pensamos lo mismo. Estamos tentados de quedarnos para luchar hasta el final. Le hago un ademán negativo con la cabeza. ¡No! Él puede quedarse, pero yo no pienso hacerlo. Tengo que salir de aquí. Tengo que tratar de reunirme con Cassia.

Veo haces de linternas que se mueven y oscilan. Figuras oscuras que corren y gritan.

—¡Ahora! —exclama Vick.

Suelto mi pistola y agarro a Eli por el brazo.

—Ven con nosotros —le ordeno. Él me mira, confuso.

—¿Adónde? —pregunta. Señalo la Talla y él abre mucho los ojos—. ¿Ahí?

—Ahí —respondo—. ¡Ya!

Eli solo vacila un momento. Asiente y echamos a correr. He dejado mi pistola en el suelo. Una oportunidad más, quizá, para otro señuelo y, por el rabillo del ojo, veo que Vick también deja la suya, junto con el miniterminal.

De noche, parece que corramos a toda velocidad por el lomo de un animal enorme, que lo hagamos por sus vértebras y por zonas de hierba alta y fina que brilla bajo la luna como un reluciente pelaje plateado. Conforme nos acercamos a la Talla falta menos para que pisemos roca, y será entonces cuando estaremos más expuestos.

Al cabo de un kilómetro, veo que Eli se rezaga.

—Tira la pistola —ordeno y, cuando no lo hace, se la quito de las manos de un golpe.

El arma cae ruidosamente al suelo y Eli se detiene.

—¡Eli! —exclamo, y entonces comienza el ataque.

Y los gritos.

—Corre —le ordeno—. No escuches.

Yo también trato de no oír nada, ni los chillidos ni a los moribundos.

Pisamos roca y Eli y yo nos detenemos junto a Vick, que ya se ha desorientado.

—Por ahí —digo, mientras señalo.

—Tenemos que volver para ayudarlos —afirma Eli.

Vick no responde y echa de nuevo a correr.

—¿Ky?

—Sigue corriendo, Eli —le ordeno.

—¿Te da igual que mueran? —pregunta.

Pop-pop-pop.

Detrás de nosotros, oímos las patéticas explosiones de las pistolas que hemos trucado. Aquí, son insignificantes.

—¿No quieres vivir? —pregunto a Eli, furioso por el hecho de que me lo ponga tan difícil, de que no me permita olvidar lo que sucede detrás de nosotros.

Y entonces el animal tiembla bajo nuestros pies. Ha caído una bomba y Eli y yo aceleramos el ritmo, guiados únicamente por nuestro instinto de supervivencia. Correr es mi único pensamiento.


Ya había hecho esto. Hace años. Mi padre me dijo una vez: «Si algo ocurre, huye a la Talla», y eso hice. Como siempre, quería sobrevivir.

Los funcionarios aterrizaron delante de mí después de tardar minutos en cubrir con su aeronave los kilómetros que a mí me había llevado horas recorrer a pie. Me tiraron al suelo. Yo me resistí. Una piedra me rasguñó la cara. Pero no solté la única cosa que me había llevado del pueblo: el pincel de mi madre.

En la aeronave, vi a la otra única superviviente, una niña de mi pueblo. Cuando despegamos, los funcionarios nos ofrecieron una pastilla roja. Yo había oído rumores. Pensé que iba a morir. Así que cerré la boca. No pensaba tomarme la mía.

—Vamos —dijo una de las funcionarias en tono compasivo. Luego, me abrió la boca a la fuerza y me metió una pastilla verde. La falsa calma me invadió y no pude oponer resistencia cuando también me metió la roja. Pero mis manos siguieron firmes. Agarraban el pincel con tanta fuerza que se rompió.

No me morí. En la aeronave, nos llevaron detrás de una cortina y nos lavaron las manos, la cara y el pelo. Fueron amables mientras olvidábamos, nos dieron ropa limpia y nos explicaron la historia que debíamos recordar en vez de lo que había sucedido en realidad.

—Lo lamentamos —dijeron, mientras ponían cara de sentirlo realmente—. El enemigo ha atacado los campos en los que trabajaban muchos de vuestros vecinos. Ha habido pocas víctimas, pero vuestros padres han muerto.

«¿Por qué razón nos decís esto? —pensé—. ¿Creéis que vamos a olvidarlo? No ha habido pocas víctimas. Han muerto casi todos. Y no estaban en los campos. Lo he visto todo.»

La niña lloró, asintió y les creyó, aunque debería haber sabido que mentían. Y comprendí que olvidar era justo lo que esperaban que yo hiciera.

Fingí que lo hacía. Asentí como la niña y traté de poner la misma expresión vacía que ella tenía bajo las lágrimas.

Pero no lloré. Sabía que, si empezaba, ya no podría parar. Y entonces sabrían lo que había visto realmente.

Me quitaron el pincel roto y me preguntaron por qué lo llevaba.

Y, por un momento, sentí pánico. No me acordaba. ¿Estaba haciéndome efecto la pastilla roja? Entonces lo recordé. Llevaba el pincel porque era de mi madre. Lo encontré en el pueblo cuando bajé de la meseta después del ataque aéreo.

Los miré y dije:

—No lo sé. Me lo he encontrado.

Me creyeron y yo aprendí a decir las mentiras justas para salir siempre del paso.


Hemos llegado al borde de la Talla.

—¿Por cuál? —me grita Vick. De cerca, vemos lo que no se veía de lejos: las hondas grietas que surcan la superficie de la Talla. Cada una, un cañón distinto y una opción distinta.

No lo sé. Es la primera vez que estoy aquí. Solo sé lo que mi padre me contó, pero tengo que decidirme, deprisa. Ahora, por un momento, soy el líder.

—Por ese —respondo mientras señalo el cañón más próximo. El que tiene un montón de pedruscos cerca. Por algún motivo, me parece el correcto, como un relato que ya he leído.

Apagamos las linternas. La luna va a tener que bastarnos. Necesitamos ambas manos para descender a las profundidades de la tierra. Me hago un corte en el brazo con una roca y los abrojos se me adhieren donde pueden, como polizones.

Detrás de nosotros, oigo un estruendo, un ruido distinto al fuego enemigo. Y no ha sido en el pueblo. Sino cerca de aquí. En la llanura que acabamos de dejar atrás.

—¿Qué ha sido eso? —pregunta Eli.

—¡Vamos! —le decimos Vick y yo a la vez. Y seguimos bajando. Cada vez más deprisa, heridos, sangrando, magullados. Perseguidos.

Al cabo de un rato, Vick se detiene y yo lo adelanto. Tenemos que llegar al fondo del cañón, ¡ya!

—¡Cuidado! —grito—. El suelo es rocoso. —Oigo a Eli y a Vick respirando detrás de mí.

—¿Qué ha sido eso? —vuelve a preguntar Eli.

—Nos han seguido —responde Vick—. Y los han abatido.

—Podemos descansar un momento —digo mientras me refugio debajo de un gran saliente rocoso. Vick y Eli se unen a mí.

Vick resuella al respirar. Lo miro.

—Tranquilo —dice—. Me pasa cuando corro, más si hay polvo.

—¿Quién los ha abatido? —pregunta Eli—. ¿El enemigo?

Vick no dice nada.

—¡¿Quién?! —insiste Eli, con voz chillona.

—No lo sé —responde Vick—. De veras.

—¿No lo sabes? —pregunta Eli.

—Nadie sabe nada —dice Vick—. Aparte de Ky. Él cree haber encontrado la verdad en una chica.

El odio se apodera de mí, pura cólera consumida, pero, antes de que pueda reaccionar, Vick añade:

—Quién sabe. A lo mejor tiene razón. —Se separa de la pared rocosa en la que estaba apoyado—. Sigamos. Ve tú primero.

El frío aire del cañón me quema la garganta al respirar mientras espero a que mis ojos se habitúen a la oscuridad y los distintos matices de su negrura se concreten en siluetas de rocas y plantas.

—Por aquí —digo—. Alumbrad el suelo con las linternas si os hace falta, pero la luna debería ser suficiente.

La Sociedad nos oculta cosas, pero al viento le da igual lo que sepamos. Nos trae indicios de lo que ha sucedido conforme nos adentramos en el cañón: un olor a humo y una sustancia blanca que cae sobre nosotros. Ceniza blanca. Ni por un instante la tomo por nieve.

## Capítulo 10

## *Cassia*

Cuando aterrizamos, quiero ser la primera en bajar de la aeronave para ver si está Ky. Pero recuerdo lo que él me dijo en el distrito sobre no llamar la atención, de modo que me quedo en el centro del grupo de chicas y lo busco entre las numerosas filas de chicos con abrigos negros que tenemos ante nosotras.

No está.

—Recordad —dice el funcionario a los chicos— que debéis tratarlas como al resto. Nada de violencia, de ninguna clase. Os estaremos vigilando.

Nadie reacciona. No parece que haya un líder. A mi lado, Indie cambia de postura. Detrás de nosotras, una chica reprime un sollozo.

—Acercaos para que os repartamos los víveres —continúa el funcionario, y no hay empujones. Ni empellones.

Los chicos se ponen en fila y cada uno recoge los suyos. Debió de llover anoche. Tienen las botas manchadas de arcilla roja.

Miro cada rostro.

Algunos parecen aterrorizados; otros, astutos y peligrosos. Ninguno parece amable. Todos han visto demasiado. Observo sus espaldas, sus manos cuando cogen los víveres, sus rostros cuando pasan por delante del funcionario. No se pelean por la comida; hay para todos. Llenan sus cantimploras con el agua de grandes barriles azules.

Me doy cuenta de que los estoy clasificando. Y pienso: «¿Y si tuviera que clasificarme a mí? ¿Qué vería? ¿Vería una persona que va a sobrevivir?».

Intento mirarme, ver a la chica que observa mientras el funcionario y los militares recogen sus cosas y se marchan en la aeronave. Lleva ropa nueva para ella y mira ávidamente unos rostros que no conoce. Me fijo en su enmarañado cabello castaño, en su postura erguida, que mantiene incluso después de que los militares y el funcionario se marchen y uno de los chicos se adelante para explicar a las recién llegadas que aquí no se cultiva nada, que el enemigo ataca todas las noches, que la Sociedad ya no reparte pistolas y que, de todas formas, las pistolas no han funcionado nunca, que todas las personas de este campo están aquí para morir y nadie sabe el motivo.

La chica sigue con la espalda recta cuando otras caen de rodillas porque ya sabía todo esto desde el principio. No puede darse por vencida, no puede llevarse las manos a la cabeza ni llorar de rabia porque tiene que encontrar a una persona. De entre todas las chicas, es la única que esboza una sonrisa.

«Sí —me digo—. Va a sobrevivir.»


Indie me pide el paquete. Se lo doy y, cuando ella coge el objeto que ha escondido con las pastillas y me lo devuelve, me percato de que sigo sin saber qué es. Pero ahora no es momento de preguntárselo. Tengo otra pregunta más urgente que responder. ¿Dónde está Ky?

—Busco a una persona —digo—. Se llama Ky. —El grupo ha comenzado a disgregarse, ahora que los chicos han terminado de decirnos la verdad—. Es moreno, con los ojos azules —continúo, en voz más alta—. Vino de una gran ciudad, pero también conoce estas tierras. Tiene palabras. —Me pregunto si ha encontrado una forma de venderlas aquí, de intercambiarlas.

Los chicos me miran con ojos de distintos colores, azules, verdes, grises. Pero ninguno tiene el color de los ojos de Ky, ningún azul es exactamente el suyo.

—Ahora deberíais descansar —aconseja el chico que nos ha dicho la verdad—. Cuesta dormir de noche. Es cuando suele atacar el enemigo. —Parece agotado y, cuando se aleja, veo que lleva un miniterminal en la mano. ¿Fue el líder en algún momento? ¿Sigue dando información por la fuerza de la costumbre?

Los demás también se van. La apatía de este campo me asusta más que la propia situación. Estos chicos no parecen saber nada de ninguna rebelión o Alzamiento. Si ya nada les importa, si se han dado todos por vencidos, ¿quién me ayudará a encontrar a Ky?

—Yo no puedo dormir —susurra una chica de la aeronave—. ¿Y si es mi último día?

Al menos, puede hablar. Otras casi parecen haberse quedado catatónicas de la impresión. Veo que un chico se acerca a una de las chicas y le dice algo. Ella se encoge de hombros, nos mira y se marcha con él.

El corazón se me acelera. ¿Debería disuadirla? ¿Qué hará él?

—¿Les has mirado las botas? —me susurra Indie.

Asiento. Me he fijado en el barro, y en las propias botas. Tienen la suela recia y son de caucho, igual que las nuestras, pero las suyas llevan muescas alrededor de la suela. Imagino qué deben de significar, qué deben de señalar. Los días que han sobrevivido. Se me encoge el corazón porque ninguno de los chicos tiene muchos cortes en las botas. Y ya han pasado casi doce semanas desde que se llevaron a Ky.

Los chicos se alejan con paso cansino. Parecen retirarse a los lugares donde duermen y no querer saber nada de nadie, pero unos cuantos rodean a las chicas. Dan la impresión de estar hambrientos.

«No clasifiques —me digo—. Ve lo que hay.»

Tienen muy pocas muescas en las botas. La apatía aún no ha hecho mella en ellos. Todavía desean cosas. Son nuevos. Lo más probable es que no lleven aquí el tiempo suficiente para haber conocido a Ky.

«Sigues clasificando. Ve lo que hay.»

Uno tiene las manos quemadas y pólvora negra por todas las botas, incluso en las rodillas. Está al final del grupo. Advierte que le observo las manos y me mira a los ojos, hace un gesto que no me gusta. Pero le mantengo la mirada. Trato de ver lo que hay.

—Tú lo conoces —digo—. Sabes de quién hablo.

No espero que lo admita, pero él asiente.

—¿Dónde está? —pregunto.

—Ha muerto —responde.

—Mientes —digo mientras me trago la preocupación y las ganas de llorar—. Pero te escucharé cuando quieras decirme la verdad.

—¿Qué te hace pensar que te diré algo? —pregunta.

—No te queda mucho tiempo para hablar —respondo—. Ni a ti ni a ninguno de nosotros.

Indie está a mi lado, con la vista clavada en el horizonte. Busca pistas de lo que nos espera. Unas cuantas personas se acercan a escuchar.

Por un momento, parece que el chico va a hablar, pero entonces se ríe y se marcha.

Sin embargo, yo no me preocupo. Sé que volverá: lo he visto en sus ojos. Y estaré preparada.

El día se hace a la vez largo y corto. Todos esperamos. La pandilla de chicos regresa, pero, por algún motivo, guarda las distancias. Quizá se deba a la amenaza del antiguo líder, que permanece cerca de nosotras, con el miniterminal en la mano para informar de cualquier conducta inapropiada. ¿Temen las consecuencias si nos hacen daño y el funcionario regresa?

Estoy cenando con las otras chicas cuando veo que el chico de las manos quemadas se acerca. Me levanto y le ofrezco la comida que queda en mi bandeja de papel de aluminio. En este campo, las raciones son tan reducidas que cualquiera que lleve mucho tiempo aquí debe de estar famélico.

—Tonta —masculla Indie a mi lado, pero también se pone de pie. Después de ayudarnos en la aeronave, parece que, de algún modo, nos hayamos aliado.

—¿Me estás sobornando? —me pregunta el chico con malicia cuando ve que le ofrezco mi guiso de carne y fécula.

—Por supuesto —respondo—. Tú eres el único que estaba presente. Eres el único que lo sabe.

—Podría quitártela sin más —aduce—. Podría quitarte todo lo que quisiera.

—Podrías —digo—. Pero no sería inteligente.

—¿Por qué no? —pregunta.

—Porque nadie te escuchará como yo —respondo—. Nadie más quiere saberlo. Pero yo sí. Yo quiero saber lo que viste.

Vacila.

—Los demás no quieren oír hablar de eso, ¿verdad? —pregunto.

El chico se aparta y se pasa una mano por el pelo, un gesto, creo, que conserva de otra época, porque ahora lo lleva corto, como todos sus compañeros.

—Está bien —dice—. Pero fue en otro campo. El campo donde estuve antes de venir aquí. Quizá no sea la misma persona. El Ky que conozco tenía palabras, como tú has dicho.

—¿Qué palabras tenía? —pregunto.

Se encoge de hombros.

—Unas que decía por los muertos.

—¿Cuáles eran? —insisto.

—Casi no me acuerdo —responde—. Decían algo de un Piloto.

Parpadeo, sorprendida. Ky también conoce el poema de Tennyson. ¿Cómo? Entonces recuerdo la primera vez que abrí la polvera aquel día que estaba en el bosque. Más adelante, Ky me dijo que me vio. A lo mejor también vio el poema, sin que yo me diera cuenta. O puede que yo lo susurrara demasiado alto cuando lo releí tantas veces en el bosque. Sonrío. «Así que también compartimos el segundo poema.»

Los ojos de Indie van del chico a mí, cargados de curiosidad.

—¿A quién se refería con el Piloto? —pregunta.

El chico se encoge de hombros.

—No lo sé. Decía las palabras siempre que alguien moría. Eso es todo. —Comienza a reírse, una risa que carece de humor—. Pero debió de pasarse horas repitiéndolas la última noche.

—¿Qué pasó la última noche?

—Hubo un ataque aéreo —responde, ya sin reírse—. El peor de todos.

—¿Cuándo fue?

Se mira la bota.

—Anteanoche —responde, como si apenas se lo pudiera creer—. Parece que haga más tiempo.

—¿Lo viste esa noche? —pregunto, con el corazón desbocado. Si me puedo fiar de este chico, Ky estaba vivo y cerca de aquí anteanoche—. ¿Estás seguro? ¿Le viste la cara?

—La cara, no —responde—, la espalda. Él y su amigo Vick huyeron y nos abandonaron. Nos sacrificaron para salvarse ellos. Solo sobrevivimos seis. No sé dónde se han llevado los militares a los otros cinco después de que me trajeran aquí. En este campo solo estoy yo.

Indie me lanza una mirada inquisitiva y leo la pregunta en sus ojos: «¿Es él?». No es propio de Ky abandonar a gente, pero sí lo es hallar una oportunidad en una situación desesperada y no dejarla escapar.

—Así que se largó la noche del ataque aéreo. Y os dejó… —No puedo terminar la frase.

Se hace el silencio bajo el cielo.

—Los entiendo —dice el chico mientras su rencor se trueca en agotamiento—. Yo habría hecho lo mismo. Si hubiéramos escapado demasiados, nos habrían pillado. Trataron de ayudarnos. Nos enseñaron a lanzar nuestras pistolas como granadas, para que al menos pudiéramos contraatacar una vez. Aun así, sabían lo que hacían la noche que escaparon. Fue el momento ideal. Murieron tantos señuelos, algunos a causa de nuestras propias pistolas, que es posible que la Sociedad no sepa quién terminó convertido en ceniza y quién no. Pero yo me di cuenta. Los vi escapar.

—¿Sabes dónde están ahora? —pregunta Indie.

—Ahí, en alguna parte. —El chico señala unas formaciones rocosas que apenas se ven desde aquí—. Nuestro pueblo estaba cerca de esas rocas. Ky llamaba a ese sitio la Talla. Debía de estar desesperado. Aquello es la muerte. Anómalos, escorpiones, crecidas. Aun así… —Se queda callado y mira el cielo—. Se llevaron a un crío con ellos. Eli. No debía de tener ni trece años. El menor de nuestro grupo. Era incapaz de tener la boca cerrada. ¿De qué les servía? ¿Por qué no se llevaron a uno de nosotros?

Es Ky, seguro.

—Pero, si lo viste escapar, ¿por qué no lo seguiste? —pregunto.

—Vi lo que le pasó a un chico que lo intentó —responde, sin inmutarse—. Se decidió demasiado tarde. Las aeronaves lo abatieron. Solo consiguieron llegar ellos tres. —Vuelve a mirar la Talla, recordando.

—¿A qué distancia está la Talla? —pregunto.

—Lejos —responde—. A unos cuarenta o cincuenta kilómetros. —Enarca una ceja—. ¿Crees que puedes llegar sola? Anoche llovió. Sus pisadas se habrán borrado.

—Me gustaría que me ayudaras —digo—. Enséñame dónde fue exactamente.

Él se ríe, una risa que no me gusta pero que comprendo.

—¿Y qué consigo yo a cambio?

—Algo que sirve para sobrevivir en los cañones —respondo—, robado de un centro médico de la Sociedad. Te diré más si consigues llevarnos a la Talla sin percances. —Miro a Indie. No hemos hablado de si va a acompañarme, pero parece que ahora somos un equipo.

—De acuerdo —dice el chico, interesado—. Pero no quiero más sobras de comida con sabor a papel de aluminio. —A Indie se le escapa un grito de sorpresa, pero yo sé por qué me ha costado tan poco convencerlo: quiere venir con nosotras. También desea escapar, pero no lo hará solo. No después de haber estado en el campo de Ky. No ahora. Nos necesita tanto como nosotras a él.

—No lo serán —respondo—. Te lo prometo.

—Tendremos que pasarnos toda la noche corriendo. ¿Podrás?

—Sí —respondo.

—Yo también —afirma Indie. La miro—. Me voy con vosotros —añade, y no es una pregunta. Nadie decide por ella. Y es ahora o nunca.

—Bien —digo.

—Vendré a buscaros cuando esté oscuro y todos duerman —explica el chico—. Buscad un sitio para descansar. Hay un viejo almacén, en las afueras del pueblo. Puede que sea el mejor sitio. Los señuelos que duermen ahí no os harán daño.

—De acuerdo —digo—. Pero ¿y si hay un ataque aéreo?

—Si hay un ataque, iré a buscaros cuando haya terminado. Si no, estáis muertas. ¿Os han dado linternas?

—Sí —respondo.

—Cogedlas. La luna nos vendrá bien, pero ya ha empezado a menguar.

La luna blanca asoma por encima de la negra silueta de la Talla y me doy cuenta de que estaba ahí desde el principio y yo la había olvidado, aunque podría haberla reconocido por la ausencia de estrellas en el espacio que ocupa. Aquí, las estrellas son como en Tana, numerosas y diáfanas en esta noche despejada.

—Vuelvo enseguida —dice Indie y, antes de que pueda detenerla, se escabulle.

—Ten cuidado —susurro demasiado tarde. Ya ha salido.

—¿Cuándo suelen venir? —pregunta una de las chicas.

Estamos todas apiñadas en las ventanas, que ya no tienen cristal. El viento se cuela por ellas, su corriente es un río de aire frío que fluye de una a otra.

—Nunca se sabe —responde un chico. Tiene cara de resignación—. Nunca. —Suspira—. Cuando vienen, el mejor sitio son los sótanos. Este pueblo los tiene. Hay otros que no.

—Pero algunos nos arriesgamos a quedarnos aquí —dice un compañero—. No me gustan los sótanos. No pienso con claridad cuando estoy bajo tierra.

Hablan como si llevaran toda la vida aquí, pero, cuando les alumbro las botas con la linterna, veo que solo tienen cinco o seis muescas.

—Voy un rato afuera —digo al cabo de un momento—. No hay ninguna regla que lo prohíba, ¿no?

—No te separes de las sombras ni enciendas la linterna —me aconseja el chico al que no le gustan los sótanos—. No llames la atención. Podrían estar sobrevolándonos, esperando.

—De acuerdo —digo.

Indie llega justo cuando voy a salir y suspiro con alivio. No ha vuelto a huir.

—Esto es precioso —dice, casi alegre, y sale conmigo.

Tiene razón. Si se puede dejar de lado todo lo que sucede, el paisaje es precioso. La blanca luz de la luna baña las aceras de cemento y veo al chico. Es cauteloso. Dejo de verlo, pero percibo su presencia. No me sorprendo cuando me susurra al oído; Indie tampoco.

—¿Cuándo nos vamos? —le pregunto.

—Ahora —responde—. O no llegaréis antes de que amanezca.

Lo seguimos cuando se dirige a las afueras del pueblo; veo que hay otros señuelos moviéndose al amparo de las sombras, empleando el poco tiempo que les queda de distintas formas. Nadie parece reparar en nosotros.

—¿Nadie intenta fugarse? —pregunto.

—No a menudo —responde el chico.

—¿Y rebelarse? —pregunto cuando llegamos al final del pueblo—. ¿Se habla alguna vez de eso?

—No —responde con voz apagada—. No se habla de eso. —Se detiene—. Quitaos los abrigos.

Nos quedamos mirándolo. Él se ríe mientras se quita el suyo y lo pasa por la correa de su mochila.

—Pronto dejarán de haceros falta —dice—. Entraréis en calor enseguida.

Indie y yo nos quitamos los abrigos. Nuestra ropa negra de diario se confunde con la noche.

—Seguidme —dice el chico.

Y echamos a correr.

Al cabo de unos dos kilómetros, solo mis manos siguen frías.

En el distrito, corrí descalza por la hierba para tratar de ayudar a Ky. Aquí, llevo unas pesadas botas y tengo que sortear piedras para no torcerme el tobillo, pero me siento más ligera que entonces, y mucho más ligera de lo que nunca me sentí corriendo en la lisa cinta de la pista dual. La adrenalina y la esperanza me inundan; podría correr eternamente de esta forma, hacia Ky.

Nos detenemos a beber y siento cómo el agua helada se abre paso por mi cuerpo. Puedo seguir su curso entre mi garganta y mi estómago, una estela de frío que me hace temblar, una vez, antes de volver a tapar la cantimplora.

Pero comienzo a cansarme demasiado pronto.

Tropiezo con una piedra, no logro esquivar un arbusto. Este me hinca sus dientes, sus espinosos frutos, en la ropa y la pierna. La escarcha cruje bajo nuestros pies. Tenemos suerte de que no haya nieve; y el aire es tan frío como en un desierto, un frío penetrante que me induce erróneamente a creer que no tengo sed porque respirar es como beber hielo.

Cuando me llevo las manos a los labios, los tengo secos.

No miro atrás para ver si alguien nos persigue o surca el cielo para abatirse sobre nosotros. Lo que tenemos delante exige toda mi atención. La luz de la luna nos basta para ver, pero, en ocasiones, nos arriesgamos a encender las linternas cuando las sombras son demasiado densas.

El chico enciende la suya y suelta un taco.

—Se me ha olvidado mirar arriba —dice.

Cuando lo hago yo, veo que, en nuestro esfuerzo por evitar pequeños barrancos y rocas afiladas, hemos comenzado a dar vueltas.

—Estás cansado —observa Indie—. Deja que vaya yo primera.

—Puedo ir yo —sugiero.

—Espera —me dice ella, con la voz tensa y fatigada—. Creo que tú vas a ser la única con ánimo suficiente para tirar de nosotros al final.

La ropa se nos engancha en duros arbustos espinosos; el penetrante olor del aire es inconfundible, seco. «¿Puede ser salvia? —me pregunto—. El olor que Ky prefiere de su tierra.»

Al cabo de varios kilómetros, dejamos de correr en fila. Lo hacemos uno al lado del otro. No es eficaz. Pero nos necesitamos demasiado.

Todos nos hemos caído. Todos sangramos. El chico se ha lastimado el hombro; Indie tiene las piernas llenas de rasguños; yo me he caído a un barranco poco profundo y me duele todo el cuerpo. Corremos tan despacio que casi andamos.

—Una maratón —resuella Indie—. Así se llaman las carreras como esta. Me sé una historia sobre una.

—¿Me la explicas? —pregunto.

—Mejor no.

—Mejor sí. —Lo que sea para dejar de pensar en lo duro que es esto, en lo mucho que todavía nos queda. Aunque nos acercamos, nos parece que cada nuevo paso va a ser el último. Me asombra que Indie sea capaz de hablar. El chico y yo hemos dejado de hacerlo hace horas.

—Ocurrió cuando se acababa el mundo. Había que llevar un mensaje. —Jadea y sus palabras se tornan entrecortadas—. Alguien corrió más de cuarenta kilómetros para comunicarlo. Como nosotros. Lo consiguió. Lo comunicó.

—¿Y lo recompensaron? —pregunto, entre jadeos—. ¿Bajó una aeronave y lo salvó?

—No —responde—. Comunicó el mensaje y se murió.

Comienzo a reírme, lo cual es un derroche de aire, e Indie también lo hace.

—Te he dicho que mejor no te lo contaba.

—Al menos, el mensaje llegó —aduzco.

—Supongo —dice. Cuando me mira, aún sonriente, advierto que lo que yo había percibido como frialdad es, de hecho, calor. Indie tiene un fuego dentro que la mantiene con vida y en movimiento incluso en un lugar como este.

El chico tose y escupe. Lleva más tiempo aquí que nosotras. Parece débil.

Dejamos de hablar.

Cuando todavía nos quedan varios kilómetros para alcanzar la Talla, el aire comienza a oler distinto. Ya no es puro ni huele a plantas como antes. Se ha vuelto denso y humeante, como si algo ardiera. Cuando miro al frente, me parece ver ascuas que brillan en la oscuridad, destellos de luz ambarina bajo la luna.

Percibo otro olor, un olor que no conozco bien, pero que intuyo que podría ser a muerte.

Ninguno de nosotros dice nada, pero el olor nos empuja a seguir corriendo como casi ninguna otra cosa lo haría y, durante un rato, no respiramos hondo.

Corremos durante una eternidad. Recito los versos del poema al ritmo de mis pasos. Mi voz casi me parece la de otra persona. No sé de dónde saco las fuerzas y mezclo las palabras: «Pues aunque el flujo lejos me arrastre cañón adentro y de la muerte y el espacio se rebase el umbral», pero no me importa. No sabía que las palabras podían no importar.

—¿Lo recitas por nosotros? —resuella el chico. Es la primera vez que habla desde hace horas.

—No estamos muertos —digo. Ningún muerto se siente tan cansado.


—Hemos llegado —dice el chico, y se detiene. Miro hacia el lugar que señala y veo unos pedruscos por los que será difícil, pero no imposible, bajar.

Lo hemos conseguido.

El chico se dobla, extenuado. Indie y yo nos miramos. Creo que está enfermo y alargo la mano para tocarle el hombro, pero se yergue.

—Vamos —digo, sin estar segura de por qué espera.

—No voy con vosotras —me informa—. Me voy por ese cañón. —Señala detrás de él.

—¿Por qué? —pregunto, e Indie dice:

—¿Cómo sabemos que podemos fiarnos de ti? ¿Cómo sabemos que este es el cañón correcto?

El chico menea la cabeza.

—Lo es —afirma mientras alarga la mano para que le paguemos—. Daos prisa. Ya es casi de día. —Habla en voz baja, sin emoción, y eso es lo que me convence de que dice la verdad. Está demasiado cansado para mentir—. Al final, el enemigo no ha atacado esta noche. Se darán cuenta de que no estamos. Puede que informen por el miniterminal. Tenemos que bajar a los cañones.

—Ven con nosotras —sugiero.

—No —dice. Me mira y me doy cuenta de que nos necesitaba para la carrera. Es demasiado dura para hacerla solo. Ahora, por el motivo que sea, quiere seguir solo. Susurra—: Por favor.

Meto la mano en mi mochila y cojo las pastillas. Mientras las saco torpemente del paquete, con las manos frías pese al sudor que me corre por la espalda, él vuelve la cabeza hacia el lugar donde desea estar. Quiero que nos acompañe. Pero la decisión es suya.

—Ten —digo, y le ofrezco la mitad de las pastillas. Él las mira, encerradas en sus pequeños compartimientos herméticos, todas con una etiqueta en la parte de atrás que indica claramente lo que son. Azul. Azul. Azul. Azul.

Y se echa a reír.

—Azules —dice, y se ríe más fuerte—. Todas de color azul. —Y en ese momento, como si hubiera invocado el color al nombrarlo, todos advertimos que el cielo se ha teñido de luz.

—Coge unas cuantas —digo, y me acerco. Veo sudor congelado en las puntas de su pelo demasiado corto; escarcha en sus pestañas. Tirita. Debería ponerse el abrigo—. Coge unas cuantas —repito.

—No —replica, y me aparta la mano.

Las pastillas caen al suelo. Grito y me arrodillo para recogerlas.

El chico se queda un momento callado.

—Quizá una o dos —dice, y lo veo bajar la mano con rapidez. Recoge el paquete y separa dos cuadraditos. Antes de que pueda detenerlo, me lanza el resto y echa a correr.

—¡Pero tengo otras! —grito.

Nos ha ayudado a llegar hasta aquí. Podría darle la verde por si necesita calmarse. O la roja, y así podría olvidar esta espantosa carrera y el olor de sus amigos muertos cuando hemos pasado por delante del pueblo incendiado. Debería darle ambas. Abro la boca para llamarlo, pero ni tan siquiera sé su nombre.

Indie no se ha movido.

—Tenemos que ir tras él —digo en tono de urgencia—. Vamos.

—Número diecinueve —susurra.

Sus palabras no significan nada para mí hasta que sigo su mirada. La luz ha hecho visible lo que hay más allá de los pedruscos: la Talla, en primer plano.

—Oh —susurro—. Oh.

Aquí, el mundo cambia.

Ante mí se·extiende un paisaje de cañones, de abismos, de brechas y gargantas. Un paisaje de sombras, de elevaciones y declives. De rojos y azules y muy poco verde. Indie tiene razón. Conforme clarea y veo los picos recortados y los profundos cañones, la Talla me recuerda un poco al cuadro que Xander me regaló.

Pero la Talla es real.

El mundo es mucho más grande de lo que yo pensaba.

Si descendemos a esta Talla con sus kilómetros de montañas y hectáreas de valles, con sus precipicios y grutas, desapareceremos casi por completo. Nos convertiremos prácticamente en nada.

De pronto, recuerdo una vez en el centro de segunda enseñanza, antes de que comenzáramos a especializarnos, que nos repartieron esquemas de nuestros huesos y cuerpos y nos dijeron cuán frágiles éramos, con cuánta facilidad podíamos rompernos o enfermar sin la

Sociedad. Recuerdo que, cuando vi en las ilustraciones que nuestros huesos blancos estaban, de hecho, llenos de sangre roja y tuétano, pensé: «No sabía que tuviera esto dentro».

No sabía que la tierra tuviera esto dentro. La Talla parece tan vasta como el cielo bajo el que se extiende.

Es el escondrijo ideal para alguien como Ky. Toda una rebelión podría guarecerse en un lugar como este. Comienzo a sonreír.

—Espera —digo cuando Indie se dispone a bajar a la Talla por los pedruscos—. Solo faltan unos minutos para que salga el sol. —Soy codiciosa. Quiero ver más.

Ella niega con la cabeza.

—Tenemos que estar dentro antes de que se haga de día.

Tiene razón. Miro por última vez al chico, cuya silueta menguante se aleja más deprisa de lo que yo le creía capaz. Me habría gustado darle las gracias.

Bajo detrás de Indie al cañón por el que espero que Ky huyera hace tan solo dos días. Me alejo de la Sociedad, de Xander, de mi familia, de la vida que conozco. Me alejo del chico que nos ha guiado hasta aquí, de la luz que comienza a bañar este paisaje y torna el cielo azul y la piedra roja, la luz que podría acarrearnos la muerte.

## Capítulo 11

## *Ky*

Debería haber patrullas en el cañón. Creía que tendríamos que recurrir al trueque y a las súplicas para pasar los controles como hizo mi padre la primera vez que vino. Pero no aparece nadie. Al principio, la calma es inquietante. Pero enseguida advierto que la Talla rebosa vida de todas formas. Cuervos negros revolotean por encima de nosotros y sus ásperos graznidos resuenan en los cañones. Coyotes, liebres y ciervos huyen a nuestro paso y un diminuto zorro gris se escabulle cuando bebemos del arroyo. Un pajarillo se cobija en un árbol que tiene una oscura herida longitudinal en el centro. Parece que fue alcanzado por un rayo y siguió creciendo alrededor de la quemadura.

Pero nada humano todavía.

¿Les ha sucedido algo a los anómalos?

El arroyo se ensancha a medida que nos adentramos en el cañón. Camino por las rocas redondeadas y alisadas que lo bordean. Si avanzamos por ellas, dejaremos menos huellas a nuestro paso. «En verano, llevo bastón y me meto en el río», me explicó mi padre.

Pero ahora el agua está demasiado fría para caminar por el río. Hay costras de hielo en las orillas. Miro alrededor y me pregunto qué habría visto mi padre en verano. Los arbolillos pelados tendrían todas las hojas, o tantas como adquiere cualquier planta en el desierto. Haría un sol de justicia y sería agradable mojarse los pies en el agua fresca. Los peces huirían al percibir que se acercaba.

A la tercera mañana, encontramos el suelo cubierto de escarcha. No he visto ningún pedernal para encender una fogata con él. Nos habríamos congelado sin los abrigos.

Eli habla y parece que me haya leído el pensamiento.

—Al menos, la Sociedad nos ha dado los abrigos —dice—. Nunca había tenido un abrigo tan caliente.

Vick está de acuerdo.

—Casi parecen de uso militar —opina—. ¿Por qué los habrá desperdiciado la Sociedad con nosotros?

Al oírles hablar, comprendo qué me ha estado preocupando casi sin darme cuenta: «Algo no encaja con los abrigos».

Me quito el mío y, pese al frío viento, las manos no me tiemblan cuando saco un afilado trozo de ágata.

—¿Qué haces? —pregunta Vick.

—Cortar el abrigo.

—¿Vas a explicarme por qué?

—Te lo enseñaré. —Extiendo el abrigo en el suelo como el cadáver de un animal y hago una incisión—. A la Sociedad no le gusta desperdiciar las cosas —digo—. Así que tenemos los abrigos por un motivo. —Separo la primera capa de tela.

Debajo, cables impermeables, algunos azules, otros rojos, surcan el relleno como venas.

Vick suelta un taco y hace ademán de quitarse el abrigo. Alzo una mano para detenerlo.

—Espera un momento. Aún no sabemos para qué sirven.

—Lo más probable es que nos estén rastreando —dice—. Es posible que la Sociedad sepa dónde estamos.

—Es cierto, pero ¿por qué no sigues con el abrigo puesto mientras lo averiguo? —Tiro de los cables, tal como recuerdo que hacía mi padre—. Dentro hay un mecanismo calefactor —digo—. Reconozco los cables. Por eso abrigan tanto.

—¿Y qué más? —pregunta Vick—. ¿Por qué iban a querer que fuéramos abrigados?

—Para que nos dejemos los abrigos puestos —respondo.

Miro la ordenada telaraña de cables azules que se entrelaza con los rojos del mecanismo calefactor. El circuito azul parte del cuello del abrigo y discurre por los brazos hasta los puños. Los cables recorren la espalda, la pechera, los costados y las axilas. En un lugar próximo al corazón hay un disco de un tamaño similar al de una microficha.

—¿Por qué? —pregunta Eli.

Me echo a reír. Desengancho los cables azules del disco. Los separo con cuidado de los cables rojos. No quiero alterar el mecanismo calefactor. Funciona bien tal como está.

—Porque —respondo— nosotros les damos igual, pero los datos les apasionan. —Cuando he retirado todos los cables, cojo el disco plateado—. Estoy seguro de que esto registra variables como nuestro pulso, nuestro grado de hidratación, el momento de nuestra muerte. Y cualquier otra información que quieran conocer del tiempo que pasamos en los pueblos. No utilizan los abrigos para rastrearnos. Pero recopilan nuestros datos después de que hayamos muerto.

—Los abrigos no siempre se queman —observa Vick.

—Y, aunque se quemen, los discos son ignífugos —apostillo, y sonrío—. Se lo hemos puesto difícil —digo a Vick—. Todos los señuelos que hemos enterrado. —Se me borra la sonrisa cuando imagino a los militares desenterrando los cadáveres solo para quitarles el abrigo.

—El primer chico del río —recuerda Vick—. Nos ordenaron que le quitáramos el abrigo antes de que nos deshiciéramos de él.

—Pero, si nosotros les damos igual, ¿por qué les interesan nuestros datos? —pregunta Eli.

—La muerte —respondo—. Es lo único que todavía no han conquistado del todo. Quieren saber más de ella.

—Nosotros nos morimos y ellos aprenden a no hacerlo —dice Eli. Su voz parece distante, como si no solo pensara en los abrigos, sino también en otra cosa.

—¿Por qué no nos lo habrán impedido? —se extraña Vick—. Llevábamos semanas enterrando cadáveres.

—No lo sé —digo—. A lo mejor tenían curiosidad por ver cuánto íbamos a aguantar.

Por un instante, nadie dice nada. Enrollo los cables azules, las entrañas de la Sociedad, y los dejo debajo de una piedra.

—¿Alguno quiere que le quite los suyos? —pregunto—. Será un momento.

Vick me da su abrigo. Ahora que sé dónde están los cables azules, puedo ser más preciso con las incisiones. Hago solo unos pocos agujeritos y los saco. Practico uno más grande en la parte correspondiente al corazón para poder extraer el disco.

—¿Cómo vas a arreglar el tuyo? —me pregunta Vick mientras se pone el abrigo.

—Tendré que llevarlo así hasta que se me ocurra algo —respondo. Uno de los árboles próximos es un pino que rezuma resina. La utilizo para pegar algunos de los cortes. El olor de la resina, penetrante y terroso, me recuerda a los pinos más altos de la Loma—. Mientras los cables rojos funcionen, es probable que me siga abrigando lo suficiente.

Alargo la mano para que Eli me dé su abrigo, pero él no lo hace.

—No —dice—. Está bien así. Me da igual.

—De acuerdo —respondo, sorprendido, pero después creo entenderlo. El disco es lo más cerca de la inmortalidad que cualquiera de nosotros estará nunca, aunque no puede equipararse a las muestras de tejido que extraen a los ciudadanos ideales: una oportunidad de revivir algún día cuando la Sociedad disponga de la tecnología necesaria.

No creo que la Sociedad descubra nunca la fórmula de la inmortalidad. Ni tan siquiera ella puede devolver la vida. Pero es cierto que, en su seno, nuestros datos viven eternamente, que circulan sin cesar para que ella los convierta en las cifras que más le convienen. Es como lo que el Alzamiento ha hecho con la leyenda del Piloto.

Sé lo de la rebelión y su líder desde que me alcanza la memoria.

Pero nunca se lo he dicho a Cassia.

Estuve a punto de hacerlo en la Loma, el día que le expliqué el relato de Sísifo. No la adaptación que ha hecho el Alzamiento, sino la versión que más me gusta a mí. Cassia y yo estábamos en aquel umbrío bosque verde. Los dos teníamos una tela roja en la mano. Yo terminé el relato y estaba decidido a contárselo. Pero ella me preguntó por el color de mis ojos. En ese momento, comprendí que amarnos era más peligroso, más parecido a una rebelión, que nada de lo que pudiera sucedernos.

Llevaba toda la vida oyendo fragmentos del poema de Tennyson. Pero en Oria, después de verlos en los labios de Cassia, comprendí que el poema no pertenecía al Alzamiento. Tennyson no lo compuso para los rebeldes: lo escribió mucho antes de que la Sociedad existiera. Lo mismo sucedía con el relato de Sísifo. Existía mucho antes de que el Alzamiento, la Sociedad o mi padre se apropiaran de él.

En el distrito, cuando mi vida empezó a consistir en realizar las mismas tareas todos los días, también yo adapté el relato. Decidí que lo que uno piensa es más importante que cualquier otra cosa.

Así, jamás dije a Cassia que ya conocía el otro poema o que ya sabía de la rebelión. ¿Por qué? La Sociedad ya había empezado a inmiscuirse en nuestra relación. No necesitábamos que lo hiciera nadie más. Los poemas y relatos que compartiéramos podían significar lo que nosotros quisiéramos. Podíamos elegir juntos nuestro camino.

Por fin vemos una señal de los anómalos: una vía de escalada. Al pie de la pared, el suelo está salpicado de fragmentos azules. Me agacho para verlos mejor. Por un momento, me parecen los hermosos caparazones rotos de alguna clase de insecto. Azules y morados por debajo. Rotos y mezclados con barro rojo.

Pero descubro que son los frutos del enebro que crece cerca de la pared. Han caído del árbol, unas botas los han aplastado y la lluvia ha desdibujado las huellas hasta casi borrarlas. Paso la mano por los cortes de la roca y los anclajes metálicos a los que los anómalos enganchaban sus mosquetones. No queda ninguna cuerda.

## Capítulo 12

## *Cassia*

Mientras caminamos, busco alguna señal del paso de Ky por este lugar. Pero no encuentro nada. No vemos huellas, ningún rastro de vida humana. Incluso los árboles son pequeños y raquíticos, y uno de ellos tiene una oscura cicatriz longitudinal en el centro. También yo me siento como herida por el rayo. Aunque el chico que huyó con nosotras ya nos advirtió de que había llovido, yo aún esperaba encontrar algún rastro de Ky.

Y espero hallar pruebas del Alzamiento. Abro la boca para preguntar a Indie si ha oído hablar de él, pero algo me frena y no lo hago. De cualquier modo, tampoco estoy muy segura de cómo espero que sean las señales de una rebelión.

Hay un arroyo minúsculo, tan pequeño que casi desaparece cuando Indie y yo metemos nuestras cantimploras dentro al mismo tiempo. El arroyo se seca o se filtra bajo tierra cuando alcanza el borde de la Talla. Mientras caminaba en la oscuridad, no me he dado cuenta de cuándo ha comenzado a fluir, sino solo de su súbita presencia. Madera de deriva aguarda en pequeñas playas de arena, reseca, tras haber sido arrastrada por un río más caudaloso en otra época. No puedo dejar de preguntarme qué aspecto debe de tener visto desde arriba: un brillante hilo plateado, arrancado de uno de los Cien Vestidos entre los que me dieron a elegir, que serpentea por la inmensidad de roca roja que es la Talla.

Desde arriba, Indie y yo seríamos demasiado pequeñas para que nos vieran.

—Creo que nos hemos equivocado de cañón —digo a Indie.

Ella no responde enseguida; se ha agachado para coger un frágil objeto gris del suelo. Me lo enseña en las manos ahuecadas.

—Un viejo panal —digo mientras miro las apretadas celdillas finas como el papel.

—Parece una concha. —Indie abre su mochila y mete el panal abandonado—. ¿Quieres que demos media vuelta? ¿Que probemos con otro cañón?

Me detengo. Ya llevamos casi veinticuatro horas andando y nos hemos quedado sin comida. Para reponernos de la larga carrera hasta la Talla, nos hemos terminado toda la que llevábamos, que era para dos días. No quiero malgastar pastillas retrocediendo, sobre todo porque no sé si alguien nos sigue o nos acecha.

—Supongo que deberíamos continuar —digo—. Quizá veamos alguna señal de él pronto.

Indie asiente, se pone la mochila y recoge las dos piedras afiladas como cuchillos que siempre lleva mientras caminamos. Yo hago lo mismo. Hemos visto huellas de animales, aunque seguimos sin ver señales de los anómalos.

No hemos visto señales de nadie, vivo o muerto, aberrante o anómalo, funcionario o rebelde.

Por la noche, trabajo a oscuras en mi poema. Me ayuda a no pensar en lo que he dejado atrás.

Escribo otro primer verso.

«No hallé un modo de volar hasta ti. Por eso he dado cada paso por esta piedra.»

Tantos comienzos… Me digo que, en cierto sentido, es una suerte que todavía no haya encontrado a Ky, porque aún no sé qué susurrarle cuando lo vea, qué palabras serían el mejor regalo.

Indie habla por fin.

—Tengo hambre —dice. Su voz parece tan hueca como el panal vacío.

—Puedo darte una pastilla azul si quieres —sugiero.

No sé por qué soy tan reticente a tomarlas, dado que esta es precisamente la clase de situación para la que Xander me las dio. Quizá sea porque el chico que huyó con nosotras parecía no quererlas. O porque espero tener algo que dar a Ky cuando lo vea después de haber intercambiado su brújula. O porque todavía recuerdo las palabras de mi abuelo cuando hablamos de otra pastilla, la verde: «Eres lo bastante fuerte para pasar sin ella».

Indie me lanza una mirada incisiva y desconcertada.

Se me ocurre una idea y saco la linterna. Alumbro el suelo y vuelvo a reparar en algo que ya había visto y aún recuerdo: una planta. Mi madre no me enseñó muchos nombres de plantas, pero sí me describió los signos generales de toxicidad. Esta planta no muestra ninguno y sus espinas parecen indicar que tiene algo que proteger. Es carnosa y verde, con los bordes morados. No está lozana como la vegetación del distrito, pero es claramente mejor que el mustio amasijo de tallos y hojas al que el invierno ha reducido la mayoría de las plantas. Algunas de ellas tienen pequeños capullos grises colgados de sus peladas ramas, recuerdos de mariposas.

Indie me observa mientras arranco con cautela una de las recias hojas espinosas. Después se agacha a mi lado y hace lo mismo, y ambas utilizamos nuestras navajas de piedra para quitar las espinas. Nos lleva un buen rato, pero, al terminar, cada una tiene un trocito verde grisáceo de planta que parece despellejado.

—¿Crees que es venenosa? —pregunta Indie.

—No estoy segura —respondo—. Creo que no. Pero déjame probarla a mí.

—No —dice—. Las dos tomaremos un trocito a ver qué pasa.

Durante un momento, no hacemos nada aparte de masticar y, aunque no es lo mismo que la comida que llevo toda la vida ingiriendo, la comida de la Sociedad, es suficiente para engañar el estómago y matar el hambre. Si me abrieran en canal, quizá hallarían una chica que, en vez de tener huesos, está sustentada por fibrosos tendones resecos parecidos a las tiras de corteza que aquí cuelgan de los árboles.

Cuando nada sucede al cabo de un rato, damos otro mordisco a la planta. Se me ocurre otra palabra que puede rimar y la escribo, pero la tacho. No rima.

—¿Qué haces? —pregunta Indie.

—Intento escribir un poema.

—¿Uno de los Cien Poemas?

—No. Este es nuevo. Son mis propias palabras.

—¿Cómo has aprendido a escribir? —Se acerca un poco más y mira con curiosidad las letras que he escrito en el suelo.

—Me enseñó él —respondo—. El chico que busco.

Indie vuelve a quedarse callada y a mí se me ocurre otro verso.

«Tu mano envolviendo la mía, enseñándome figuras.»

—¿Por qué eres aberrante? —pregunta Indie—. ¿Eres la primera generación?

Vacilo, porque no quiero mentirle, pero entonces me doy cuenta de que ya no es una mentira. Si la Sociedad ha descubierto mi huida, seguro que me reclasificará como aberrante.

—Sí —respondo—. Soy la primera generación.

—Entonces, ¿la que ha hecho algo eres tú? —pregunta.

—Sí —respondo—. Yo he provocado mi reclasificación. —Eso también es cierto, o lo será. Cuando mi estatus cambie, no será culpa de mis padres.

—Mi madre construyó una barca —dice Indie, y la oigo tragarse otro trozo de planta—. Vació el tronco de un árbol viejo. Tardó años en terminarla. Luego, zarpó y los funcionarios la encontraron en menos de una hora. —Suspira—. La recogieron y la salvaron. Nos dijeron que solo quería probar la barca y que estaba agradecida de que la hubieran encontrado a tiempo.

Oigo un sonido extraño en la oscuridad que no logro identificar, un movimiento delicado parecido a un susurro. Tardo un momento en darme cuenta de que lo hace ella al pasarse el panal de una mano a otra.

—Nunca he vivido cerca del agua —digo—. Ni del mar.

—Te llama —susurra. Antes de que pueda preguntarle a qué se refiere, añade—: Después, cuando los funcionarios se fueron, nos contó a mi padre y a mí lo que pasó de verdad. Ella les había dicho que quería marcharse. Dijo que lo peor fue que, cuando la encontraron, ni tan siquiera había perdido de vista la orilla.

Siento que estoy al borde de un mar y que algo, una certeza, me lame los pies. Casi veo a la mujer de la barca, alejándose, sin ver nada detrás de ella aparte de mar y cielo. Casi oigo su hondo suspiro de alivio cuando deja de mirar el lugar donde antes estaba la costa y pienso que ojalá se hubiera alejado lo suficiente para eso.

Indie susurra:

—Cuando los funcionarios descubrieron lo que nos había contado, nos dieron una pastilla roja a todos.

—Oh —digo. ¿Debía actuar como si supiera lo que sucede después? ¿La amnesia?

—Yo no olvidé —continúa. Y, aunque la oscuridad ya es demasiado densa para que le vea los ojos, sé que me está mirando.

Debe de pensar que conozco el efecto que surten las pastillas rojas. Es como Ky y Xander. Es inmune.

«¿Cuántos más son como ellos? ¿Lo soy yo?»

La pastilla roja que guardo con las azules me tienta en ocasiones, tal como ocurrió la mañana que se llevaron a Ky. Pero ahora no es porque quiera olvidar. Es porque quiero saber. ¿Soy también inmune?

Pero podría no serlo. Y ahora no es momento de olvidar. Además, quizá la necesite más adelante.

—¿Te disgustó que intentara marcharse? —pregunto mientras pienso en Xander y en lo que dijo sobre mi modo de irme. Al instante querría no haber preguntado eso, pero Indie no se molesta.

—No —contesta—. Siempre tuvo intención de venir a buscarnos.

—Oh —digo.

Nos quedamos calladas y, de pronto, recuerdo una vez que Bram y yo esperábamos a mi madre junto al pequeño estanque del arboreto. Bram quería arrojar una piedra al agua pero sabía que se metería en un lío si alguien lo veía. De modo que esperó. Observó. Justo cuando yo creía que había desistido, echó rápidamente el brazo hacia atrás y lanzó la piedra, que cayó al agua y rizó la superficie del estanque.

Indie lanza primero.

—Había oído hablar de una rebelión en una isla próxima a la costa. Quería encontrarla y volver para llevarse a su familia.

—Yo también he oído hablar de una rebelión —digo, incapaz de contener mi entusiasmo—. La llaman el Alzamiento.

—Es la misma —confirma Indie, y parece ilusionada—. Alguien le dijo que está en todas partes. Estos cañones son justo la clase de sitio donde podría estar.

—Yo también pienso eso —digo. Imagino una lámina de papel traslúcido colocada sobre uno de los mapas de la Sociedad, con señales que indican lugares que la Sociedad desconoce o no quiere que veamos.

—¿Crees que existe un líder al que llaman el Piloto? —pregunto.

—¡Sí! —exclama Indie, emocionada. Y entonces, para mi sorpresa, recita unas palabras en una voz dulce muy distinta a su tono brusco habitual:

> Día a día luce el sol
> pero de él no queda huella.
>
> Noche a noche un arrebol
> anuncia la primera estrella.
>
> Llegará el día en que un farol
> por fin la lleve a la orilla.

—¿Lo has escrito tú? —pregunto, con un inesperado ataque de celos—. Sé que no es uno de los Cien Poemas.

—No lo he escrito yo. Y no es un poema —puntualiza Indie.

—Lo parece —digo.

—No.

—Entonces, ¿qué es? —pregunto. Ya me he dado cuenta de que es inútil discutir con Indie.

—Algo que mi madre me decía todas las noches antes de dormirme —responde—. Cuando tuve edad suficiente para preguntarle qué significaba, me explicó que el Piloto es la persona que estará al frente del Alzamiento. Mi madre creía que sería una mujer que vendría del mar.

—Oh —digo, sorprendida. Yo siempre he pensado que el Piloto vendría del cielo. Pero es posible que Indie tenga razón.

Vuelvo a recordar el poema de Tennyson. Tiene el sonido del mar.

Indie está pensando lo mismo.

—El poema que has recitado mientras corríamos —dice—. No lo conocía, pero demuestra que el Piloto podría venir del mar. Un rompiente es el lugar donde rompen las olas. Y un Piloto es la persona que gobierna un barco.

—No sé mucho sobre el Piloto —aduzco, lo cual es cierto, pero sí tengo mis ilusiones con respecto al líder de la rebelión y no coinciden del todo con las de Indie. Aun así, el concepto es el mismo y, según el relato que me dio el archivista, el Piloto siempre cambia. Tanto Indie como yo podríamos tener razón—. Pero no creo que importe. Podría ser un hombre o una mujer, y venir del cielo o del mar. ¿No crees?

—¡Sí! —exclama Indie en tono triunfal—. Lo sabía. No buscas únicamente a un chico. También buscas otra cosa.

Alzo la vista para mirar el estrecho río de cielo salpicado de estrellas. «¿Es cierto eso? Estoy muy lejos del distrito —pienso, con una inesperada sensación de euforia y asombro—, pero no lo suficiente.»

—Podríamos escalar la pared —sugiere Indie en voz baja—. Atravesar por arriba. Podríamos probar en otro cañón. A lo mejor los encontramos allí, a él o al Alzamiento. —Enciende la linterna y alumbra la pared de roca—. Sé escalar. En Sonoma, mi provincia, nos enseñan. Podemos encontrar un buen sitio mañana, donde las paredes no sean tan altas ni verticales.

—Yo no he escalado nunca —digo—. ¿Crees que sabré?

—Si vas con cuidado y no miras abajo —responde.

El silencio se dilata cuando miro arriba y advierto que incluso este gajo de cielo contiene más estrellas de las que jamás llegué a ver en el distrito. Por algún motivo, eso alimenta mi esperanza de que hay muchas más cosas de las que veo. Lo mismo espero para mis padres y Bram, para Xander, para Ky.

—Intentémoslo —digo.

—Buscaremos un sitio de madrugada —explica Indie—. Antes de que haya mucha luz. No quiero atravesar en pleno día.

—Ni yo —digo, y escribo un primer verso en el suelo y, por primera vez, también un segundo:

Escalo en la oscuridad por ti.
¿Me esperas tú en las estrellas?

## Capítulo 13

## *Ky*

Las paredes del cañón son negras y anaranjadas. Como un fuego sorprendido mientras ardía y que ha sido transformado en roca.

—Qué profundo es —se asombra Eli al mirar arriba. En esta parte, las paredes son más altas que cualquier edificio que yo haya visto, más incluso que la Loma—. Es como si un gigante hubiera hecho cortes en la tierra y nos hubiera dejado en uno.

—Lo sé —digo.

Dentro de la Talla, vemos ríos, cuevas y piedras que es imposible divisar desde arriba. Es como si, de pronto, estuviéramos viendo el funcionamiento de nuestro organismo desde muy cerca, observando cómo fluye nuestra sangre y escuchando los latidos del corazón que la bombea.

—En Central no hay nada parecido a esto —dice Eli.

—¿Eres de Central? —preguntamos Vick y yo a la vez.

—Me crié allí —responde—. No he vivido en ninguna otra parte.

—Esto debe de parecerte muy solitario —digo mientras recuerdo que, a su edad, me mudé a Oria y sentí otra clase de soledad, la soledad de hallarme entre demasiada gente.

—Cambiando de tema, ¿cómo terminaron aquí los anómalos? —pregunta Eli.

—Los anómalos originales eligieron ser anómalos, en la época en que se formó la Sociedad —explico. También recuerdo otra cosa—. Y los que viven en la Talla no utilizan ese nombre. Prefieren llamarse labradores.

—Pero ¿cómo pudieron elegir? —pregunta Eli, fascinado.

—Antes de que la Sociedad se hiciera con el control de todo, hubo personas que lo vieron venir y no quisieron tener nada que ver. Comenzaron a almacenar cosas dentro de la Talla. —Señalo algunas curvas y recodos de las paredes areniscas—. Aquí hay cuevas secretas por todas partes. Los labradores acumularon suficiente comida para sobrevivir hasta poder sembrar y cosechar algunas de las semillas que se llevaron. Llamaron caserío a su pueblo porque tampoco querían utilizar los términos de la Sociedad para eso.

—Pero ¿no los encontró la Sociedad?

—Al final, sí. Pero los labradores le llevaban ventaja porque habían llegado primero. Podían dar esquinazo a cualquiera que intentara seguirlos. Y la Sociedad creía que todos los labradores acabarían muriendo antes o después. No es fácil vivir aquí. —Se me ha despegado una parte del abrigo y me detengo delante de un pino para coger más resina—. Además, cumplían una función para la Sociedad. Muchos de los habitantes de las provincias exteriores no se atrevían a intentar huir a la Talla porque la Sociedad comenzó a difundir rumores sobre la crueldad de los labradores.

—¿Crees que intentarán matarnos? —pregunta Eli, preocupado.

—Antes eran muy crueles con los ciudadanos —respondo—. Pero nosotros ya no somos ciudadanos. Somos aberrantes. En principio, no mataban a aberrantes ni a otros anómalos a menos que les atacaran.

—¿Cómo sabrán lo que somos? —pregunta.

—Míranos —digo—. No parecemos ciudadanos ni funcionarios. —Los tres somos jóvenes y vamos sucios y desaliñados. Salta a la vista que somos fugitivos.

—¿Y por qué no os trajo a vivir aquí tu padre? —pregunta Vick.

—La Sociedad tiene razón en algunas cosas —respondo—. Aquí mueres libre, pero más deprisa. En los cañones, los labradores no tienen las medicinas ni la tecnología que la Sociedad tiene fuera. Mi madre no quería eso para mí y mi padre lo respetaba.

Vick asiente.

—Entonces, vamos a buscar a los labradores para pedirles que nos ayuden. Puesto que ayudaron a tu padre.

—Sí —digo—. Y espero que quieran realizar intercambios. Tienen mapas y libros viejos. A menos, antes los tenían.

—¿Y qué tienes tú para intercambiar? —pregunta Vick con aspereza.

—Lo mismo que Eli y tú —respondo—. Información sobre la Sociedad. Hemos vivido dentro del sistema. Hace bastante tiempo que no hay pueblos auténticos en las provincias exteriores y eso significa que los labradores pueden llevar mucho tiempo sin realizar intercambios ni hablar con nadie.

—Si están dispuestos a intercambiar cosas por información —pregunta Eli, que no parece muy convencido—, ¿qué vamos a hacer con todos los escritos y libros viejos que nos den?

—Tú puedes hacer lo que quieras —respondo—. No es obligatorio. Si quieres, puedes elegir otra cosa. A mí me da igual. Pero yo voy a conseguir un mapa para intentar llegar a una de las provincias fronterizas.

—Un momento —dice Eli—. ¿Quieres volver a la Sociedad? ¿Por qué?

—No sería volver —respondo—. Iría por un camino distinto al que hemos venido. Y solo lo haría para mandarle un mensaje. Para que sepa dónde estoy.

—¿Cómo vas a hacerlo? —pregunta Eli—. Aunque consiguieras llegar a las provincias fronterizas, la Sociedad vigila los terminales. Si le mandaras un mensaje, te verían.

—Por eso quiero los escritos del caserío —digo—. Para intercambiárselos a un archivista. Ellos tienen formas de mandar mensajes por otras vías. Pero es caro.

—¿Un archivista? —pregunta Eli, desconcertado.

—Son personas que comercian en el mercado negro —respondo—. Existen desde antes de la Sociedad. Mi padre también comerciaba con ellos.

—Así que ese es tu plan —dice Vick—. No tienes nada más en mente aparte de lo que acabas de contarnos.

—Ahora mismo, no —admito.

—¿Crees que funcionará? —pregunta Eli.

—No lo sé —respondo. Por encima de nosotros, un pájaro comienza a cantar: un chirivín barranqueño. Las notas son claras y evocadoras. Descienden como una cascada por las paredes de roca. Identifico el canto porque mi padre solía imitármelo. Me decía que era el sonido de la Talla.

Esto le encantaba.

Cuando explicaba historias, mezclaba realidad y ficción.

«Todas tienen parte de verdad», aducía cuando mi madre le tomaba el pelo.

«Pero el caserío del cañón es real —decía yo siempre, para asegurarme—. Lo que cuentas sobre él es cierto.»

«Sí —respondía él—. Algún día te llevaré. Ya verás.»

Por eso, cuando aparece ante mí al doblar el siguiente recodo, me quedo clavado al suelo y no doy crédito a mis ojos. Ahí está, tal como él decía, «un pueblo en un tramo más ancho del cañón».

Una sensación de irrealidad me envuelve de pronto como la luz vespertina que se cuela por el techo del cañón. El caserío me parece casi idéntico a como recuerdo que mi padre lo describió en su primera visita: «El sol, al ponerse, lo volvió todo dorado: el puente, los edificios, a las personas, incluso a mí. No me podía creer que aquel sitio fuera real, aunque llevara años oyendo hablar de él. Más adelante, cuando los labradores me enseñaron a escribir, tuve esa misma sensación. Como si el sol estuviera siempre detrás de mí.»

El dorado sol de invierno imprime a las casas y al puente un resplandor anaranjado.

—Está aquí —digo.

—Es real —añade Vick.

Eli sonríe de oreja a oreja.

Las casas más próximas están muy apiñadas, pero más adelante se separan para sortear desprendimientos de rocas y bordear el río. Viviendas. Casas más grandes. Campos diminutos encajados en un tramo donde el cañón se ensancha.

Pero falta algo. Las personas. La calma es absoluta. Vick me mira. También la percibe.

—Hemos llegado demasiado tarde —digo—. Se han marchado.


No hace mucho. Aún veo algunos rastros de los labradores.

También veo señales de que se prepararon para marcharse. Su partida no fue precipitada, sino muy bien planeada. Recogieron todas las manzanas antes de irse: solo quedan unas pocas, ya doradas, en las ramas de los retorcidos manzanos negros. Apenas veo aperos de labranza: imagino que los desmontaron para llevárselos. Solo quedan unas cuantas piezas oxidadas.

—¿Adónde han ido? —pregunta Eli.

—No lo sé —respondo.

¿Queda alguien fuera de la Sociedad?

Pasamos por delante de unos cuantos álamos de Virginia que bordean el río. Un nervudo arbolito crece solo al filo del agua.

—Esperad —digo—. No tardaré mucho.

No aprieto: no quiero matar el árbol. Grabo su nombre en el tronco con mucho cuidado mientras recuerdo, como hago siempre, el día que le sostuve la mano para enseñarle a escribir. Vick y Eli no dicen nada mientras grabo las letras. Aguardan.

Cuando termino, me aparto y miro el árbol.

Raíces poco profundas. Suelo arenisco. La corteza es gris y áspera. El árbol perdió las hojas hace tiempo, pero su nombre aún me parece bonito.

Todos nos sentimos atraídos por las casas. Parece que haga una eternidad que no vemos un lugar construido por personas reales con la intención de quedarse. Las casas están avejentadas y hechas de piedra arenisca y desgastada madera gris. Eli sube las escaleras de una. Vick y yo le seguimos.

—Ky —dice Eli cuando estamos dentro—. ¡Mira!

Lo que veo me obliga a reconsiderar mi opinión. Es posible que la marcha de los labradores sí fuera un poco precipitada. De lo contrario, ¿habrían dejado sus casas así?

Son las paredes las que indican claramente que hubo precipitación. Que faltó tiempo. Están repletas de pinturas y, de haber tenido más tiempo, los labradores las habrían borrado. Dicen y muestran demasiado.

En esta casa, hay un barco pintado en el cielo, varado en una almohada de nubes blancas. El artista ha firmado con su nombre en un rincón de la habitación. Esas letras demuestran que la pintura, las ideas, son suyas. Y, pese a llevar toda mi vida buscando este lugar, aún se me corta la respiración.

El caserío es el lugar donde él aprendió.

A escribir.

Y a pintar.

—Hagamos una parada aquí —sugiere Eli—. Tienen camas. Podríamos quedarnos para siempre.

—¿No se te olvida algo? —pregunta Vick—. Las personas que vivían aquí se marcharon por una razón.

Asiento.

—Tenemos que encontrar un mapa y comida y marcharnos. Echemos una ojeada a las cuevas.

Miramos en todas las cuevas que bordean el cañón. Algunas tienen pinturas en las paredes como las casas, pero no encontramos ni un solo escrito.

Ellos le enseñaron a escribir. Ellos sabían. ¿Dónde pueden haber dejado sus palabras? Es imposible que se las llevaran todas. Ya es casi de noche y los colores de las pinturas grisean conforme mengua la luz. Miro las paredes de la cueva que estamos registrando.

—Esta es rara —dice Eli—. Falta un trozo. —Enfoca una pintura con la linterna. El agua ha dañado las paredes y solo queda el fragmento superior: parte de una cabeza de mujer. Solo se ven los ojos y la frente—. Se parece a mi madre —añade en voz baja.

Lo miro, sorprendido. Porque esa es la palabra que ocupa mi pensamiento en este momento, aunque mi madre jamás estuviera aquí. Y me pregunto si esa palabra, «madre», es tan peligrosa para Eli como lo es para mí. Puede ser incluso más peligrosa que «padre». Porque no siento ira hacia mi madre. Solo vacío, y el vacío es un sentimiento del que no es tan fácil despojarse.

—Sé dónde deben de haber escondido los mapas —dice Eli de pronto.

Percibo un destello de astucia en sus ojos que no había visto y me pregunto si no me caerá tan simpático porque me recuerda a mí y no a Bram. Yo tenía más o menos su edad cuando robé las pastillas rojas a los Carrow.

Cuando me mudé a Oria, me resultaba extraño ver tantas personas saliendo a la vez de sus casas, lugares de trabajo y trenes aéreos. Su modo de dirigirse a los mismos lugares a las mismas horas me ponía nervioso. De manera que imaginaba que las calles eran barrancos secos de mi tierra y las personas eran el agua de lluvia que convertía los cauces secos en ríos. Me decía que las personas vestidas de gris y azul solo eran otra fuerza de la naturaleza en movimiento.

Pero no me sirvió de nada. Me perdí en uno de los distritos, precisamente.

Y Xander me vio utilizar la brújula para tratar de encontrar el camino a casa. Amenazó con delatar a Patrick por dejar que me quedara con ella a menos que robara unas pastillas rojas.

Xander debía de saber que yo era un aberrante. No sé cómo lo supo tan rápido y jamás hablamos de ello después. Pero no importa. Aprendí la lección: no finjas que un lugar es como otro ni busques similitudes. Solo busca lo que hay.

—¿Dónde, Eli? —pregunto.

Él aguarda un momento, sin dejar de sonreír, y también recuerdo el momento de la revelación.

Abrí la mano para enseñar a Xander las dos pastillas rojas que había robado. Él creía que no podría hacerlo. Yo quería que supiera que él y yo éramos iguales aunque yo fuera un aberrante. Solo por una vez, quería que alguien lo supiera antes de comenzar a vivir fingiéndome inferior a todos los que me rodeaban. Por un instante, me sentí poderoso. Me sentí como mi padre.

—Donde no llega el agua —responde Eli sin despegar los ojos de la pintura casi borrada de la mujer—. Las cuevas no están aquí abajo. Tienen que estar muy arriba.

—Tendría que haberlo sabido —digo mientras salimos rápidamente de la cueva y escudriñamos las paredes del cañón.

Mi padre me habló de las crecidas. A veces, los labradores veían que el caudal del río aumentaba y las anticipaban. Otras, cuando eran repentinas, apenas avisaban. Los labradores tenían que construir y cultivar en el suelo del cañón donde había espacio, pero, cuando se producía una crecida, se trasladaban a las cuevas situadas a mayor altitud.

«La línea que separa la vida y la muerte es sutil en la Talla —decía mi padre—. Hay que confiar en no cruzarla nunca.»

Ahora que las buscamos, hay señales de antiguas crecidas por doquier: marcas de sedimento en las paredes del cañón, árboles muertos incrustados en grietas a causa de la violencia y la velocidad del agua. La fuerza que se necesitaría para hacer eso podría doblegar incluso a la Sociedad.

—Siempre he pensado que era más seguro enterrar las cosas —opina Vick.

—No siempre —digo mientras recuerdo la Loma—. A veces, es más seguro llevarlas lo más alto posible.

Tardamos casi una hora en encontrar el sendero que buscamos. Desde abajo, es casi imposible de ver: los labradores lo excavaron en un peñasco de tal forma que se confunde con las erosionadas paredes de roca. Lo seguimos conforme gana altura y rodeamos el peñasco por un recodo que no era visible desde abajo. Imagino que tampoco lo sería desde el cielo. Solo alguien que se atreviera a subir hasta aquí y se fijara bien podría verlo.

Las cuevas están al final del sendero.

Son el lugar ideal para guardar cosas: alto y escondido. Y seco. Vick entra en la primera.

—¿Hay comida? —pregunta Eli mientras le ruge el estómago.

Sonrío. Hemos racionado cuidadosamente nuestros víveres, pero nos hemos tropezado con el caserío justo a tiempo.

—No —responde Vick—. Ky, mira esto.

Entro y descubro que la cueva solo contiene unas cuantas cajas y contenedores grandes. Cerca de la entrada, veo marcas y pisadas donde alguien, no hace mucho, ha sacado algunos contenedores y se los ha llevado.

He visto cajas como estas.

—Ten cuidado —digo a Vick mientras abro una con cautela y miro dentro. Cables. Teclados. Explosivos. Por lo que parece, todos fabricados por la Sociedad.

¿Es posible que los labradores estuvieran confabulados con la Sociedad? No parece probable. Pero podrían haber robado o adquirido estos productos en el mercado negro. Se tardarían años en reunir un alijo que llenara una cueva como esta.

¿Dónde está lo que falta?

Eli se acerca por detrás y levanto el brazo para detenerlo.

—Se parece a lo que hay dentro de nuestros abrigos —dice—. ¿Cogemos algo?

—No —respondo—. Tú sigue buscando comida. Y no te olvides del mapa.

Eli sale de la cueva.

Vick vacila.

—Podría venirnos bien —dice mientras señala el material—. Tú sabrías utilizarlo, ¿no?

—Podría intentarlo —respondo—. Pero preferiría no hacerlo. Es mejor que usemos el sitio que nos queda en las mochilas para llevar comida y escritos si los encontramos. —Lo que no digo es que los cables siempre traen problemas. Creo que la fascinación de mi padre por ellos fue, en parte, lo que le acarreó la muerte. Él pensaba que podía ser como Sísifo y volver las armas de la Sociedad contra ella.

Por supuesto, yo traté de hacer lo mismo con los otros señuelos cuando truqué sus pistolas antes de que escapáramos a la Talla. Y lo más probable es que a ellos les fuera igual de mal que al pueblo de mi padre.

—Es peligroso intentar intercambiar esto. Ni siquiera sé si los archivistas todavía lo tocan.

Vick niega con la cabeza pero no discute. Se adentra más en la cueva y saca uno de los rollos de recio plástico.

—¿Sabes qué son? —pregunta.

—¿Alguna clase de refugio? —aventuro mientras me fijo mejor. Dentro, veo cuerdas y finos tubos enrollados.

—Barcas —dice—. Las he visto iguales en la base militar donde vivía.

Nunca había dado tanta información sobre su pasado y aguardo por si quiere decir algo más.

Pero oímos la voz de Eli, rebosante de entusiasmo.

—¡Si queréis comida, aquí está! —grita.

Lo encontramos en la cueva contigua, comiéndose una manzana.

—Esto sería lo que pesaba demasiado para cargarlo —dice—. Hay manzanas y cereales de todo tipo. Y muchas semillas.

—A lo mejor lo dejaron almacenado por si tenían que volver —aventura Vick—. Pensaron en todo.

Asiento. Al mirar lo que han dejado, siento admiración por las personas que vivían aquí. Y decepción. Me habría gustado conocerlas.

Vick siente lo mismo que yo.

—Todos hemos pensado alguna vez en romper con todo —dice—. Ellos lo consiguieron.

Llenamos las mochilas con víveres de los labradores. Cogemos manzanas y una especie de pan plano y consistente que tiene aspecto de aguantar mucho. También encontramos unas cuantas cerillas que debieron de fabricar los propios labradores. Más adelante, quizá habrá un lugar donde sea seguro encender una fogata. Cuando ya no cabe nada más en las mochilas, encontramos varias más en la cueva y también las llenamos.

—Y, ahora, a buscar un mapa y cosas para intercambiar —digo. Respiro hondo. La cueva huele a arenisca, barro y agua, y a manzanas.

—Seguro que está aquí —dice la voz apagada de Eli desde el fondo de la cueva—. Hay otra habitación.

Vick y yo doblamos una esquina y entramos en otra cámara de la cueva. Cuando la alumbramos con las linternas, vemos que está limpia. Bien organizada. Llena de cajas. Cruzo hasta ellas y destapo una. Está repleta de libros y escritos.

Intento no pensar: «Este debe de ser el sitio donde él aprendió. Pudo haberse sentado en ese mismo banco».

—¡Se han dejado un montón de cosas! —susurra Eli.

—No se lo podían llevar todo —digo—. Probablemente, seleccionaron lo mejor.

—A lo mejor tenían un terminal portátil —sugiere Vick—. Tal vez grabaron en él la información de los libros.

—Tal vez —digo.

Aun así, me preguntó cuánto debió de costarles dejar los ejemplares en papel. La información de esta cueva no tiene precio, sobre todo en su forma original. Y todos estos libros fueron traídos aquí por sus propios antepasados. Debió de ser duro marcharse sin ellos.

En el centro de la cámara hay una mesa de madera que debió de montarse dentro de la cueva después de entrarla a piezas. Toda la cámara, al igual que el caserío, da esa misma sensación de estar montada con sumo cuidado. Cada objeto parece preñado de significado. No es un regalo de la Sociedad. Se trabajó por él. Se encontró. Se fabricó.

Alumbro la mesa con la linterna y me detengo en un cuenco de madera lleno de carboncillos.

Cojo uno. Me deja una marquita negra en la mano. Los carboncillos me recuerdan los utensilios que me fabricaba en el distrito para escribir. Reunía varios palitos que recogía en la Loma o cuando un arce del distrito perdía una rama. Los ataba y los introducía en el incinerador para carbonizar las puntas y escribir o dibujar con ellos. En una ocasión, cuando me hizo falta el rojo, robé unos cuantos pétalos de las petunias escarlatas de un parterre y los utilicé para colorear las manos de los funcionarios, las mías y el sol.

—Mira —dice Vick detrás de mí. Ha encontrado una caja que contiene mapas. Saca algunos.

La cálida luz de la linterna modifica la textura del papel y hace que parezcan incluso más viejos de lo que ya son. Los hojeamos hasta encontrar uno que reconozca como la Talla.

—Este —digo mientras lo extiendo sobre la mesa. Los tres nos reunimos alrededor—. Nuestro cañón está aquí. —Lo señalo, pero es el cañón del mapa contiguo al nuestro el que me llama la atención. Tiene un punto que está señalado con recias «X» de tinta negra, como una hilera de puntadas. Me pregunto qué significarán. «Ojalá pudiera reescribir este mapa.» Sería mucho más fácil dibujar el mundo tal como quiero que sea, en vez de intentar averiguar cómo es en realidad.

—Ojalá supiera escribir —dice Eli, y yo lamento no disponer de tiempo para enseñarle. Quizá algún día. Ahora mismo, no podemos demorarnos.

—Es bonito —observa Eli mientras toca el mapa con cuidado—. No es como las pantallas que utilizamos para pintar en la Sociedad.

—Lo sé —digo.

Quienquiera que dibujó el mapa, tenía algo de artista. Los colores y la escala combinan a la perfección.

—¿Sabes pintar? —pregunta Eli.

—Un poco —respondo.

—¿Y eso?

—Mi madre aprendió sola y luego me enseñó a mí —explico—. Mi padre solía venir aquí para intercambiar cosas con los labradores. Una vez le llevó un pincel. Uno de verdad. Pero lo que tenía no bastaba para conseguirle pinturas. Siempre tuvo intención de llevárselas, pero nunca lo logró.

—Entonces, tu madre no pudo pintar —se lamenta Eli, decepcionado.

—No —digo—. Sí pudo. Pintaba con agua en piedra. —Recuerdo los grabados antiguos que decoraban una estrecha grieta próxima a nuestra casa. Ahora me pregunto si no sacaría de ahí la idea de escribir en piedra. Pero ella utilizaba agua y su trazo era siempre delicado—. Sus pinturas siempre se desvanecían —digo a Eli.

—Entonces, ¿cómo sabías cómo eran?— pregunta.

—Las veía antes de que se secaran —respondo—. Eran bonitas.

Eli y Vick se quedan callados y sé que quizá no me creen. Quizá piensan que estoy inventándomelo y recordando pinturas que me gustaría haber visto. Pero digo la verdad. Casi parecía que sus pinturas tuvieran vida, por su forma de brillar y desvanecerse antes de que apareciera otra bajo sus manos. Las pinturas eran hermosas tanto por su aspecto como por su provisionalidad.

—En fin —digo—. Hay una forma de salir. —Les muestro que este cañón continúa hasta una llanura situada en el otro extremo de la Talla. A juzgar por el mapa, allí hay más vegetación y también otro río, más caudaloso que el de este cañón. Las montañas representadas al final de la llanura tienen dibujada una casita oscura, que yo interpreto como un pueblo o un lugar seguro, ya que es el mismo símbolo que los labradores han utilizado para señalar su caserío en el mapa. Y más allá, al norte de las montañas, hay un lugar donde pone SOCIEDAD. Una de las provincias fronterizas—. Creo que tardaremos uno o dos días en alcanzar la llanura. Y varios días más en atravesarla y llegar a las montañas.

—En la llanura hay un río —dice Vick. La mirada se le ilumina mientras inspecciona el mapa—. Es una pena que no podamos utilizar una de las barcas de los labradores para descender por él.

—Podríamos intentarlo —aventuro—, pero creo que las montañas son la mejor opción. Hay un pueblo. Y no sabemos adónde lleva el río. —Las montañas ocupan el margen superior del mapa; el río fluye hacia abajo y se corta en la base del mapa.

—Tienes razón —dice Vick—. Pero quizá podamos parar a pescar. El pescado ahumado aguanta mucho.

Acerco el mapa a Eli.

—¿Qué opinas? —le pregunto.

—Hagámoslo —contesta. Pone el dedo en la casa oscura de las montañas—. Espero que los labradores estén allí. Quiero conocerlos.

—¿Qué más deberíamos llevarnos? —pregunta Vick mientras hojea algunos de los libros.

—Ya buscaremos algo por la mañana —respondo.

Por algún motivo, estos libros tan bien ordenados que los labradores han abandonado me entristecen. Me hastían. Me gustaría que Cassia estuviera aquí conmigo. Volvería todas las páginas y leería todas las palabras. La imagino a la débil luz de la cueva, con sus ojos brillantes y su sonrisa, y cierro los ojos. Este vago recuerdo quizá sea lo más cerca que estaré nunca de volver a verla. Tenemos un mapa, pero la distancia que aún nos queda por recorrer parece casi insalvable.

—Ahora deberíamos dormir —digo mientras aparto la duda. No me hace ningún bien—. Tenemos que salir en cuanto amanezca. —Miro a Eli—. ¿Qué opinas? ¿Quieres bajar a dormir a las casas? Tienen camas.

—No —responde mientras se ovilla en el suelo—. Quedémonos aquí.

Comprendo el motivo. Por la noche, el caserío abandonado parece expuesto: al río, a la soledad que lo habitó cuando los labradores se marcharon, a los fantasmales ojos y manos de las pinturas que ellos crearon. Esta cueva, donde los labradores protegían sus cosas, también parece el lugar más seguro para nosotros.


Me paso toda la noche soñando con murciélagos que entran y salen de la cueva. Algunos vuelan bajo, con pesadez, y sé que están ahítos de la sangre de otros seres vivos. Otros vuelan un poco más alto y sé que el hambre los vuelve livianos. Pero todos hacen ruido al batir las alas.

Al final de la noche, poco antes de que amanezca, me despierto. Vick y Eli aún duermen y me pregunto qué habrá interrumpido mi sueño. ¿Un ruido en el caserío?

Me dirijo a la entrada de la cueva y miro abajo.

Una luz parpadea en la ventana de una de las casas.

## Capítulo 14

## *Cassia*

Espero a que amanezca, encogida dentro del abrigo. Aquí, en la Talla, camino y duermo en las profundidades de la tierra y la Sociedad no me ve. Comienzo a creer que no sabe dónde estoy. He escapado.

Es una sensación extraña.

Me han observado durante toda mi vida. La Sociedad me vio ir a la escuela, aprender a nadar y subir la escalinata para asistir a mi banquete de emparejamiento; espió mis sueños; cuando mis datos le parecieron interesantes, como ocurrió con mi funcionaria, introdujo cambios y observó mi reacción.

Y, pese a no ser lo mismo, mi familia también me observaba.

Al final de su vida, mi abuelo solía quedarse sentado delante de la ventana mientras el sol se ponía y yo me preguntaba si no se pasaba toda la noche despierto para ver cómo volvía a salir. Durante una de aquellas largas noches en vela, ¿decidió darme los poemas?

Finjo que, en vez de haber desaparecido, mi abuelo flota por encima de todo y que, de entre todas las cosas del mundo que pueden

verse desde tan alto, decide ver a una muchachita ovillada en un cañón. Se pregunta si me despertaré y me levantaré cuando se hace evi-
dente que, después de todo, hay un nuevo día en camino.

¿Quería mi abuelo que yo terminara aquí?

—¿Estás despierta? —pregunta Indie.

—No he dormido nada —respondo, pero, nada más decirlo, no
estoy segura de si es cierto. Porque, ¿y si en vez de imaginarme a mi
abuelo lo he soñado?

—Podemos empezar en unos minutos —dice Indie. En los segundos que han pasado desde la primera vez que hemos hablado, la
luz ha cambiado. Ya la veo mejor.

Indie elige un buen sitio; hasta yo sé eso. Las paredes son mucho
menos altas y verticales que en otras partes y un antiguo desprendi-
miento de rocas ha dejado una serie de pedruscos apilados que faci-
litan el ascenso.

Aun así, las paredes del cañón son intimidantes y yo apenas he
practicado: solo un rato anoche antes de irnos a dormir.

Indie alarga la mano con gesto imperioso.

—Dame tu mochila.

—¿Qué?

—No estás acostumbrada a escalar —dice, sin alterar la voz—.
Meteré tus cosas en la mía para que lleves la tuya vacía. Así será más
fácil. No quiero que te caigas por culpa del peso.

—¿Estás segura? —De pronto, siento que, si tiene la mochila,
tiene demasiado. No quiero desprenderme de las pastillas.

Indie parece impaciente.

—Sé lo que me hago. Como tú con las plantas. —Frunce el entrecejo—. Vamos. En la aeronave te fiaste de mí.

Tiene razón. Y eso me recuerda una cosa.

—Indie —pregunto—, ¿qué llevabas tú? ¿Qué me pasaste en la aeronave?

—Nada —responde.

—¿Nada? —repito, sorprendida.

—Pensé que no te fiarías de mí a menos que creyeras que también tenía algo que perder —dice, con una sonrisa.

—Pero, en el pueblo, fingiste que cogías algo de entre mis cosas —insisto.

—Lo sé —dice, sin ningún atisbo de arrepentimiento.

Niego con la cabeza y, pese a todo, me echo a reír mientras me quito la mochila y se la doy.

Ella la abre y mete en la suya todo lo que contiene: la linterna, las hojas de plantas, la cantimplora vacía, las pastillas azules.

De pronto, me siento culpable. Yo podría haberme largado con todas las pastillas, pero ella ha confiado en mí.

—Deberías quedarte con parte de las pastillas después de esto —sugiero—. Para ti.

Su expresión cambia.

—Oh —dice, con voz recelosa—. Vale.

Me devuelve la mochila vacía y yo me la pongo. Vamos a escalar con los abrigos puestos, lo cual nos hace más voluminosas, pero Indie cree que es más fácil que cargar con ellos. Se coloca la mochila a la espalda, por encima de su larga trenza, que tiene un brillo casi tan ígneo como el de estos farallones cuando sale el sol.

—¿Preparada? —pregunta.

—Eso creo —respondo mientras miro la pared.

—Sígueme —ordena—. Te iré dando instrucciones.

Se agarra a la roca y comienza a subir. En mi ansia por seguirla, derribo un montoncito de piedras. Estas se esparcen y yo me aferro a la pared.

—No mires abajo —dice Indie.


Se tarda mucho más en escalar que en caer.

Me sorprende el tiempo que invertimos en esperar agarradas a la pared, en decidir el próximo movimiento antes de llevarlo a cabo. Me aferro a la roca con fuerza y doblo cuanto puedo los dedos de los pies. Me concentro en lo que tengo que hacer y, por alguna razón, eso significa que, aunque no pienso en Ky, lo tengo constantemente en la cabeza. Porque, en este momento, soy como él.

Aquí, las rocas son rojizas y están salpicadas de negro. No estoy segura de a qué se debe el negro; casi parece que un mar lleno de alquitrán hubiera lamido estos farallones en una época lejana.

—Vas bien —dice Indie cuando trepo a una repisa junto a ella—. Ahora viene la parte más difícil —añade mientras señala con el dedo—. Deja que pruebe yo primero.

Me siento en la repisa y me apoyó en la pared. Me duelen los brazos del esfuerzo. Me gustaría que la roca nos sostuviera, nos acunara cuando nos aferramos a ella, pero no lo hace.

—Creo que ya lo tengo —susurra Indie—. Cuando subas…

Oigo un ruido de piedras que caen, de carne que se rasguña contra la roca. Me pongo de pie. La repisa es estrecha y mi equilibrio es inestable.

—¡Indie!

Está colgando por encima de mí, agarrada a la pared. Casi me roza con una pierna. La tiene arañada, ensangrentada. La oigo jurar entre dientes.

—¿Estás bien? —pregunto.

—Empuja —me dice, con voz entrecortada—. Empújame hacia arriba.

Coloco las palmas de las manos bajo la suela de su bota, que está desgastada después de la carrera y embadurnada de tierra del cañón.

Hay un momento terrible en el que Indie apoya todo su peso en mis manos y sé que no encuentra ningún asidero al que aferrarse. Después, ya no está; el peso de su bota abandona mi mano; su suela se me queda grabada en la palma.

—Ya estoy arriba —dice—. Ve hacia tu izquierda. Te indicaré cómo subir desde ahí.

—¿No hay peligro? ¿Seguro que estás bien?

—Es culpa mía. Estás rocas son más blandas que las que yo escalaba. He apoyado demasiado peso en esa y la he roto.

Los arañazos de su pierna no sustentan su afirmación de que la roca es blanda, pero sé a qué se refiere. Aquí, todo es distinto. Ríos envenenados, roca blanda. Nunca se sabe qué esperar. Qué aguantará y qué cederá.


La segunda mitad de la escalada es menos accidentada. Indie tenía razón; la parte vertical ha sido la más difícil. Me agarro a finos rebordes de roca con solo las yemas de los dedos, ordeno a mis nudillos que permanezcan doblados y a mis pies que no resbalen. Encajo los brazos y las rodillas en grietas verticales y utilizo la ropa y la piel como Indie me ha enseñado: para mantenerme pegada a la pared gracias a la fricción.

—Ya casi estamos —dice por encima de mí—. Dame un minuto y sube. No es difícil.

Me detengo a descansar en una grieta y trato de recobrar el aliento. Advierto que aquí la roca sí me sustenta y sonrío, eufórica de lo alto que estamos.

«A Ky le encantaría esto. Puede que también esté escalando.»

Es hora de hacer un último esfuerzo.

No miraré abajo, atrás ni a ninguna parte que no sea arriba y adelante. Mi mochila vacía se desplaza un poco y me tambaleo antes de hundir las uñas en la roca. «Agárrate. Espera.» Algo liviano y con alas me roza al pasar y me asusto. Para serenarme, pienso en el poema que Ky me regaló para mi cumpleaños, el que trataba del agua:

La marea subía y las garzas se zambullían cuando tomé el camino
fronterizo del pueblo…

Aquí, en esta tierra pedregosa, me siento como una criatura que se ha quedado en la orilla después de que la ola se haya retirado. Que trata de cruzar a un lugar donde podría estar Ky. «Y, aunque no esté ahí, lo encontraré. No me detendré hasta que logre cruzar a ese lugar.»

Espero un momento hasta recobrar el equilibrio y después, pese a no querer hacerlo, vuelvo la cabeza.

El paisaje no se parece en nada al que Ky y yo veíamos juntos desde la cima de la Loma. No hay casas, ayuntamientos o edificios, sino tierra, piedras y arbustos. Sin embargo, aún es un lugar al que he subido y, una vez más, me parece que, de algún modo, Ky lo ha subido conmigo.

—Ya casi he llegado —les susurro a él y a Indie.

Me encaramo por el borde del farallón, con la cara sonriente, y alzo la vista.

No estamos solas.

Parece que se haya desatado el fuego del infierno. Ceniza, por doquier. Un viento atraviesa la Talla y me la mete en los ojos, que me lloran y se me empañan.

Trato de decirme que esto solo son los vestigios de un gran incendio. Palos colocados en fila, humo engullido por el cielo.

Pero la expresión de Indie me indica que ella ve la verdad y, en mi fuero interno, también la sé yo. Las figuras ennegrecidas que siembran el suelo no son palos. Son reales, estos montones de cadáveres en lo alto de la Talla.

Indie se agacha y, cuando se endereza, lleva algo en la mano. Una cuerda chamuscada, la mayor parte está en buen estado.

—Vamos —dice, con las manos ennegrecidas por la ceniza de la cuerda. Se aparta un mechón pelirrojo que se le ha soltado de la trenza y se marca la cara sin querer.

Miro a las personas. También tienen marcas en la piel, azules, líneas sinuosas. ¿Qué significarán?

«¿Por qué subisteis aquí? ¿Cómo fabricasteis esta cuerda? ¿Qué más habéis aprendido en estos cañones mientras el resto os olvidábamos? ¿O jamás supimos que existíais?»

—¿Cuánto tiempo llevan muertos? —pregunto.

—El suficiente —responde Indie—. Una semana, quizá más. No estoy segura. —Percibo crispación en su voz—. Quien haya hecho esto puede volver. Tenemos que irnos.

Por el rabillo del ojo, veo movimiento y me vuelvo. Altas banderas rojas colocadas a lo largo de la cresta ondean violentamente al viento. Aunque están clavadas al suelo en vez de atadas a ramas, me recuerdan las telas rojas que Ky y yo dejamos en la Loma.

¿Quién ha señalado esta cresta? ¿Quién ha matado a estas personas? ¿La Sociedad? ¿El enemigo?

¿Dónde está el Alzamiento?

—Tenemos que irnos ya, Cassia —repite Indie detrás de mí.

—No —digo—. No podemos dejarlos aquí.

¿Eran ellos el Alzamiento?

—Así es como mueren los anómalos —dice Indie, con frialdad—. Nosotras dos solas no podemos cambiarlo. Tenemos que encontrar a otra persona.

—Puede que estas sean las personas que intentábamos encontrar —me lamento. «Por favor, que el Alzamiento no termine antes de que hayamos tenido siquiera ocasión de encontrarlo.»

«Oh, Ky —pienso—. No lo sabía. Así que esta es la clase de muerte que has visto.»

Indie y yo echamos a correr por la cima y dejamos los cadáveres insepultos. «Ky aún está vivo —me digo—. Tiene que estarlo.»

En el cielo solo está el sol. Nada vuela. Aquí no hay ángeles.

## Capítulo 15

## *Ky*

No nos detenemos hasta habernos alejado de quienquiera que esté en el caserío. Ninguno de los tres habla mucho; caminamos a buen paso y seguimos el cañón principal. Al cabo de unas horas, saco el mapa para ver dónde estamos.

—Parece que subamos todo el rato —observa Eli, algo sofocado.

—Así es —digo.

—Entonces, ¿por qué parece que no ganamos altura? —pregunta.

—Las paredes del cañón también suben —respondo—. Mira. —Le enseño cómo han señalado los labradores la altitud en el mapa.

Eli mueve la cabeza, confundido.

—Imagínate la Talla y todos sus cañones como un gran barco —le dice Vick—. La parte por la que hemos entrado estaba casi hundida. La parte por la que vamos a salir sobresale mucho. ¿Lo entiendes? Cuando lleguemos al final, estaremos por encima de la llanura.

—¿Sabes de barcos? —le pregunta Eli.

—Un poco —responde—. No mucho.

—Podemos descansar un momento —digo a Eli mientras cojo la cantimplora. Bebo.

Vick y Eli también lo hacen.

—¿Te acuerdas del poema que decías por los muertos? —comienza a decir Vick—. ¿Por el que te pregunté?

—Sí. —Miro el pueblo de montaña señalado en el mapa. «Ahí es donde tenemos que ir.»

—¿Cómo lo conociste?

—Fue por casualidad —respondo—. En Oria.

—¿No en las provincias exteriores? —pregunta.

Sabe que sé más de lo que digo. Lo miro. Él y Eli están al otro lado del mapa, observándome. La última vez que Vick me desafió fue en el pueblo, cuando hablé de cómo mataba la Sociedad a los anómalos. Ahora percibo la misma mirada pétrea en sus ojos. Piensa que es hora de abordar el tema.

Tiene razón.

—Allí también —respondo—. Llevo toda la vida oyendo hablar del Piloto. —Y así es: en las provincias fronterizas, en las provincias exteriores, en Oria, y ahora aquí en la Talla.

—¿Y quién crees que es? —pregunta Vick.

—Algunos piensan que el Piloto es el líder de una rebelión contra la Sociedad —respondo, y a Eli se le ilumina la mirada.

—El Alzamiento —dice Vick—. Yo también he oído hablar de él.

—¿Hay una rebelión? —pregunta Eli, entusiasmado—. ¿Y el Piloto es el líder?

—Quizá —respondo—. Pero eso no tiene nada que ver con nosotros.

—Claro que lo tiene —dice Eli, enfadado—. ¿Por qué no se lo dijisteis a los demás señuelos? ¡A lo mejor podríamos haber hecho algo!

—¿Qué? —pregunto, con hastío—. Vick y yo hemos oído hablar del Piloto. Pero no sabemos dónde está. Y, aunque lo supiéramos, no creo que el Piloto pueda hacer nada aparte de morir y llevarse a demasiadas personas con él.

Vick niega con la cabeza, pero no dice nada.

—Podríamos haberles dado esperanzas —insiste Eli.

—¿De qué sirven las esperanzas si son vanas? —le pregunto.

Él tensa la mandíbula con obstinación.

—No es muy distinto a lo que intentaste hacer cuando trucaste sus pistolas.

Tiene razón. Suspiro.

—Lo sé. Pero hablarles del Piloto tampoco les habría hecho ningún bien. Solo es una historia que mi padre solía explicarnos.

De pronto, recuerdo que mi madre pintaba ilustraciones mientras él nos contaba el relato de Sísifo. Cuando él terminaba y las pinturas se secaban, yo siempre tenía la sensación de que por fin descansaba.

—A mí me habló del Piloto una persona de mi pueblo —dice Vick. Se queda callado un momento—. ¿Qué les pasó a tus padres?

—Murieron en un ataque aéreo —respondo. Al principio, no tengo intención de decir nada más. Pero sigo hablando. Tengo que explicar a Eli y a Vick lo que sucedió para que comprendan mi desencanto—. Mi padre solía organizar reuniones con todos los vecinos del pueblo.

Pienso en lo emocionante que era siempre, que todos se fueran sentando en los bancos y se pusieran a conversar. El rostro se les iluminaba cuando mi padre entraba en la sala.

—Mi padre descubrió una forma de desconectar el terminal del pueblo sin que se enterara la Sociedad. O eso creía él. No sé si el terminal aún funcionaba o si alguien informó a la Sociedad de las reuniones. Pero estaban todos reunidos cuando comenzó el ataque aéreo. La mayoría murió.

—Entonces, ¿tu padre era el Piloto? —pregunta Eli, asombrado.

—Si lo era, ahora está muerto —respondo—. Y se llevó a todo el pueblo con él.

—Él no los mató —dice Vick—. No puedes echarle la culpa.

Puedo y lo hago. Pero sé qué Vick tiene parte de razón.

—¿Quién los mató?, ¿la Sociedad o el enemigo? —pregunta al cabo de un momento.

—Las aeronaves parecían enemigas —respondo—. Pero la Sociedad no llegó hasta que todo hubo terminado. Eso era nuevo. En esa época, al menos fingía que nos defendía.

—¿Dónde estabas tú cuando pasó? —pregunta Vick.

—En una meseta —respondo—. Había subido para ver llover.

—Como los señuelos que intentaron coger la nieve —observa Vick—. Pero a ti no te mataron.

—No —admito—. Las aeronaves no me vieron.

—Tuviste suerte —dice Vick.

—La Sociedad no cree en la suerte —afirma Eli.

—Yo he decidido que es lo único en lo que creo —arguye Vick—. En la buena suerte y en la mala. Y parece que la nuestra siempre es mala.

—Eso no es cierto —dice Eli—. Escapamos de la Sociedad y conseguimos entrar en el cañón. Encontramos la cueva con los mapas y hemos huido del caserío antes de que nos descubran.

No admito nada. No creo en la Sociedad ni en el Alzamiento, ni tampoco en el Piloto o la suerte, sea buena o mala. Creo en Cassia. Si tuviera que decir que creo en algo aparte de eso, diría que creo en ser o no ser.

En este momento, soy, y no pienso dejar de hacerlo.

—Vamos —les digo mientras enrollo el mapa.


Cuando se pone el sol, decidimos pasar la noche en una cueva señalada en el mapa. Al entrar, nuestras linternas alumbran las pinturas y grabados que decoran las paredes.

Eli se queda clavado al suelo. Sé cómo se siente.

Recuerdo la primera vez que vi grabados como estos. En aquella estrecha grieta próxima a nuestro pueblo. Mis padres me llevaban allí cuando era pequeño. Intentábamos adivinar qué significaban los símbolos. Mi padre practicaba copiando las figuras en el suelo. Eso era antes de que supiera escribir. Él siempre quiso aprender, y quería hallar el significado de todo. Cada símbolo, palabra y circunstancia. Cuando no lo encontraba, se lo inventaba.

Pero esta cueva es asombrosa. Las pinturas rebosan color y los grabados son muy detallados. A diferencia de la tierra del suelo, esta piedra se aclara en vez de oscurecerse cuando se graba en ella.

—¿Quién hizo esto? —pregunta Eli, rompiendo el silencio.

—Muchas personas —respondo—. Las pinturas parecen más recientes. Parecen obra de los labradores. Los grabados son más antiguos.

—¿De cuándo? —pregunta Eli.

—De hace miles de años —respondo.

Los grabados más antiguos representan personas de espaldas anchas con los dedos extendidos. Parecen fuertes. Una da la impresión de tocar el cielo. Me quedo mucho rato mirando la figura y su mano alzada y recuerdo la última vez que vi a Cassia.

La Sociedad fue a buscarme de madrugada. El sol no había salido, pero ya apenas quedaban estrellas. Era esa hora intermedia en la que es más fácil llevarse cosas.

Me desperté cuando se inclinaron sobre mí en la oscuridad, con la boca abierta para decir lo mismo de siempre: «No hay nada que temer. Acompáñanos». Pero les pegué antes de que lograran hablar. Hice correr su sangre antes de que ellos pudieran llevárseme para derramar la mía. Mi instinto me dictó que peleara y lo hice. Por una vez.

Peleé porque había encontrado la paz en Cassia. Porque sabía que podía descansar en sus caricias, que me quemaban como el fuego y me limpiaban como el agua.

La pelea no duró mucho. Ellos eran seis y yo solo uno. Patrick y Aida no se habían despertado todavía.

—No grites —dijeron los funcionarios y los militares—. Será más fácil para todos. ¿Vamos a tener que amordazarte?

Negué con la cabeza.

—Al final, el estatus siempre es lo que cuenta —dijo uno de ellos al resto—. Se suponía que este no iba a causarnos problemas; lleva años siendo sumiso. Pero un aberrante siempre será un aberrante.

Casi estábamos fuera de la casa cuando Aida nos vio.

Y después recorrimos las calles a oscuras mientras Aida chillaba y Patrick hablaba en voz baja, con urgencia, sin nervios.

No. No tengo ganas de pensar en Patrick y Aida ni en lo que luego sucedió. Los quiero más que a nadie en el mundo aparte de Cassia y, si alguna vez la encuentro, los buscaremos juntos. Pero no soy capaz de pensar en ellos durante mucho tiempo, en los padres que me aceptaron y no recibieron nada a cambio salvo más sufrimiento. Demostraron mucho valor volviendo a querer. Eso me hizo creer que yo también podía hacerlo.

Sangre en mi boca y bajo mi piel, en cardenales que todavía no se han hecho visibles. Cabeza gacha, manos esposadas a la espalda.

Y entonces.

Mi nombre.

Ella gritó mi nombre delante de todos. No le importó quién supiera que me amaba. Yo también grité el suyo. Vi su pelo despeinado, sus pies descalzos, sus ojos mirándome solo a mí. Y después señaló el cielo.

«Sé que querías decirme que siempre me recordarías, Cassia, pero tengo miedo de que me olvides.»


Quitamos la broza y las piedras de una parte de la cueva para echarnos a descansar. Algunas de las piedras son pedernales y es probable que los labradores las guardaran aquí para encender fogatas. También encuentro una piedra arenisca, casi redonda, y pienso de inmediato en mi brújula.

—¿Crees que algunos de los labradores pasaron la noche aquí cuando escaparon? —pregunta Eli.

—No lo sé —respondo—. Es probable. Parece que utilizaban la cueva a menudo. —Hay círculos negros de antiguas fogatas en el suelo, pisadas borrosas en la tierra y algunos huesos de animales que cocinaron y se comieron.

Eli se duerme enseguida, como de costumbre. Está ovillado bajo los pies de un grabado que representa una figura con los brazos alzados.

—¿Qué has traído? —pregunto a Vick mientras saco la bolsa donde he guardado lo que he cogido de la biblioteca de la cueva. En nuestra prisa por abandonar el caserío, los tres hemos elegido libros y escritos sin tener apenas tiempo de echarles un vistazo.

Vick se echa a reír.

—¿Qué pasa?

—Espero que hayas elegido mejor que yo —dice mientras me enseña lo que tiene. Con las prisas, ha cogido un fajo de pequeños panfletos marrones—. Se parecían a una cosa que vi una vez en Tana. Resulta que son todos iguales.

—¿Qué son? —pregunto.

—Algo histórico —responde.

—Aun así, puede que sean valiosos —digo—. Si no, puedo darte parte de lo mío. —Yo lo he hecho un poco mejor. Tengo algunos poemas y dos libros de cuentos que no están incluidos en los Cien. Miro la mochila de Eli—. Tendremos que preguntar a Eli qué ha cogido cuando se despierte.

Vick vuelve algunas páginas.

—Espera. Esto es interesante. —Me da uno de los panfletos, abierto por la primera página.

El papel es rugoso. Barato. Fabricado en serie en alguna provincia fronteriza con maquinaria antigua, probablemente robada de alguna imprenta en proceso de reconversión. Cojo el panfleto y lo alumbro con la linterna para leerlo:

## El Alzamiento

*Breve historia de nuestra rebelión contra la Sociedad*

El Alzamiento comenzó en firme en la época de los comités seleccionadores.

En el año previo al inicio de las cien selecciones, la tasa de erradicación del cáncer se estancó en un 85,1 por 100. Era la primera vez que no se producía una mejora desde la entrada en vigor de la iniciativa para la erradicación del cáncer. La Sociedad no se tomó aquello a la ligera. Pese a saber que era imposible alcanzar la perfección total en todos los ámbitos, decidió que era de suma importancia aproximarse a una tasa del ciento por ciento en algunos de ellos. Sabía que eso exigiría toda su concentración y dedicación.

Decidió centrar todos sus esfuerzos en aumentar la productividad y la salud física. Los funcionarios que ocupaban las esferas más altas del poder votaron por eliminar distracciones tales como el exceso de poesía y música, que habría que reducir a la cantidad óptima para promover la cultura y satisfacer el deseo de experimentar el arte. Los comités seleccionadores, uno por cada sector artístico, se crearon para supervisar la selección.

Aquel fue el primer abuso de poder de la Sociedad, que también abolió el derecho de cada nueva generación a decidir en votación si quería ser gobernada por ella. La Sociedad comenzó a separar a los anómalos y a los aberrantes del resto de la población y a aislar o eliminar a los que causaban más problemas.

Uno de los poemas que la Sociedad no seleccionó para los Cien Poemas fue «Cruzando la barrera» de Tennyson. Este poema se ha convertido en una contraseña extraoficial entre los miembros de nuestra rebelión. El poema alude a dos importantes aspectos del Alzamiento:

1. Un líder llamado Piloto encabeza el Alzamiento y
2. Los miembros del Alzamiento creen que es posible retornar a los buenos tiempos de la Sociedad, la época previa a las Cien Selecciones.

Algunos de los anómalos que abandonaron la Sociedad en sus inicios se han unido al Alzamiento. Aunque este ya se ha extendido a todos los rincones de la Sociedad, continúa teniendo más fuerza en las provincias fronterizas y exteriores, sobre todo en los lugares a los que cada vez envían más aberrantes desde que se llevaron a cabo las Cien Selecciones.

—¿Ya lo sabías todo? —pregunta Vick.

—Solo parte —respondo—. Sabía lo del Piloto y el Alzamiento. Y, por supuesto, lo de los comités seleccionadores.

—Y que eliminan a los aberrantes y a los anómalos —dice.

—Sí —confirmo. Mi voz es amarga.

—Cuando te oí decir el poema por el primer chico del río —continúa—, creí que a lo mejor me estabas dando a entender que formabas parte del Alzamiento.

—No —aclaro.

—¿Ni cuando tu padre estaba al mando?

—No. —Me quedo callado. No estoy de acuerdo con lo que hizo mi padre, pero tampoco reniego de él. Esa es otra línea sutil que espero no cruzar nunca.

—Ninguno de los otros señuelos reconoció las palabras —dice—. Pensaba que habría más aberrantes al corriente del Alzamiento y que se lo habrían contado a sus hijos.

—Puede que todos los que lo hicieron encontraran una forma de escapar antes de que la Sociedad comenzara a mandarnos a los pueblos —aventuro.

—Y los labradores no están con el Alzamiento —añade—. Creía que a lo mejor nos llevabas con ellos por eso, para que nos uniéramos a la rebelión.

—Yo nos os llevo a ninguna parte —digo—. Los labradores saben lo del Alzamiento. Pero no creo que estén con los rebeldes.

—No sabes mucho —observa, con una sonrisa.

Tengo que reírme.

—No —digo—. Es cierto.

—Pensaba que te guiaba un propósito más noble —añade, pensativo—. Engrosar las filas del Alzamiento. Pero has escapado a la Talla para salvarte y reunirte con la chica de la que estás enamorado. Eso es todo.

—Eso es todo. —Es la verdad. Puede pensar lo que quiera de mí.

—Es suficiente —dice—. Que duermas bien.


Cuando rayo la piedra con mi trozo de ágata, este deja claras marcas blancas. Naturalmente, esta brújula no funcionará. No se puede abrir. La flecha jamás girará, pero eso no me detiene. Tengo que encontrar otro trozo de ágata. Este ya está casi desgastado de utilizarlo para labrar en vez de para matar.

Mientras Vick y Eli duermen, termino la brújula. Después, la giro en mi mano para que la flecha señale hacia dónde creo que está el norte y me echo a descansar. ¿Tiene todavía Cassia la verdadera brújula, la que mis tíos me regalaron?

Ella vuelve a estar en la cima de la Loma. Con un redondel de oro en las manos: la brújula. Un disco de oro más brillante en el horizonte: el sol naciente.

Abre la brújula y mira la flecha.

Lágrimas en su rostro, viento en sus cabellos.

Lleva un vestido verde.

Su falda roza la hierba cuando se agacha para dejar la brújula en el suelo. Cuando se endereza, tiene las manos vacías.

Xander aguarda detrás de ella. Le ofrece su mano.

—Él no está —dice—. Pero yo sí. —Su voz parece triste. Esperanzada.

No, protesto, pero Xander dice la verdad. Yo no estoy, no realmente. Solo soy una sombra que observa desde el cielo. Ellos son reales. Yo ya no.


—Ky —dice Eli mientras me zarandea—. Ky, despierta. ¿Qué pasa? Vick enciende la linterna y me alumbra los ojos.

—Tenías una pesadilla —dice—. ¿Sobre qué era?

Niego con la cabeza.

—Sobre nada —respondo después de mirar la piedra que tengo en la mano.

La flecha de mi brújula está fija. No gira. No varía. Como yo con Cassia. Fijo en una sola idea, una sola cosa en el cielo. Una sola verdad a la que aferrarme cuando todo lo demás se convierta en polvo alrededor de mí.

## Capítulo 16

## *Cassia*

En mi sueño, él está de pie delante del sol, lo que lo envuelve en sombras aunque yo sé que pertenece a la luz.

—Cassia —dice, y la ternura de su voz me llena los ojos de lágrimas—. Cassia, soy yo.

Soy incapaz de hablar. Alargo las manos. Sonrío, lloro, contenta de no estar sola.

—Ahora voy a apartarme —dice—. Habrá mucha luz. Pero tienes que abrir los ojos.

—Los tengo abiertos —digo, confusa. ¿Cómo si no podría verlo?

—No —insiste—. Estás dormida. Tienes que despertar. Es la hora.

—No vas a irte, ¿verdad? —Es lo único en lo que puedo pensar. En que podría irse.

—Sí —responde.

—No te vayas —digo—. Por favor.

—Tienes que abrir los ojos —repite, y cuando lo hago, despierto a un cielo que rebosa luz.

Pero Xander no está.

«Llorar es malgastar agua», me digo, pero no parece que sea capaz de parar. Las lágrimas me corren por la cara y abren caminos en el polvo. Trato de no sollozar; no quiero despertar a Indie, que sigue durmiendo pese al sol. Ayer, después de ver los cadáveres marcados de azul, caminamos durante todo el día por el cauce seco de este segundo cañón. No vimos nada ni a nadie.

Me tapo la cara con las manos y percibo el calor de mis lágrimas.

«Tengo tanto miedo… —pienso—. Por mí, por Ky. Creía que nos habíamos equivocado de cañón porque no he visto ningún rastro de él. Pero, si lo hubieran convertido en ceniza, jamás sabría por dónde había pasado.»

Nunca he perdido la esperanza de encontrarlo, ni siquiera en los meses que estuve plantando semillas, ni cuando atravesé la noche en aquella aeronave sin ventanillas, ni tampoco en la larga carrera hasta la Talla.

«Pero es posible que ya no quede nada de él —me insiste una voz interior—. Ky puede haber desaparecido, y también el Alzamiento. ¿Y si el Piloto ha muerto y nadie ha ocupado su lugar?»

Miro a Indie y me asalta la duda de si es realmente mi amiga. «A lo mejor es una espía —pienso—, enviada por mi funcionaria para que vea cómo fracaso y muero en la Talla y mi funcionaria sepa cómo concluye su experimento.

»¿Por qué se me ocurren estas cosas? —me pregunto, y entonces lo comprendo—. Estoy enferma.»

Las enfermedades son muy poco frecuentes en la Sociedad, pero, por supuesto, no estoy en la Sociedad. Barajo todas las variables en juego: agotamiento, deshidratación, sobreesfuerzo mental, comida insuficiente. Esto tenía que ocurrir.

Me siento mejor ahora que sé qué me sucede. Si estoy enferma, no soy yo misma. En realidad, no me creo lo que acabo de pensar sobre Ky, Indie y el Alzamiento. Y estoy tan confusa que olvido que mi funcionaria no fue la que inició este experimento. Recuerdo cómo vaciló su mirada cuando me mintió fuera del museo de Oria. No sabía quién incluyó a Ky como una de mis posibles parejas.

Respiro hondo. Por un momento, vuelvo a tener la misma sensación que me ha dejado mi sueño sobre Xander y eso me reconforta. «Abre los ojos» me decía. ¿Qué esperaba que viera? Paseo la mirada por la cueva donde hemos pasado la noche. Veo a Indie, las piedras, mi mochila con las pastillas dentro.

Las azules, al menos en cierto modo, no me las ha dado la Sociedad, sino Xander, en quien confío. Ya he esperado suficiente.

Tardo mucho rato en sacar una pastilla porque no parezco dueña de mis dedos. Cuando por fin lo hago, me la meto en la boca y me la trago. Es la primera vez que tomo una pastilla, que yo sepa. Por un instante, imagino el rostro de mi abuelo: parece decepcionado.

Vuelvo a mirar el hueco que ocupaba la pastilla. Espero verlo vacío, pero hay algo, una tira de papel.

Papel de terminal. Lo desenrollo, con las manos aún temblorosas. En su envoltorio hermético, el papel ha estado protegido, pero no tardará en desintegrarse ahora que ha entrado en contacto con el aire.

«Profesión: médico. Probabilidad de un puesto de trabajo permanente y un ascenso a doctor: 97,3 por 100.»

—Oh, Xander —susurro.

Es parte de la información oficial de Xander para su empareja-miento. La información de la microficha que nunca llegué a ver; to-das las cosas que ya creía saber. Miro las pastillas envasadas al vacío que tengo en la mano. ¿Cómo lo hizo? ¿Cómo introdujo el papelito? ¿Hay más?

Lo imagino imprimiendo una copia de la información extraída del terminal, separando los renglones en finas tiras y hallando un modo de introducirlas en los compartimientos de las pastillas. Debía de suponer que nunca vi su microficha; sabía que preferí ver la de Ky en vez de la suya.

Es como Ky y los papeles que me dio en el distrito. Dos chicos, dos historias escritas para mí en retazos. Noto lágrimas en los ojos porque la historia de Xander ya debería conocerla.

«Vuelve a mirarme», parece decirme.

Saco otra pastilla. En el siguiente papelito, leo: «Nombre com-pleto: Xander Thomas Carrow».

Me asalta un recuerdo: yo, de niña, en el distrito, esperando a que Xander saliera a jugar conmigo.

«¡Xander Thomas Carrow!», grité mientras saltaba de una pie-dra de su camino a otra. Era pequeña y a menudo olvidaba bajar la voz cuando me acercaba a una casa ajena. Pensé que era agradable, decir su nombre completo. Me pareció perfecto para la ocasión. Cada palabra tenía dos sílabas, un ritmo ideal para marcar el paso.

«No hace falta que grites», dijo él. Abrió la puerta y me sonrió.

Echo de menos a Xander y parece que no pueda dejar de sacar más pastillas, no para tomarme otra, sino para ver qué pone en los papelitos:

«Vive en el distrito de los Arces desde que nació.

»Actividad de ocio preferida: natación.

»Actividad lúdica preferida: juegos.

»El 87,6 % de sus compañeros mencionaron a Xander Carrow como el alumno que más admiraban.

»Color preferido: rojo.»

Eso me sorprende. Siempre había pensado que su color preferido era el verde. ¿Qué otras cosas no sé de él?

Sonrío y ya me siento más fuerte. Cuando miro a Indie, veo que sigue dormida. Me entran unas ganas irrefrenables de moverme, de modo que decido salir para ver mejor este lugar al que llegamos de noche.

A primera vista, solo parece un tramo más del cañón, muy amplio y abierto, como muchos otros, acribillado de cuevas, sembrado de rocas caídas, y bordeado de ondulantes paredes lisas. Pero, cuando vuelvo a mirar alrededor, advierto algo extraño en una de las paredes.

Cruzo el cauce seco y pongo la mano en la roca. La noto rugosa bajo la palma. Pero tiene algo extraño. Es demasiado perfecta.

Por eso sé que es obra de la Sociedad.

En su perfección veo la trampa. Me acuerdo de la respiración acompasada de la intérprete de una de las Cien Canciones y de que Ky me dijo que la Sociedad sabe que nos gusta oírles respirar. Nos gusta saber que son humanos, pero incluso la humanidad que nos ofrece está medida y calculada.

Se me encoge el corazón. Si la Sociedad está aquí, es imposible que lo esté el Alzamiento.

Camino a lo largo de la pared y paso la mano por ella en busca de la grieta que conecta la Sociedad con la Talla. Cuando me acerco a una oscura maraña de arbustos, veo un bulto en el suelo.

Es el chico. El que escapó con nosotras y eligió este cañón.

Está encogido en el suelo. Tiene los ojos cerrados. Una fina capa de polvo levantado por el viento le recubre la piel, el pelo y la ropa. Tiene las manos manchadas de sangre y también lo está el lugar de la pared que ha arañado en vano. Esta sangre seca, estos cristales de tierra arenisca, me hacen pensar en el azúcar y las bayas rojas de la tarta de mi abuelo y me entran ganas de vomitar.

Vuelvo a abrir los ojos y miro al chico. ¿Puedo hacer algo por él? Me acerco y veo que tiene los labios manchados de azul. Como carezco de formación médica, apenas sé nada de cómo ayudar a los demás. El chico no respira. Le toco el punto de la muñeca donde he aprendido que se puede tomar el pulso, pero no lo encuentro.

—¡Cassia! —susurra alguien, y me vuelvo con rapidez.

Es Indie. Respiro aliviada.

—Es el chico —digo.

Ella se agacha junto a mí.

—Está muerto —afirma. Le mira las manos—. ¿Qué hacía?

—Creo que intentaba entrar —respondo, y señalo la pared—. Quieren que parezca roca, pero creo que es una puerta. —Indie se acerca y las dos miramos la roca ensangrentada y las manos del chico—. No ha podido entrar —añado—. Y luego se ha tomado la pastilla azul, pero ya era demasiado tarde.

Ella me lanza una mirada inquisitiva, nerviosa.

—Tenemos que salir de este cañón —afirmo—. La Sociedad está aquí. Lo noto.

Indie se queda callada.

—Tienes razón —dice al cabo de un momento—. Deberíamos volver al otro cañón. Al menos, tenía agua.

—¿Crees que tendremos que cruzar por el mismo sitio por el que subimos? —pregunto mientras tiemblo de forma involuntaria al pensar en todos los cadáveres que hay arriba.

—Podemos cruzar por aquí —dice—. Ahora tenemos una cuerda. —Señala las raíces de los árboles que se aferran al borde del cañón y crecen donde ningún árbol debería poder hacerlo—. Ganaremos tiempo.

Abre su mochila y mete la mano. Mientras la observo, saca la cuerda y se la echa al hombro. Después, con mucho cuidado, recoloca algo que se ha quedado dentro.

«El panal», pienso.

—Sigue bien —digo.

—¿Él qué? —pregunta, alarmada.

—Tu panal —repito—. No se ha roto.

Ella asiente, con expresión recelosa. Debo de haber dicho algo desafortunado, pero no sé qué puede ser. De pronto, parece haberme invadido un profundo cansancio y tengo unas ganas extrañísimas de ovillarme como el chico y tumbarme a descansar en el suelo.


Cuando llegamos arriba, no miramos hacia el lugar en el que yacen los cadáveres. De todos modos, estamos demasiado lejos para ver nada.

No hablo. Indie tampoco. Atravesamos deprisa, expuestas al frío viento y al cielo. Correr me espabila y me recuerda que sigo viva, que aún no puedo echarme a descansar, por mucho que lo desee.

Parece que Indie y yo seamos las dos únicas personas vivas de las provincias exteriores.

Indie ata la cuerda al otro lado.

—Vamos —dice, y volvemos a descender al primer cañón, donde hemos comenzado.

Aunque no hayamos encontrado ningún rastro de Ky, al menos tenemos agua y no hemos visto señal alguna de la Sociedad. De momento.

La esperanza tiene aspecto de huella de bota, de media huella en el lugar donde alguien se ha vuelto descuidado y ha pisado barro blando que se ha endurecido demasiado para ser arrastrado por los vientos de la noche y la mañana.

Trato de no pensar en otros rastros que he visto en estos cañones, restos fósiles de épocas tan antiguas que no queda nada aparte de huellas o huesos de lo que fue, de lo que ya no vive. Esta señal es reciente. Tengo que creer eso. Tengo que creer que aquí hay alguien más vivo. Y tengo que creer que podría ser Ky.

## Capítulo 17

## *Ky*

Salimos de la Talla. Hemos dejado atrás los cañones y el caserío de los labradores, y por debajo de nosotros se extiende una ancha llanura tapizada de hierba marrón y dorada. La cruza un río bordeado de árboles y, a lo lejos, hay montañas azules con nieve en sus cúspides. Nieve que no se derrite.

Es mucho camino que recorrer en cualquier estación del año y sobre todo ahora que ya llega el invierno. Sé que tenemos pocas posibilidades, pero aun así me alegro de haber llegado hasta aquí.

—Está lejísimos —dice Eli junto a mí, con voz temblorosa.

—Puede que no esté tan lejos como parece en el mapa —aventuro.

—Vayamos hasta ese primer grupo de árboles —sugiere Vick.

—¿No hay peligro? —pregunta Eli mientras mira el cielo.

—Si tenemos cuidado, no —responde Vick, que ya se ha puesto a andar y no aparta los ojos del río—. Este río es distinto al del cañón. Seguro que los peces son más grandes.

Alcanzamos el primer grupo de árboles.

—¿Sabes pescar? —me pregunta Vick.

—No —respondo. Ni siquiera estoy familiarizado con el agua. No había mucha cerca de nuestro pueblo aparte de la canalizada por la Sociedad. Y los ríos de los cañones no son anchos y tranquilos como este. Son menos caudalosos, más turbulentos—. ¿No han muerto ya todos los peces? ¿No está demasiado fría el agua?

—El agua que corre rara vez se hiela —explica Vick. Se agacha y contempla el río, donde hay peces moviéndose—. Podríamos pescarlos —dice, entusiasmado—. Seguro que son truchas. Saben muy bien.

Yo ya estoy agachado a su lado, tratando también de pensar en un modo de pescarlas.

—¿Cómo lo hacemos?

—Aún no han terminado de desovar —explica—. Están aletargadas. Podemos meter la mano y cogerlas si nos acercamos lo suficiente. No tiene mucha ciencia —dice, con pesar—. En mi tierra nunca lo habríamos hecho así. Pero allí teníamos hilo de pescar.

—¿De dónde eres? —pregunto.

Vick me mira mientras se lo piensa, pero parece decidir que, ahora que ya conoce mi procedencia, también puede revelarme la suya.

—Soy de la provincia de Camas —responde—. Deberías verla. Las montañas son más altas que esas de ahí. —Señala el final de la llanura—. Los ríos están llenos de peces. —Se queda callado. Vuelve a mirar el agua, en cuyo fondo hay truchas moviéndose.

Eli sigue agazapado para no llamar la atención, como yo le he dicho que debe hacer. Aun así, no me gusta lo expuesta que queda esta llanura bajo el cielo, entre la Talla y las montañas.

—Busca un rápido —le dice Vick—. Es una parte del río donde cubre menos y hay más corriente. Como aquí. Y luego haz esto.

Se agacha al borde del río, despacio y sin hacer ruido. Espera. Luego, mete la mano en el agua, por detrás de una trucha, y mueve poco a poco los dedos contracorriente hasta tenerlos debajo del pez. Entonces, con rapidez, lo arroja fuera del agua. La lustrosa trucha cae pesadamente en la orilla y se pone a boquear.

Todos la vemos morir.


Esa noche, regresamos a la Talla, donde podemos disimular el humo de una fogata. La enciendo con un pedernal y reservo las cerillas de los labradores para otra ocasión. Es la primera hoguera que encendemos y a Eli le encanta que el fuego le lama las manos. No es lo mismo que llueva fuego que poder calentarse con él.

—No te acerques demasiado —le advierto. Él asiente.

Las llamas danzan en las paredes del cañón y nos devuelven los colores del crepúsculo. Fuego naranja. Piedra naranja.

Asamos las truchas en las ascuas para que se conserven mejor durante el trayecto por la llanura. Observo el humo y espero que se disipe antes de rebasar las paredes del cañón.

Vick explica que las truchas tardarán horas en estar listas porque necesitamos que se evapore toda el agua que contienen. Pero ahumadas duran más tiempo y vamos a necesitar el alimento. Hemos sopesado la probabilidad de que la persona del caserío nos haya seguido frente a la probabilidad de necesitar más víveres para atravesar la llanura, y la comida ha ganado. Ahora que hemos visto cuánto terreno tenemos que recorrer, nos ha entrado hambre a todos.

—Hay unas truchas que se llaman arcoíris —dice Vick, pensativo—. Casi todas murieron hace mucho tiempo durante el Calentamiento, pero yo pesqué una en Camas.

—¿Sabía tan bien como estas? —pregunta Eli.

—Sí, claro —responde.

—La devolviste al río, ¿verdad? —pregunto.

Vick sonríe.

—No soportaba la idea de comérmela —dice—. Era la primera que veía. Pensé que podía ser la última de su especie.

Me acuclillo. Tengo el estómago lleno y me siento libre, lejos de la Sociedad y también del caserío. No está todo envenenado. El agua que corre rara vez se hiela. Es bueno saber esas dos cosas.

Por primera vez desde la Loma, me siento feliz. Pienso que, finalmente, quizá exista una posibilidad de que pueda reunirme con ella.

—¿Tus padres eran militares antes de que los reclasificaran? —pregunta Vick.

Me río. ¿Mi padre, militar? ¿O mi madre? Por distintos motivos, la sugerencia es absurda.

—No —respondo—. ¿Por qué?

—Sabes trucar armas —dice—. Y conocías los cables de los abrigos. He pensado que a lo mejor te habían enseñado ellos.

—Me enseñó mi padre, sí —explico—, pero no era militar.

—¿Lo aprendió de los labradores? ¿O en el Alzamiento?

—No —respondo—. Parte de lo que sabía se lo enseñó la Sociedad para su trabajo. Pero lo aprendió casi todo solo. ¿Qué hay de tus padres?

—Mi padre es militar —responde, y para mí no es ninguna sorpresa. Encaja: su actitud, sus dotes de mando, su comentario de que los abrigos parecían de uso militar, el hecho de que haya vivido en una base del ejército. ¿Qué pudo suceder para causar la reclasificación de alguien tan bien considerado: un miembro de una familia de militares?

—Mi familia ha muerto —dice Eli, cuando queda claro que Vick no va a decir nada más.

Aunque lo imaginaba, detesto oírselo decir.

—¿Cómo? —pregunta Vick.

—Mis padres se pusieron enfermos. Murieron en un centro médico en Central. Y después me trasladaron. Si hubiera sido un ciudadano, podrían haberme adoptado. Pero no lo era. Que yo recuerde, soy aberrante desde siempre.

¿Sus padres enfermaron? ¿Y murieron? Eso no tendría que pasarles, y que yo sepa no lo hace, a personas tan jóvenes como debían de ser los padres de Eli, aunque fueran aberrantes. Morir de una forma tan prematura no ocurre a menos que uno viva en las provincias exteriores. Y sobre todo no sucede en Central. Suponía que habrían muerto como Eli estaba destinado a hacerlo, en algún pueblo de las provincias exteriores.

Pero Vick no parece sorprendido. No sé si lo hace por consideración a Eli o porque no es la primera vez que oye algo parecido.

—Eli, lo siento —digo.

Yo tuve suerte. Si el hijo de Patrick y Aida no hubiera muerto y Patrick no hubiera insistido tanto, jamás me habrían trasladado a Oria. Quizá estaría muerto en este momento.

—Yo también lo siento —añade Vick.

Eli no responde. Se acerca más a la fogata y cierra los ojos como si hablar lo hubiera dejado exhausto.

—No quiero seguir hablando de eso —dice en voz baja—. Solo quería que lo supierais.

Después de un breve silencio, cambio de tema.

—Eli —pregunto—, ¿qué cogiste de la biblioteca de los labradores?

Él abre los ojos y arrastra su mochila por el suelo para acercarla.

—Pesan, así que no he podido traer muchos —responde—. Solo dos. Pero mirad. Son libros. Con palabras y dibujos. —Abre uno para enseñárnoslo. Una inmensa criatura alada con el lomo de muchos colores sobrevuela una enorme casa de piedra.

—Creo que mi padre me habló de uno de estos libros —digo—. Los cuentos eran para niños. Podían mirar los dibujos mientras sus padres les leían las palabras. Luego, cuando se hacían mayores, podían leerlos ellos.

—Tienen que valer algo —afirma Vick.

En mi opinión, va a ser difícil intercambiarlos. Los cuentos se pueden copiar, pero los dibujos no. Aunque, cuando los cogió, Eli no tenía eso en mente.

Nos quedamos junto a las ascuas, leyendo los cuentos por encima del hombro de Eli. Hay palabras que desconocemos, pero deducimos el significado a partir de las ilustraciones.

Eli bosteza y cierra los libros.

—Podemos volver a mirarlos mañana —dice, en tono resoluto, y yo sonrío mientras los guarda en su mochila. Su verdadero mensaje parece ser: «Los he traído yo y yo decidiré cuándo los veis».

Cojo un palo del suelo y me pongo a escribir el nombre de Cassia en la tierra. La respiración de Eli se torna más lenta cuando se queda dormido.

—Yo también amé a una persona —dice Vick uno minutos después—. En Camas. —Se aclara la garganta.

La historia de Vick. No pensaba que me la fuera a contar nunca. Pero la fogata de esta noche tiene algo especial que nos incita a hablar. Aguardo un momento para asegurarme de hacer la pregunta apropiada. Un ascua llamea y se apaga.

—¿Cómo se llamaba? —pregunto.

Un silencio.

—Laney —responde—. Trabajaba en la base donde vivíamos. Ella me habló del Piloto. —Se aclara la garganta antes de seguir—. Yo ya conocía la historia, por supuesto. Y, en la base, la gente se preguntaba si el Piloto no sería uno de los militares. Pero, para Laney y su familia, era distinto. Cuando hablaban del Piloto, significaba más para ellos.

Mira el suelo, donde he escrito el nombre de Cassia varias veces.

—Ojalá supiera escribir —continúa—. En Camas, solo teníamos calígrafos y terminales.

—Puedo enseñarte.

—Hazlo tú —dice—. En esto. —Me arroja un trozo de madera. Madera de álamo de Virginia, probablemente de los árboles que había donde hemos pescado. Comienzo a escribir con mi afilado trozo de ágata, sin mirarlo. Cerca de nosotros, Eli sigue durmiendo.

—Ella también pescaba —explica Vick—. La conocí en el río. Ella... —Se queda callado—. Mi padre se puso hecho una furia cuando se enteró. Ya lo había visto enfadado otras veces. Sabía lo que pasaría, pero seguí adelante.

—Las personas se enamoran —observo, con la voz ronca—. Es inevitable.

—No anómalos y ciudadanos —dice—. Y la mayoría de las personas no formalizan su contrato matrimonial.

Respiro hondo. ¿Laney era una anómala? ¿Formalizaron su contrato matrimonial?

—La Sociedad lo prohíbe —prosigue Vick—. Pero, cuando llegó la hora, decidí no emparejarme. Y pregunté a sus padres si podía casarme con ella. Dijeron que sí. Los anómalos tienen su propia ceremonia. Nadie la reconoce aparte de ellos.

—No lo sabía —digo, y aprieto más en la madera con mi trozo de ágata.

Aparte de los labradores, no estaba seguro de que aún hubiera anómalos tan cerca de la Sociedad. En Oria, hacía años que nadie veía o tenía noticias de uno, con la excepción del que mató a mi primo, el primer hijo de los Markham.

—Se lo pregunté a sus padres el día que vi la trucha arcoíris —explica—. La saqué del río y vi sus colores brillar al sol. La devolví al agua de inmediato cuando vi lo que era. Sus padres, cuando se lo conté, dijeron que era un buen augurio. Una señal. ¿Sabes qué es eso?

Asiento. A veces, mi padre me hablaba de señales.

—Ya no he visto más —continúa—, truchas arcoíris. Y, al final, no fue un buen augurio. —Respira hondo—. Solo dos semanas después, me enteré de que los funcionarios venían a buscarnos. Fui a avisarla, pero no estaba. Ni su familia tampoco.

Alarga la mano para coger el trozo de madera. Se lo devuelvo, pese a no haberlo terminado. Vick le da la vuelta y escruta el nombre aún incompleto, LAN, casi todo líneas rectas. Como las muescas de una bota. Y, de golpe, sé qué ha señalado en la suya. No el tiempo que ha sobrevivido en las provincias exteriores, sino el que lleva sin ella.

—La Sociedad me encontró antes de llegar a casa —prosigue—. Me trasladaron a las provincias exteriores de inmediato.

Me devuelve la madera y yo me pongo de nuevo a labrarla. Las llamas se reflejan en mi trozo de ágata como el sol debió de hacerlo en las escamas de la trucha arcoíris cuando Vick la sacó del agua.

—¿Qué le pasó a tu familia? —pregunto.

—Nada, espero —responde—. La Sociedad me reclasificó de forma automática, por supuesto. Pero yo era el hijo. Mis padres deberían de estar bien. —Percibo incertidumbre en su voz.

—Seguro que sí —digo.

Me mira.

—¿Lo dices en serio?

—La Sociedad puede estar deshaciéndose de los aberrantes y los anómalos. Pero, si se deshace de todos sus familiares, no quedará nadie. —Eso espero: de ese modo, es posible que tampoco les haya sucedido nada a Patrick y Aida.

Vick asiente y suspira.

—¿Sabes qué pensé?

—¿Qué? —pregunto.

—Te reirás —responde—. Pero la primera vez que recitaste el poema, no solo pensé que podías estar con el Alzamiento. También creí que habías venido para sacarme de allí. Mi Piloto personal.

—¿Por qué pensaste eso? —pregunto.

—Mi padre ocupa un cargo importante en el ejército —responde—. Muy importante. Estaba seguro de que mandaría a alguien para salvarme. Pensé que eras tú.

—Siento haberte decepcionado —digo, con frialdad.

—No me has decepcionado —aclara—. Nos sacaste de allí, ¿no?

No puedo evitar sentir una cierta satisfacción al oír sus palabras. Sonrío en la oscuridad.

—¿Qué crees que ha sido de ella? —pregunto al cabo de un momento.

—Creo que su familia escapó —responde—. En la base, cada vez había menos anómalos y aberrantes, pero no creo que la Sociedad los cogiera a todos. Es posible que su familia se marchara para intentar encontrar al Piloto.

—¿Crees que lo han encontrado? —Ahora me gustaría no haber insistido tanto en que el Piloto no es real.

—Eso espero —responde. Su voz parece hueca ahora que ya ha contado su historia.

Le doy la madera con el nombre grabado. La mira un momento y se la mete en el bolsillo.

—Bien —dice—. Ahora pensemos en cómo cruzar esta llanura y volver con los nuestros, estén donde estén. Voy a permitir que me guíes un tiempo más.

—Deja de decir eso —le insto—. Yo no guío. Esto lo hacemos juntos. —Miro el cielo preñado de estrellas. Su fulgor es un misterio para mí.

Mi padre quería ser quien lo cambiara todo y nos salvara a todos. Era peligroso. Pero creímos en él. El pueblo. Mi madre. Yo. Después, cuando crecí y comprendí que jamás lo conseguiría, dejé de tener fe. No morí con él porque ya no asistía a sus reuniones.

—Está bien —dice Vick—. Pero gracias por traernos hasta aquí.

—Gracias también a ti —añado.

Vick asiente. Antes de dormirse, saca su trozo de ágata y añade una muesca a su bota. Un día más vivido sin ella.

## Capítulo 18

## *Cassia*

—No tienes buen aspecto —dice Indie—. ¿Quieres que
vayamos más despacio?

—No —respondo—. No podemos. —Si me paro, seré incapaz
de reanudar la marcha.

—Nadie sale beneficiado si te mueres por el camino —afirma Indie, enfadada.

Me río.

—No me voy a morir. —Aunque estoy agotada, hambrienta, se-
dienta y dolorida, la idea de morirme se me antoja absurda. No puedo hacerlo ahora que quizá me esté acercando a Ky con cada paso
que doy. Y, además, tengo las pastillas azules. Sonrío al imaginar qué
puede poner en los otros papelitos.

Busco sin cesar más rastros de Ky. Aunque no voy a morirme,
quizá esté más enferma de lo que creía, porque veo señales de él en
todo. Me parece leer un mensaje suyo en el suelo del cañón, donde
llovió y las grietas que se formaron en el barro cuando este se endu-
reció podrían interpretarse como letras. Me agacho a mirarlo.

—¿Qué te parece? —pregunto a Indie.

—Barro —responde.

—No —digo—. Fíjate mejor.

—Piel, o escamas —dice y, por un instante, su idea me fascina tanto que no reanudo la marcha.

Piel, o escamas. Es posible que todo este cañón sea una serpiente larga y sinuosa por cuyo lomo caminamos y que, cuando alcancemos el final, podamos bajarnos de su cola. O puede que lleguemos a la boca y nos engulla enteras.


Por fin veo una verdadera señal cuando el cielo azul se tiñe de rosa y el aire comienza a cambiar.

Es mi nombre, «Cassia», grabado en un joven álamo de Virginia que crece al borde de un estrecho río.

El árbol no vivirá mucho; sus raíces ya se han vuelto demasiado superficiales por tratar de absorber el agua. Él ha grabado mi nombre en la corteza con tanto cuidado que casi parece parte del árbol.

—¿Ves esto? —pregunto a Indie.

Al cabo de un momento, ella dice:

—Sí.

Lo sabía.

Cerca del río veo un pueblecito, un pequeño manzanar en cuyos árboles de troncos retorcidos aún quedan algunas manzanas doradas. Al verlas al alcance de la mano, me entran ganas de llevar unas cuantas a Ky como prueba de que he seguido cada uno de sus pasos. Tendré que encontrar otro regalo para él aparte del poema: no voy a tener tiempo de terminarlo, de pensar en las palabras adecuadas.

Miro el suelo que rodea el álamo de Virginia y descubro pisadas que se adentran en el cañón. Al principio, no he reparado en ellas; están mezcladas con las huellas de otros animales que han ido a beber al río. Pero, entre las marcas almohadilladas y provistas de garras, hay claras pisadas de botas.

Indie salta la cerca del manzanar.

—Vamos —digo—. No hay razón para parar aquí. Sabemos por dónde han ido. Tenemos agua, y las pastillas.

—Las pastillas no van a ayudarnos —arguye mientras arranca una manzana y la muerde—. Al menos, deberíamos llevarnos manzanas.

—Las pastillas sí ayudan —digo—. Me he tomado una.

Indie deja de masticar.

—¿Te has tomado una? ¿Por qué?

—Claro que me he tomado una —digo—. Te alimentan igual que la comida.

Indie corre a mi lado y me da una manzana.

—Cómetela. Ya. —Sacude la cabeza—. ¿Cuándo te la has tomado?

—En el otro cañón —respondo, sorprendida de su cara de preocupación.

—Por eso estás enferma —dice—. No lo sabías, ¿verdad?

—¿Saber qué?

—Las pastillas azules están envenenadas —responde.

—Qué va —digo. Eso es absurdo. Xander jamás me habría dado algo envenenado.

Indie frunce los labios.

—Las pastillas están envenenadas —repite—. No tomes más. —Abre mi mochila y mete unas cuantas manzanas—. ¿Qué te hace pensar que sabes por dónde debemos ir?

—Lo sé y ya está —respondo mientras señalo las pisadas con impaciencia—. Estoy clasificando las señales.

Indie me mira. No sabe si creerme o no. Piensa que estoy enferma a causa de la pastilla, que estoy perdiendo la cabeza.

Pero ha visto mi nombre en el árbol y sabe que no lo he escrito yo.

—Sigo opinando que deberías descansar —dice, por última vez.

—No puedo —afirmo, y ella comprende que tengo razón.


Los oigo no mucho después de que hayamos abandonado el pueblo. Pasos detrás de nosotras. Estamos cerca del agua y me detengo.

—Hay alguien —digo mientras me vuelvo hacia Indie—. Alguien nos sigue.

Ella me mira, con expresión recelosa.

—Creo que oyes sonidos que no existen. Igual que has visto cosas que no están.

—No —digo—. Escucha.

Nos quedamos quietas y aguzamos el oído. No se oye nada aparte del susurro de las hojas mecidas por el viento. Cuando este cesa, también lo hace el susurro, pero yo continúo oyendo algo. ¿Pisadas? ¿Una mano que se apoya en una piedra? Algo.

—Ahí está —digo—. Eso debes de haberlo oído.

—Yo no oigo nada —insiste Indie, pero parece desconcertada—. No estás bien. Quizá deberíamos descansar un poco.

Le respondo reanudando la marcha. Estoy atenta por si oigo alguna señal de que nos siguen, pero, aparte de las hojas arrastradas por el viento, no oigo nada.

Caminamos hasta que oscurece y, entonces, encendemos las linternas y seguimos adelante. Indie estaba en lo cierto; ya no tengo la sensación de que alguien nos sigue. Solo oigo mi respiración, siento mi propia presencia, la debilidad de todas las venas de mi organismo, todas mis fibras musculares, todos los pasos de mis pies cansados. No voy a permitir que nada me detenga cuando estoy tan cerca de Ky. Tomaré más pastillas. Creo que Indie se equivoca con respecto a ellas.

Cuando no mira, saco otra pastilla, pero las manos me tiemblan demasiado. Se me cae al suelo, junto con un papelito. Y entonces me acuerdo. «Las notas de Xander. Quería leerlas.»

El viento se lleva el papelito y me siento incapaz de correr tras él o tratar de hallar una mota azul entre tanta negrura.

## Capítulo 19

## *Ky*

M e despierta un rugido de motores en el cielo.

«¿Desde cuándo atacan tan temprano?» pienso, frenético. Es más de día de lo que pensaba. Debía de estar muy cansado.

—¡Eli! —grito.

—¡Estoy aquí!

—¿Dónde está Vick?

—Quería tener un par de horas para pescar antes de irnos —responde—. Me ha dicho que me quedara y te dejara dormir.

—No, no, no —me lamento, y ninguno de los dos dice nada más, porque el rugido de las máquinas que nos sobrevuelan es demasiado fuerte.

Los proyectiles que lanzan no se parecen a los de otras veces. Son pesados. Precisos. No la lluvia dispersa a la que estamos habituados. Esta vez, parece que caigan descomunales piedras de granizo.

Cuando el ataque cesa, no espero el tiempo que debería.

—Quédate aquí —digo a Eli. Corro a la llanura y me arrastro por la hierba hacia el maldito río, hacia el maldito barrizal.

Pero Eli me sigue y no se lo prohíbo. Me arrastro hasta la orilla y, al llegar, no miro.

Creo en lo que veo. Si no veo a Vick muerto, no será verdad.

Prefiero mirar el lugar del río donde ha estallado un proyectil. Hay tierra mezclada con matojos pardos y verdes que asoman como las cabelleras enredadas de cadáveres semienterrados.

La fuerza de la explosión ha echado tierra al río y lo ha cegado. Lo ha convertido en charcas. Pedacitos de río sin escapatoria posible.

Camino unos pasos por la orilla, los suficientes para comprobar que han bombardeado el río entero.

Oigo los sollozos de Eli.

Me vuelvo y miro a Vick.

—Ky —dice Eli—. ¿Puedes hacer algo por él?

—No —respondo.

Lo que ha caído lo ha hecho con tanta fuerza que Vick ha salido despedido por los aires. Tiene el cuello roto. Debe de haber muerto en el acto. Sé que eso debería alegrarme. Pero no lo hace. Miro sus ojos vacíos, que reflejan el azul del cielo porque ya no queda nada de él.

¿Qué lo ha empujado a salir? ¿Por qué no ha pescado bajo los árboles en vez de hacerlo en este lugar tan expuesto?

Veo la razón en la charca próxima a él, atrapada en el agua remansada. Sé de qué pez se trata, pese a no haber visto nunca ninguno.

Una trucha arcoíris. Sus colores brillan al sol mientras se retuerce.

¿La ha visto Vick? ¿Por eso ha salido a campo abierto?

La charca se oscurece. Hay algo en el fondo del agua, una esfera de gran tamaño. Al mirarla con más atención, veo que suelta una toxina de liberación lenta.

No pretendían matar a Vick. Pretenden matar este río.

Mientras la miro, la trucha arcoíris se da la vuelta y veo su vientre blanco. Flota hasta la superficie.

Muerta como Vick.

Quiero reír y chillar al mismo tiempo.

—Tenía esto en la mano —dice Eli. Lo miro. Me enseña la madera que lleva grabado el nombre de Laney—. Se le ha caído cuando lo han alcanzado. —Coge la mano de Vick y la sostiene un momento. Luego, le cruza los brazos en el pecho—. Haz algo —dice mientras las lágrimas le corren por la cara.

Me aparto y me quito el abrigo.

—¿Qué haces? —pregunta, horrorizado—. No puedes dejarlo así.

No tengo tiempo para responder. Arrojo el abrigo al suelo y me meto en la charca más próxima, donde yace la trucha muerta. El frío duele. «El agua que corre rara vez se hiela, pero esta agua ya no corre.» Con ambas manos, cojo la esfera mientras aún escupe veneno. Pesa, pero la hago rodar para sacarla del agua. La dejo cerca de una piedra y me pongo a buscar la siguiente. No puedo retirar toda la tierra que ha cegado el río, pero puedo sacar el veneno de algunas de las charcas. Sé que esto es igual de inútil que todo lo que he hecho. Como tratar de reunirme con Cassia en una Sociedad que me quiere muerto.

Pero no puedo dejar de hacerlo.

Eli se acerca y también se mete en el agua.

—Es demasiado peligroso —digo—. Vuelve a los árboles.

En lugar de responder, Eli me ayuda a sacar la siguiente esfera. Me acuerdo de Vick cuando me ayudaba con los cadáveres y dejo que se quede.

Vick se pasa todo el día hablándome. Sé que eso significa que estoy loco, pero no puedo evitar oír su voz.

Me habla mientras Eli y yo sacamos esferas del río. Me cuenta su historia sobre Laney, una y otra vez. Lo imagino enamorándose de una anómala y declarándole su amor. Viendo la trucha arcoíris y corriendo a hablar con los padres de su amada. Poniéndose en pie para celebrar su contrato matrimonial y sonriendo al cogerle la mano, decidido a ser feliz pese a la Sociedad. Descubriendo, a su regreso, que ella no está.

—Basta —digo a Vick.

Ignoro la mirada de sorpresa de Eli. Me estoy volviendo como mi padre. Él siempre oía voces en su cabeza que le pedían que hablara con la gente, que tratara de cambiar el mundo.

Cuando hemos sacado tantas esferas como podemos, Eli y yo cavamos juntos la tumba de Vick. Nos cuesta, aunque la tierra está suelta. Mis músculos agotados protestan y el hoyo no es tan hondo como querría. Eli trabaja sin descanso a mi lado, sacando tierra con sus manitas.

Cuando terminamos, metemos a Vick en la tumba.

Él había vaciado una de sus mochilas en nuestro campamento y se la había llevado para meter sus capturas. Dentro, encuentro un pez plateado y también lo meto en la tumba. Le dejamos el abrigo puesto. El agujero sobre su corazón donde antes estaba el disco plateado parece una heridita. Si la Sociedad lo desentierra, no sabrá nada de él. Incluso las muescas de sus botas tienen un significado que no comprenderá.

Vick me sigue hablando mientras labro un pez de piedra para dejarlo encima de su tumba somera. Las escamas son anaranjadas y mates. Una trucha arcoíris sin todos sus colores. No es auténtica como la que ha visto Vick. Pero es lo máximo que puedo hacer. Quiero que no solo señale que ha muerto sino también que quiso a una chica y ella le correspondió.

«No me han matado», me dice Vick.

«¿No?», pregunto, pero en voz baja, para que Eli no me oiga.

«No —responde, con una sonrisa—. No mientras los peces sigan aquí, nadando, frezando, reproduciéndose.»

«¿Es que no ves este sitio? —pregunto—. Lo hemos intentado. Pero también van a morir.»

Y entonces deja de hablarme y sé que se ha ido de verdad. Querría volver a oír una voz en mi cabeza y por fin comprendo que, mientras mi padre oyó voces, jamás estuvo solo.

## Capítulo 20

## *Cassia*

Mi respiración hace un ruido preocupante. Suena como olitas de un río que lamen débilmente la roca con la esperanza de desgastarla.

—Háblame —digo a Indie.

Advierto que ella carga con dos mochilas, dos cantimploras. ¿Cómo ha ocurrido? ¿Son las mías? Estoy demasiado cansada para que me importe.

—¿Qué quieres que diga? —pregunta.

—Lo que sea. —Me hace falta oír algo aparte de mi respiración, mi corazón fatigado.

En algún momento, antes de que sus palabras se diluyan en mis oídos, advierto que me explica cosas, muchas cosas; que no puede dejar de hablar ahora que cree que estoy demasiado enferma para asimilar lo que dice. Ojalá pudiera prestar más atención a sus palabras, recordar esto. Solo capto unas pocas frases.

«Todas las noches antes de acostarme»

y

«Pensaba que todo sería distinto después»

y

«No sé durante cuánto tiempo más voy a poder seguir creyendo».

Casi parece poesía y vuelvo a preguntarme si alguna vez seré capaz de terminar el poema para Ky. Si sabré qué palabras decir cuando por fin lo vea. Si tendremos alguna vez tiempo para más que principios.

Quiero pedir a Indie otra pastilla azul de mi mochila, pero, antes de abrir la boca, vuelvo a recordar que mi abuelo me dijo que era lo bastante fuerte para no tomar pastillas.

«Pero, abuelo —pienso—, no te entendí tan bien como creía. Los poemas. Pensaba que sabía qué pretendías. Pero ¿en cuál querías que creyera?»

Recuerdo sus palabras cuando me dio el papel poco antes del final. «Cassia —susurró—. Te he dado algo que no entenderás todavía, pero un día lo harás. Tú más que nadie.»

Un pensamiento me revolotea por la mente como una antíope, una de las mariposas que cuelgan sus capullos de ramitas tanto aquí como en Oria. Es un pensamiento que ya casi he tenido pero no me he permitido completar hasta ahora.

«Abuelo, ¿fuiste el Piloto?»

Y luego me asalta otro pensamiento, uno liviano y raudo que no alcanzo a comprender del todo y me deja otra impresión de alas batiendo con suavidad.

—Ya no las necesito —me digo. Las pastillas, la Sociedad. No sé si es cierto. Pero me lo parece.

Y entonces la veo. Una brújula, hecha de piedra, dejada en una repisa justo a la altura de mis ojos.

La cojo, pese a haber soltado todo lo demás.

La llevo en la mano mientras caminamos aunque pesa más que muchas de las cosas que he dejado caer al suelo. Pienso: «Me hace bien, aunque pese». Pienso: «Me hace bien, porque que mantendrá arraigada a la tierra.»

# Capítulo 21

## *Ky*

—**D**i las palabras —me pide Eli.

Las manos me tiemblan de cansancio después haber cavado durante horas. El cielo se oscurece por encima nosotros.

—No puedo, Eli. No significan nada.

—Dilas —me ordena, de nuevo lloroso—. Hazlo.

—No puedo —repito, y dejo el pez de piedra sobre la tumba de Vick.

—Tienes que decirlas —insiste—. Tienes que hacerlo por Vick.

—Ya he hecho lo que he podido por Vick —digo—. Los dos lo hemos hecho. Hemos intentando salvar el río. Es hora de irnos. Él haría lo mismo.

—Ya no podemos atravesar la llanura —observa.

—Nos nos separaremos de los árboles —digo—. Aún no es de noche. Lleguemos hasta donde podamos.

Regresamos al campamento próximo a la entrada del cañón para recoger nuestras cosas. Al envolverlos, los pescados ahumados nos dejan escamas plateadas en las manos y en la ropa. Nos repartimos la comida de la mochila de Vick.

—¿Quieres alguno de estos? —pregunto a Eli cuando encuentro los panfletos que llevaba Vick.

—No —responde—. Me gusta más lo que he elegido yo.

Me meto uno en la mochila y dejo el resto. No merece la pena llevarlos todos.

Eli y yo comenzamos a atravesar la llanura en la penumbra, caminando uno al lado del otro.

Él se detiene y mira atrás. Un error.

—Tenemos que seguir, Eli.

—Espera —dice—. Para.

—No voy a parar —afirmo.

—¡Ky! —exclama—. Mira detrás de ti.

Me doy la vuelta y, en lo que queda de luz diurna, la veo.

«Cassia.»

Aunque esté lejos, sé que es ella por cómo se le enredan los oscuros cabellos con el viento y por cómo está de pie en las rocas rojas de la Talla. Es más hermosa que la nieve.

«¿Es esto real?»

Ella señala el cielo.

# Capítulo 22

## Cassia

Casi estamos arriba; casi podemos ver la llanura.

—Cassia, para —dice Indie cuando me encaramo a un peñasco.

—Ya casi hemos llegado —objeto—. Tengo que ver. —En las últimas horas, he recobrado mi fuerza y mi claridad mental. Quiero alcanzar el punto más elevado para tratar de ver a Ky. El viento es frío y puro. Su caricia me hace bien.

Trepo hasta la roca más alta.

—No lo hagas —dice Indie desde abajo—. Vas a caerte.

—¡Oh! —exclamo.

Hay tanto que ver... Rocas anaranjadas, una parda llanura herbosa, agua, montañas azules. Un cielo crepuscular, nubes de tormenta, un sol rojo y unos cuantos fríos copos de nieve blanca cayendo.

Dos figuritas oscuras que miran hacia arriba.

¿Me miran a mí?

«¿Es él?»

Desde tan lejos, solo hay una forma de saberlo.

Señalo el cielo.

Por un momento, no sucede nada. La figura permanece inmóvil, y yo sigo quieta, viva y...

Él echa a correr.

Bajo por las rocas. Resbalo y patino, impaciente por llegar a la llanura. «Ojalá —pienso mientras mis torpes pies avanzan demasiado deprisa, no lo bastante—. Ojalá pudiera correr. Ojalá hubiera escrito un poema entero. Ojalá tuviera la brújula...»

Pero, cuando llego a la llanura, no deseo nada aparte de lo que tengo.

A Ky. Corriendo hacia mí.

Jamás lo había visto correr así, veloz, libre, fuerte, salvaje. Está tan hermoso, su cuerpo se mueve con tanta armonía...

Se detiene a la distancia justa para que yo vea el azul de sus ojos y olvide el rojo de mis manos y el verde que me gustaría llevar puesto.

—¡Estás aquí! —exclama mientras respira con dificultad, con ansia. Tiene la cara sudorosa y manchada de tierra y me mira como si yo fuera lo único que siempre ha necesitado ver.

Abro la boca para decir que sí. Pero solo tengo tiempo de respirar antes de que él salve la poca distancia que nos separa. Su beso es lo único que sé.

## Capítulo 23

## *Ky*

—**N**uestro poema —susurra ella—. ¿Me lo recitas?

Acerco el rostro a su oído. Le rozo el cuello con los labios. Su cabello huele a salvia. Su piel, a mi tierra.

Pero soy incapaz de articular palabra.

Ella es la primera en recordar que no estamos solos.

—Ky —susurra.

Nos separamos un poco. A la luz menguante, veo su pelo enredado y su piel bronceada. Su belleza siempre me ha dejado sin aliento.

—Cassia —digo, con voz ronca—, este es Eli.

Cuando ella lo mira y el rostro se le ilumina, sé que no he imaginado su parecido con Bram.

—Esta es Indie —dice mientras señala a la chica que la acompaña. Indie se cruza de brazos.

Un silencio. Eli y yo nos miramos. Sé que los dos pensamos en Vick. Este debería ser el momento de presentarlo, pero ya no está.

Anoche, Vick aún vivía. Esta mañana estaba junto al río, viendo la trucha. Pensaba en Laney mientras los colores y el sol centelleaban.

Luego ha muerto.

Hago un gesto a Eli, que está muy derecho.

—Esta mañana éramos tres —digo.

—¿Qué ha pasado? —pregunta Cassia.

Su mano se tensa en la mía y yo se la aprieto con suavidad, consciente de los cortes que palpo en su piel. ¿Cuánto ha tenido que sufrir para encontrarme?

—Ha venido alguien —respondo—. Han matado a nuestro amigo Vick. Y también han matado el río.

De pronto, me doy cuenta de cómo se nos debe de ver desde arriba. Estamos parados en la llanura, expuestos, a la vista de todos.

—Entremos en la Talla —sugiero.

Al oeste, el sol ya casi se ha escondido por detrás de las montañas en un día de oscuridad y luz. Vick se ha ido. Cassia está aquí.

—¿Cómo lo has hecho? —le pregunto al oído cuando entramos en la Talla. Cassia se vuelve para responderme y su aliento caliente me acaricia la mejilla. Nos abrazamos para volver a besarnos, nuestros labios y manos delicados y voraces. Susurro en su piel caliente:

—¿Cómo nos has encontrado?

—La brújula —responde, y me la pone en la mano. Para mi sorpresa, es la que he labrado en piedra.

—¿Y ahora adónde vamos? —pregunta Eli con voz trémula cuando llegamos al lugar donde ayer acampamos con Vick. Aún huele a humo. La luz de las linternas se reflejan en las escamas plateadas de pescado que siembran el suelo—. ¿Aún vamos a cruzar la llanura?

—No podemos —afirma Indie—. Al menos, en un día o dos. Cassia ha estado enferma.

—Ya me encuentro bien —dice Cassia. Su voz parece fuerte.

Saco el pedernal de la mochila para encender otra fogata.

—Me parece que esta noche nos quedaremos aquí —respondo a Eli—. Ya decidiremos por la mañana. —Él asiente y, sin hacer preguntas, comienza a recoger broza.

—Es casi un niño —susurra Cassia—. ¿Lo trasladó a los pueblos la Sociedad?

—Sí —respondo. Golpeo el pedernal. Nada.

Ella pone su mano sobre la mía y yo cierro los ojos. Al segundo golpe, saltan chispas y ella contiene la respiración.


Eli trae un montón de ásperos matojos. Cuando los echa al fuego, crepitan, y el olor a salvia impregna la noche, penetrante y agreste.

Cassia y yo estamos sentados tan juntos como podemos. Ella se apoya en mí y yo la rodeo con los brazos. No caigo en la trampa de creer que la sostengo: ella lo hace sola. Pero abrazarla impide que yo me desmorone.

—Gracias —dice Cassia a Eli. Por su voz, sé que le sonríe y él también lo hace, a duras penas.

Eli se sienta en el lugar que anoche ocupó Vick. Indie le hace sitio y se inclina hacia el fuego para ver danzar las llamas. Me lanza una mirada y percibo un brillo en sus ojos que no sé interpretar.

Cambio un poco de postura. Le doy la espalda para que no pueda vernos y alumbro las manos de Cassia con mi linterna.

—¿Qué te ha pasado? —pregunto.

Ella se las mira.

—Me las he cortado con una cuerda —responde—. Cruzamos a otro cañón mientras te buscábamos antes de volver a este. —Mira a In-

die y a Eli y les sonríe antes de acurrucarse contra mí—. Ky —añade—. Volvemos a estar juntos.

Siempre he adorado su forma de decir mi nombre.

—Yo tampoco me lo puedo creer.

—Tenía que encontrarte —dice.

Me rodea con los brazos, por debajo del abrigo, y noto sus dedos
en mi espalda. Hago lo mismo. Es tan delgada y menuda… Y es
fuerte. Nadie más podría hacer lo que ha hecho ella. La abrazo con
más fuerza aún, el dolor y la liberación de tocarla es una sensación
que recuerdo de la Loma. Ahora es incluso más fuerte.

—Tengo que decirte una cosa —me susurra al oído.

—Adelante.

Respira hondo.

—Ya no tengo la brújula. La que me diste en Oria. —Habla de
forma atropellada y sé, por su voz, que se ha puesto a llorar—. Se la
intercambié a un archivista.

—No pasa nada —digo, y hablo en serio. Está aquí. Después de
todo lo sucedido, la brújula es lo menos que podría haber perdido
por el camino. Y no se la di para que me la guardara. Se la regalé.
Aun así, tengo curiosidad—. ¿Qué obtuviste a cambio?

—No lo que esperaba —responde—. Pedí información sobre
adónde llevaban a los aberrantes y sobre cómo ir.

—¡Cassia! —exclamo, y me callo. Fue una temeridad. Pero ella
lo sabía cuando lo intentó. No necesita que yo se lo recuerde.

—En vez de eso, el archivista me dio un relato —dice—. Al principio, creí que me había engañado y me enfadé muchísimo. Lo único que me quedaba para llegar hasta ti eran las pastillas azules.

—Un momento —la interrumpo—. ¿Pastillas azules?

—De Xander —responde—. No las intercambié porque sabía que las necesitaríamos para sobrevivir en el cañón. —Me mira y malinterpreta mi expresión—. Lo siento. Tuve que decidir tan deprisa...

—No es eso —digo mientras le cojo el brazo—. Las pastillas azules son veneno. ¿Has tomado alguna?

—Solo una —responde—. Y no creo que estén envenenadas.

—He intentado decírselo —se excusa Indie—. Yo no estaba cuando se la ha tomado.

Respiro.

—¿Cómo has conseguido seguir moviéndote? —pregunto a Cassia—. ¿Has comido? —Asiente. Saco un pan de mi mochila—. Cómete esto ahora mismo —digo. Eli saca otro de la suya.

Cassia coge los dos panes.

—¿Cómo sabéis que las pastillas están envenenadas? —pregunta, sin estar convencida.

—Me lo dijo Vick —respondo mientras trato de no dejarme llevar por el pánico—. La Sociedad siempre nos decía que, si ocurría alguna catástrofe, la pastilla azul nos salvaría. Pero no es cierto. Te inmoviliza. Y te mueres si no va nadie a salvarte.

—Sigo sin creérmelo —dice Cassia—. Xander no me daría nada que pudiera hacerme daño.

—No debía de saberlo —sugiero—. A lo mejor te las dio para que las intercambiaras.

—La pastilla ya tendría que haberte hecho efecto —dice Indie a Cassia—. No sé cómo, pero debes de haberlo neutralizado andando. No sé de nadie que lo haya hecho. Pero no querías parar hasta encontrar a Ky.

Todos miramos a Cassia. Se encuentra absorta en sus pensamientos y tiene la mirada perdida: clasifica información. Busca datos para tratar de explicar lo que ha sucedido, pero yo ya sé el único dato que necesita: es fuerte en sentidos que ni tan siquiera la Sociedad sabe predecir.

—Solo me he tomado una —susurra—. La otra se me ha caído. Y el papelito también.

—¿El papelito? —pregunto.

Cassia me mira, como si acabara de recordar que no está sola.

—Xander escondió notitas dentro de las pastillas. Llevan información de su microficha.

—¿Cómo? —pregunto. Indie se inclina hacia delante.

—No sé ni cómo consiguió robar las pastillas ni cómo metió los mensajes dentro —dice Cassia—. Pero lo hizo.

Xander. Niego con la cabeza. Sigue jugando sus cartas. Es lógico que Cassia no lo haya olvidado del todo. Es su mejor amigo. Aún es su pareja. Pero cometió un error dándole las pastillas.

—¿Me los devuelves? —pregunta Cassia a Indie—. Las pastillas no. Solo los papelitos.

Por un instante, la mirada de Indie cambia. Percibo desafío en ella. No tengo muy claro si lo que quiere es quedarse con los papelitos o se trata únicamente de que no le gusta que le den órdenes. Pero mete la mano en su mochila y saca el paquete con la base de papel de aluminio.

—Ten —dice—. De todos modos, no necesito nada de esto.

—¿Me dices qué ponía? —pregunto mientras trato de no parecer celoso.

Indie me lanza una mirada y sé que no la he engañado.

—Cosas como su color o actividad preferidos —responde Cassia, con dulzura. Sé que también ha percibido la falsedad de mi tono—. Creo que debía de saber que no llegué a ver su microficha.

Y eso me basta para tragarme mi preocupación. Me siento avergonzado: ella ha venido de muy lejos para encontrarme.

—El chico del otro cañón —dice Indie—. Cuando dijiste que esperó demasiado para tomarse la pastilla, creí que te referías a que había esperado demasiado para suicidarse.

Cassia se tapa la boca.

—¡No! —exclama—. Pensaba que había esperado demasiado y que la pastilla no lo había salvado por eso. —Baja la voz hasta susurrar—. No lo sabía. —Mira a Indie, horrorizada—. ¿Crees que él lo sabía? ¿Que quería morir?

—¿Qué chico? —pregunto a Cassia. Nos han sucedido muchas cosas durante el tiempo que llevamos separados.

—Un chico que escapó con nosotras —responde—. Es el que nos dijo por dónde habías ido.

—¿Cómo lo sabía? —pregunto.

—Era uno de los chicos que abandonasteis —dice Indie, sin rodeos. Se aleja del fuego mortecino. La luz de las llamas apenas le ilumina el rostro. Señala el cañón que nos rodea—. Este es el cuadro, ¿verdad? ¿El número diecinueve?

Tardo un momento en darme cuenta de lo que quiere decir.

—No —respondo—. El paisaje se parece, pero esa talla es incluso más grande que esta. Está más al sur. Yo no la he visto, pero mi padre conocía a gente que la había visto.

Espero a que haga algún otro comentario, pero no dice nada.

—Ese chico —repite Cassia.

Indie se ovilla para descansar.

—Tenemos que olvidarlo —le dice—. Ya no está.


—¿Cómo te encuentras? —susurro a Cassia.

Estoy sentado con la espalda apoyada en la roca. Su cabeza reposa en mi hombro. No logro dormirme. Puede que Indie tenga razón y ya se le haya pasado el efecto de la pastilla. Además, parece recuperada, pero tengo que vigilarla durante toda la noche para asegurarme de que está bien.

Eli se mueve en sueños. Indie no hace ningún ruido. No sé si duerme o escucha, de manera que hablo en voz baja.

Cassia no me responde.

—¿Cassia?

—Quería encontrarte —susurra—. Cuando intercambié la brújula, intentaba reunirme contigo.

—Lo sé —digo—. Y lo has hecho. Aunque el archivista te engañara.

—No lo hizo —arguye—. O no del todo. Me dio un relato que era más que un mero relato.

—¿Qué relato? —pregunto.

—Se parecía al de Sísifo que tú me explicaste —responde—. Pero lo llamaba el Piloto, y hablaba de una rebelión. —Se aprieta contra mí—. No somos los únicos. En alguna parte, existe algo llamado el Alzamiento. ¿Has oído hablar de él?

—Sí —respondo, pero no digo más.

No quiero hablar del Alzamiento. Ha dicho «no somos los únicos» como si eso fuera bueno, pero, en este momento, todo lo que yo deseo es sentir que nosotros somos los únicos del campamento. La Talla. El mundo.

Apoyo mi mano en su cara, la ahueco contra la curva de la mejilla que traté de labrar en piedra hace unos días.

—No te preocupes por la brújula. Yo tampoco tengo el retal verde de seda.

—¿También te han quitado eso?

—No —respondo—. Sigue en la Loma.

—¿Lo dejaste allí? —pregunta, sorprendida.

—Lo até a la rama de un árbol —respondo—. No quería que nadie me lo quitara.

—La Loma —dice.

Por un momento, nos quedamos callados, recordando. Luego añade, con un deje de picardía en la voz:

—Antes no me has recitado nuestro poema.

Me aproximo más a ella y esta vez soy capaz de hablar. Susurro, aunque una parte de mí quiere gritar.

—«No entres dócil.»

—No —asiente.

Su voz y su piel son suaves en esa buena noche. Y me besa con pasión.

# Capítulo 24

## *Cassia*

Ver despertar a Ky es mejor que contemplar la salida del sol. Está quieto y profundamente dormido y, al momento, lo veo retornar de las tinieblas, asomar a la superficie. Muda la expresión, mueve los labios, abre los ojos. Y su sonrisa es como el sol. Cuando se inclina sobre mí, alzo la cabeza y el calor me envuelve al fundirse nuestros labios.

Hablamos del poema de Tennyson y de cómo ambos lo recordamos, de cómo me vio leyéndolo en el bosque de la Loma. Ha oído decir que antes era una contraseña. Lo oyó aquí, cuando era pequeño, y Vick se lo recordó hace mucho menos tiempo.

Vick. Ky habla quedo del amigo que le ayudó a cavar tumbas y de Laney, la chica que Vick amaba. Después, con voz fría y dura, me explica cómo escapó y cómo abandonó a sus compañeros. Arroja una luz despiadada sobre sí y sus actos. Pero yo no veo a los que dejó, sino a quien ha traído. Eli. Ky hizo lo que pudo.

Le cuento la versión del Piloto que me ha explicado Indie y le hablo más del chico que eligió un cañón distinto de la Talla.

—Buscaba algo —digo, y me pregunto si no sabría qué hay detrás de la pared de la Sociedad—. Y murió.

Por último, le hablo de los anómalos marcados de azul que encontramos en lo alto de la Talla y de su posible vinculación con el Alzamiento.

Después, nos quedamos callados. Porque no sabemos qué va a pasar.

—Veo que la Sociedad ya ha metido la nariz en los cañones —dice Ky.

Eli pone los ojos como platos.

—Y en nuestros abrigos.

—¿Qué quieres decir? —pregunto, y Ky y Eli nos hablan de los cables que nos abrigan y registran nuestros datos.

—Yo me los arranqué —dice Ky, y encuentro una explicación a los cortes de su abrigo.

Miro a Eli, que parece haberse puesto a la defensiva y se cruza de brazos.

—Yo he dejado los míos como están —afirma.

—No hay nada de malo en eso —dice Ky—. Es tu decisión. —Me pregunta con la mirada qué quiero hacer.

Le sonrío, me quito el abrigo y se lo doy. Él lo coge y me mira fijamente, como si aún no creyera lo que ve. Me quedo de pie frente a él, sin apartar los ojos. Una sonrisa asoma a sus labios antes de dejar el abrigo en el suelo y cortar la tela con rapidez y precisión.

Cuando termina, me da un amasijo de cables azules y un pequeño disco plateado.

—¿Qué hiciste con los tuyos? —pregunto.

—Los dejé debajo de una piedra —responde.

Asiento y me pongo a escarbar para enterrar los míos. Cuando acabo, me enderezo. Ky me sujeta el abrigo y yo me lo vuelvo a poner.

—Debería seguir abrigándote —dice—. No he tocado los cables rojos.

—¿Y tú? —pregunta Eli a Indie.

Ella niega con la cabeza.

—Voy a hacer como tú —responde, y Eli esboza una sonrisa.

Ky asiente. No parece sorprendido.

—¿Y ahora qué? —pregunta Indie—. No creo que debamos intentar atravesar la llanura después de lo que le ha pasado a vuestro amigo.

Eli se estremece ante su franqueza y la voz de Ky, cuando habla, parece crispada.

—Eso es cierto. Pueden volver y, aunque no lo hagan, ahora el agua está envenenada.

—Pero hemos sacado parte del veneno —dice Eli.

—¿Por qué? —pregunta Indie.

—Para intentar salvar el río —responde Ky—. Ha sido una estupidez.

—No lo ha sido —dice Eli.

—No hemos sacado el suficiente para cambiar nada.

—No es cierto —se obstina Eli.

Ky saca un mapa de su mochila y lo desenrolla. Es una lámina bonita con colores y señales.

—Ahora estamos aquí —dice mientras señala un punto situado al borde de la Talla.

No puedo evitar sonreír. Estamos aquí, juntos. Por ancho que sea el mundo, hemos conseguido reunirnos. Alargo la mano y paso el dedo por el camino que he recorrido para encontrarlo hasta que mi mano tropieza con la suya en el mapa.

—Buscaba una forma de volver contigo —explica Ky—. Quería atravesar la llanura y volver a la Sociedad. Nos llevamos algunas cosas del caserío de los labradores para intercambiarlas.

—El pueblo abandonado —dice Indie—. Nosotras también pasamos por allí.

—No está abandonado —matiza Eli—. Ky vio una luz. Alguien no se fue.

Me estremezco al recordar la sensación de que nos seguían.

—¿Qué os llevasteis? —pregunto a Ky.

—Este mapa —responde—. Y esto. —Vuelve a meter la mano en su mochila y me da algo distinto: libros.

—Oh —exclamo mientras los huelo y paso los dedos por los bordes—. ¿Tienen más?

—Lo tienen todo —responde Ky—. Libros de cuentos, tratados de historia, todo lo que puedas imaginar. Los guardan desde hace años en una cueva de la pared del cañón.

—En ese caso, volvamos —dice Indie, con decisión—. La llanura todavía no es segura. Y Cassia y yo necesitamos cosas para intercambiarlas.

—También podríamos coger más comida —sugiere Eli. Frunce el entrecejo—. Pero esa luz…

—Iremos con cuidado —afirma Indie—. Tiene que ser mejor que intentar cruzar las montañas en esta época del año.

—¿Qué opinas? —me pregunta Ky.

Me acuerdo del día que visité la vieja biblioteca de Oria y vi cómo los trabajadores rompían los libros y las páginas se soltaban.

E imagino que las hojas remontaron el vuelo y recorrieron kilómetros hasta posarse en un lugar seguro y oculto. Se me ocurre otra idea: puede que incluso haya información del Alzamiento entre los libros reunidos por los labradores.

—Quiero ver todas las palabras —digo a Ky, y él asiente.


Por la noche, Ky y Eli nos muestran un cobijo que Indie y yo no hemos visto al pasar en la dirección contraria. Es una cueva, espaciosa una vez dentro; y cuando Ky la alumbra con la linterna, se me corta la respiración. Está pintada.

Jamás había visto pinturas como estas: son auténticas, no imágenes de terminal ni impresiones en papel. Rebosan colores. Son grandiosas: cubren las paredes y parte del techo.

Miro a Ky.

—¿Cómo es posible? —pregunto.

—Debieron de pintarlas los labradores —dice—. Sabían fabricar pinturas con plantas y minerales.

—¿Hay más? —pregunto.

—Muchas de las viviendas del caserío están pintadas —responde.

—¿Y estos? —pregunta Indie— Señala una serie de grabados más alejados de la entrada de la cueva que representan figuras primitivas en movimiento.

—Son grabados más antiguos —responde Ky—. Pero tratan de lo mismo.

Tiene razón. Las pinturas de los labradores son menos toscas, más refinadas: toda una pared de muchachas con bonitos vestidos y hombres descalzos con coloridas camisas. Pero sus movimientos parecen imitar los que ilustran los grabados más antiguos.

—Oh —susurro—. ¿Crees que pintaron un banquete de emparejamiento? —Nada más decirlo, me siento tonta. Aquí no tienen banquetes de emparejamiento.

Pero Indie no se ríe de mí. Su expresión mientras pasa los dedos por las paredes y las pinturas es compleja. En sus ojos se mezclan la nostalgia, la rabia y la esperanza.

—¿Qué hacen? —pregunto a Ky—. Las dos series de figuras están… moviéndose. —Una de las chicas tiene las manos alzadas. Yo levanto las mía, para intentar averiguar qué hace.

Ky me observa con una mirada que ya conozco, la que está cargada de tristeza y también de amor, la que me lanza cuando sabe algo que yo no sé, algo de lo que cree que me han privado.

—Bailan —responde.

—¿Qué? —pregunto.

—Algún día te enseñaré —dice, y su voz, tierna y grave, me hace temblar de la cabeza a los pies.

## Capítulo 25

### *Ky*

Mi madre sabía bailar y cantar, y salía a contemplar la puesta de sol todos los días. «No tienen puestas de sol como estas en las provincias interiores», decía. Siempre encontraba un lado bueno a todo y luego miraba hacia ahí cada vez que tenía ocasión.

Creía en mi padre y asistía a todas sus reuniones. Él iba al desierto con ella después de las tormentas y la acompañaba mientras buscaba hoyos llenos de agua de lluvia y pintaba con ella. Él quería hacer cosas, cambios, que perduraran. Ella siempre supo que lo que pintaba se desvanecería.

Cuando veo a Cassia bailando sin saber que lo hace, girando alborozada mientras mira las pinturas y los grabados de la cueva, comprendo por qué mis padres creyeron el uno en el otro.

Es hermoso, y real, pero el tiempo que pasemos juntos podría ser tan efímero como la nieve de la meseta. Podemos tratar de cambiarlo todo o limitarnos a aprovechar al máximo el tiempo que tenemos, sea el que sea.

## Capítulo 26

## *Cassia*

K y deja una linterna encendida para que podamos vernos mientras hablamos. Cuando Eli e Indie se duermen y solo quedamos él y yo, apaga la luz para no gastarla. Las chicas de las paredes de la cueva danzan en la oscuridad y nosotros estamos realmente solos.

El aire de la cueva parece interponerse entre nosotros.

—Una noche —dice Ky. En su voz, oigo la Loma. Oigo el viento de la Loma, y el roce de las ramas contra nuestras mangas, y su voz la primera vez que me dijo que me quería. Ya le hemos escamoteado tiempo a la Sociedad. Podemos volver a hacerlo. No será tanto como queremos.

Cierro los ojos y aguardo.

Pero Ky no termina la frase.

—Acompáñame fuera —dice, y noto su mano en la mía—. No iremos lejos. —No lo veo; pero oigo una compleja mezcla de emociones en su voz y la percibo en su modo de tocarme. Amor, preocupación y algo inusual, algo agridulce.

Fuera, bajamos un trecho del sendero. Me apoyo en la pared rocosa y Ky se coloca delante de mí y me pone la mano en la nuca, por debajo del pelo y el cuello del abrigo. Está áspera, herida de labrar la piedra y escalar, pero su roce es tierno y cariñoso. El viento silba por el cañón y el cuerpo de Ky me protege del frío.

—Una noche… —repito—. ¿Cómo sigue la historia?

—No era una historia —susurra—. Iba a preguntarte una cosa.

—¿Qué? —Nos abrazamos bajo el cielo, nuestros alientos blancos y nuestras voces quedas.

—Una noche —dice Ky— no es demasiado pedir.

No hablo. Él se acerca más y yo noto su mejilla contra la mía y huelo a salvia y a pino, a polvo antiguo, a agua pura y a él.

—Solo por una noche, ¿podemos pensar únicamente en nosotros? ¿No en la Sociedad, el Alzamiento o nuestras familias?

—No —respondo.

—¿No qué? —Ky entierra una mano en mi pelo y me estrecha contra sí con la otra.

—No, no creo que podamos —digo—. Y no, no es demasiado pedir.

## Capítulo 27

### *Ky*

Jamás he puesto título a mis poemas

no tenía motivo

pues

todos se habrían llamado igual:

para ti

pero este lo titularía

una noche

la noche

que permitimos que el mundo

solo fuéramos

tú y yo

lo vimos girar

verde, azul y rojo

la música terminó

pero nosotros

aún

cantábamos

## Capítulo 28

## *Cassia*

Cuando el sol entra en la Talla, ya nos hemos puesto de nuevo en camino. El sendero es tan estrecho que, por lo general, tenemos que andar en fila india, pero Ky se queda cerca de mí, con la mano en mi cintura, y nuestros dedos se rozan y entrelazan a la menor ocasión.

Jamás habíamos tenido nada igual, una noche entera para conversar, besarnos y abrazarnos, y el pensamiento «y jamás volveremos a tenerla» no me da tregua, no se queda enterrado donde debiera, ni tan solo con esta hermosa luz matinal que baña la Talla.

Cuando Eli e Indie se han despertado, Ky nos ha expuesto el que cree que debería ser nuestro plan: llegar al caserío al anochecer y tratar de entrar con sigilo en una de las casas más alejadas del lugar donde vio la luz. Luego haremos guardia. Si no vemos más luces, podemos tratar de acercarnos por la mañana. Nosotros somos cuatro y, en opinión de Ky, ellos solo son uno o dos.

Por supuesto, Eli es pequeño.

Me vuelvo para mirarlo. Él no se da cuenta. Camina con la cabeza gacha. Aunque lo he visto sonreír, sé que perder a Vick les ha dejado un gran vacío a los dos. «Eli quería que dijera el poema de Tennyson por Vick —me ha explicado Ky—. No fui capaz de hacerlo.»

A la cabeza de la fila, Indie se acomoda la mochila y nos mira para asegurarse de que la seguimos. Me pregunto qué le habría sucedido si yo hubiera muerto. ¿Habría llorado por mí o habría hurgado dentro de mi mochila para coger lo que necesitara y seguir adelante?

Al atardecer, entramos en el caserío sin hacer ruido, con Ky a la cabeza.

No me fijé bien la primera vez que pasamos, y ahora las casas me llaman la atención mientras nos apresuramos por la calle. Sus dueños debieron de construirse cada uno la suya, porque ninguna es idéntica al resto. Y todos podían entrar en las casas de sus vecinos, cruzar el umbral de sus hogares, siempre que les apeteciera. Los caminos de tierra lo atestiguan; a diferencia de los que había en el distrito, estos no van directamente de la puerta a la acera. Serpentean, se bifurcan, se entrelazan. Este caserío no lleva abandonado el tiempo suficiente para que las idas y venidas de sus habitantes se hayan borrado por completo. Las veo en la tierra. Casi oigo su eco en el cañón, sus saludos: «Hola, adiós. ¿Qué tal?».

Nos apiñamos en una deteriorada casita cuya puerta tiene la marca del nivel que el agua alcanzó en una crecida.

—Creo que no nos ha visto nadie —dice Ky.

Apenas lo oigo. Tengo la vista clavada en los dibujos de las paredes. Las figuras están pintadas por otra mano que las de la cueva, pero son igual de bellas. No tienen alas en la espalda. No parecen sorprendidas en pleno vuelo. Sus ojos no están vueltos hacia el cielo, sino hacia el suelo, como si quisieran conservar ese recuerdo de la tierra para la posteridad.

Pero, de todos modos, creo reconocerlas.

—Ángeles —digo.

—Sí —confirma Ky—. Algunos de los labradores aún creían en los ángeles. Al menos, en la época de mi padre.

Oscurece un poco más y los ángeles se convierten en sombras detrás de nosotros. Entonces, Ky la ve, en una casita lejana. Nos señala la luz.

—Está en la misma casa que la otra noche.

—¿Qué pasará dentro? —se pregunta Eli—. ¿Quién crees que será? ¿Un ladrón? ¿Crees que está robando en las casas?

—No —responde Ky. Me lanza una mirada en la penumbra—. Creo que esa es su casa.


Ky y yo estamos junto a la ventana al despuntar el alba, vigilando, de modo que somos los primeros en ver al hombre.

Sale de la casa, solo, con algo en los brazos, cruza hasta el camino más próximo a nosotros y lo sigue hasta una corta hilera de árboles en los que me fijé a nuestra llegada. Ky nos hace una seña para que no hagamos ruido. Indie y Eli van a mirar por la otra ventana de la fachada. Todos observamos con cautela, asomados por encima de los alféizares.

El hombre es alto y fuerte; tiene el pelo oscuro y la piel bronceada. Me recuerda a Ky en ciertos aspectos: su tez, su sigilo al moverse. Pero tiene un aire cansado y parece abstraído de todo aparte de lo que lleva en los brazos. Y en ese momento advierto que es una niña.

Sus cabellos oscuros se desparraman sobre los brazos del hombre y su vestido es blanco. El color de los funcionarios, pero, naturalmente, ella no lo es. El vestido es precioso, como si fuera ataviada para asistir a su banquete de emparejamiento, pero es demasiado pequeña para eso.

Y está demasiado quieta.

Me tapo la boca.

Ky me mira y hace un gesto afirmativo con la cabeza. En sus ojos percibo tristeza, hastío, bondad.

¡Está muerta!

Miro a Eli. ¿Se encuentra bien? Entonces recuerdo que ya ha visto muchas otras muertes. Puede que ni tan siquiera sea la primera vez que ve a un niño muerto.

Pero, para mí, sí lo es. Los ojos se me llenan de lágrimas. Una niña tan pequeña, tan menuda. «¿Por qué?»

Con delicadeza, el hombre la deja en el suelo, sobre la hierba muerta al pie de los árboles. Un sonido traído por el viento del cañón nos inunda los oídos. Una canción.


Lleva tiempo sepultar a una persona.

Mientras el hombre cava el hoyo, despacio, sin pausa, se pone de nuevo a llover. No es una lluvia fuerte, sino una llovizna continuada que empapa la tierra y el barro, y me pregunto por qué ha sacado a la niña con él. Quizá quería que la lluvia le mojara el rostro, por última vez.

Quizá, simplemente, no quería estar solo.

No puedo soportarlo más.

—Tenemos que ayudarlo —susurro a Ky, pero él niega con la cabeza.

—No —dice—. Aún no.

El hombre sale del hoyo y coge a la niña. Pero no la entierra todavía; la deja en el suelo, cerca de la tumba.

En ese momento, me fijo en que el hombre tiene los brazos llenos de líneas azules.

Alarga la mano y alza el brazo de la niña.

Saca un objeto. De color azul. Comienza a dibujar en la piel de la niña. La lluvia borra las líneas, pero él insiste, incansable. No sé si todavía canta. Por fin, la lluvia cesa y el azul permanece.

Eli ha dejado de mirar. Está sentado debajo de la ventana, de espaldas a la pared, y yo gateo hasta él porque no quiero que el hombre me vea. Me siento a su lado y lo rodeo con el brazo. Él se aprieta contra mí.

Indie y Ky continúan mirando.

«Tan pequeña», no dejo de pensar. Oigo dos golpes sordos y, por un instante, no sé si es mi corazón o el ruido de la tierra al caer sobre la niña en su tumba.

—Iré ahora —susurra por fin Ky—. Esperadme aquí.

Le lanzo una mirada de sorpresa. Levanto la cabeza para atisbar por la ventana. El hombre ha terminado de sepultar a la niña. Coge una piedra gris plana y la coloca sobre la tumba rellena ya de tierra. No lo oigo cantar.

—No —susurro.

Ky me mira y enarca las cejas.

—No puedes —digo—. Esperemos a mañana. Mira lo que ha tenido que hacer.

La voz de Ky es dulce pero firme.

—Ya no podemos darle más tiempo. Tenemos que averiguar qué hace aquí.

—Y está solo —añade Indie—. Vulnerable.

Miro a Ky, sorprendida, pero él pasa por alto el comentario de Indie.

—Es el momento apropiado —dice.

Antes de que yo pueda protestar, abre la puerta y sale.

## Capítulo 29

## *Ky*

—Haz lo que quieras —me grita el hombre cuando llego al borde del cementerio—. Da igual. Solo quedo yo.

De no haber sabido que era un labrador, su acento y su tono formal lo habrían delatado. A su regreso de los cañones, mi padre conservaba en ocasiones el deje de sus habitantes.

He dicho a los demás que no vinieran, pero, por supuesto, Indie no me ha hecho caso. La oigo acercarse por detrás y espero que Cassia y Eli hayan tenido el sentido común de quedarse en la casa.

—¿Quiénes sois? —pregunta el hombre.

Indie responde detrás de mí. No me vuelvo.

—Aberrantes —dice—. Personas que la Sociedad quiere muertas.

—Hemos venido a los cañones porque creíamos que los labradores podríais ayudarnos —añado.

—Estamos acabados —dice el hombre—. Derrotados.

Pasos. Detrás de nosotros. Quiero volverme para gritar a Cassia y a Eli que regresen a la casa, pero no puedo dar la espalda al hombre.

—Así que sois cuatro —observa—. ¿Hay alguno más?

Niego con la cabeza.

—Yo soy Eli —dice Eli detrás de mí.

El hombre tarda un momento en responder.

—Yo me llamo Hunter. —Nos mira con atención. Yo hago lo mismo.

Advierto que no es mucho mayor que nosotros, pero el viento y el clima han dejado marcas en su rostro.

—¿Alguno de vosotros ha vivido en la Sociedad? —pregunta.

—Todos —respondo—. En un momento u otro.

—Bien —dice Hunter—. Es posible que os necesite.

—¿Qué nos darás a cambio? —pregunto.

—Si me ayudáis —responde—, dejaré que os llevéis todo lo que queráis. Tenemos comida. Libros. —Mueve la mano con hastío en la dirección de las cuevas. Luego me mira—. Aunque parece que ya os habéis servido vosotros.

—Creíamos que no había nadie —se excusa Eli—. Lo devolveremos.

Hunter hace un gesto impaciente.

—Da igual. ¿Qué queréis? ¿Objetos para intercambiar?

—Sí —respondo.

Por el rabillo del ojo, veo que Cassia e Indie se miran. Hunter también se da cuenta.

Indie habla.

—Querríamos saber más cosas del Alzamiento —dice—. Si está cerca de aquí, cómo podemos encontrarlo.

—Y quién puede ser el Piloto —añade Cassia, ilusionada.

Es natural que quiera obtener información sobre la rebelión, ya que uno de los poemas de su abuelo parece mencionarla. Ojalá se lo hubiera contado todo en la Loma. Quizá lo habría comprendido entonces. Pero ahora que ya ha empezado a abrigar esperanzas, no sé qué hacer.

—Es posible que tenga algunas respuestas para vosotros —dice Hunter—. Ayudadme y os diré lo que sé.

—Pues en marcha —propone Indie—. ¿Qué quieres que hagamos?

—No es tan fácil —responde Hunter—. Tenemos que ir a un sitio, y ya es casi de noche. Volved aquí mañana, cuando amanezca. —Coge la pala con la que ha cavado la tumba y yo indico al resto que se retire.

—¿Cómo sabemos que podemos fiarnos de ti? —pregunto.

Hunter se ríe de forma forzada. El débil eco de su carcajada resuena en las paredes del cañón y entre las casas vacías.

—Decidme —pregunta—, ¿es cierto que en la Sociedad la gente vive hasta los ochenta?

—Sí —responde Cassia—. Pero solo los ciudadanos.

—Ochenta —repite Hunter—. En la Talla, no llegamos a los ochenta casi nunca. ¿Creéis que merece la pena? —pregunta—. ¿No tener libertad pero vivir tanto?

—Algunas personas creen que sí —responde Cassia en voz baja.

Hunter se pasa la mano manchada de azul por la cara y, de golpe, lo que antes ha dicho es cierto. Está acabado. Derrotado.

—Mañana —dice. Se da la vuelta y se aleja.


Todos duermen en la casita. Eli, Cassia, Indie. Yo me quedo despierto y aguzo el oído. Sus respiraciones parecen las de la propia casa, pero, por supuesto, las paredes permanecen inmóviles. Sé que Hunter no va a hacernos daño, pero no puedo descansar. Tengo que hacer guardia.

Poco antes de que amanezca, cuando estoy en la puerta mirando hacia fuera, oigo un ruido en el otro lado de la habitación. Hay alguien despierto.

Indie. Se acerca.

—¿Qué quieres? —pregunto. Trato de no alterar la voz. La he reconocido nada más verla. Es como yo: una superviviente. No me fío de ella.

—Nada —responde. En el silencio, la oigo acomodarse la mochila. Jamás la pierde de vista.

—¿Qué escondes ahí? —pregunto.

—No tengo nada que esconder —dice, con voz crispada—. Todo lo que hay dentro me pertenece. —Se queda callada—. ¿Por qué no quieres unirte al Alzamiento?

No respondo. Permanecemos un rato en silencio. Indie se pone la mochila por delante y la estrecha contra su pecho. Parece ausente. Yo también lo estoy. Una parte de mí está con Cassia bajo las estrellas de la Talla. En la Loma con el viento. Mientras vivía en el distrito, jamás habría creído que nada de esto pudiera suceder. Jamás imaginé que podría escamotearle tanto a la Sociedad.

Oigo que alguien se mueve. Cassia.

—Sueña con Xander —susurra Indie detrás de mí—. Le he oído decir su nombre.

Me digo que los papelitos que Xander escondió en las pastillas no importan. Cassia ya lo conocía y aun así me eligió a mí. Además, las notitas no van a durar. El papel que utilizan los terminales se deteriora enseguida. Se convertirán en pedacitos tan delicados como copos de nieve. Tan exangües y mudos como la ceniza.

Ahora no puedo perderla.

«Ha pasado la mayor parte de su vida en las provincias exteriores.

»El 00,0 por 100 de sus compañeros mencionaron a Ky Markham como el alumno que más admiraban.»

Nadie recibiría nunca una lista sobre mí.

Y nadie que quiere a otra persona le desearía una pareja como yo.

Querer a una persona, ¿significa desear protegerla? ¿O que sea libre de elegir?

—¿Qué quieres? —pregunto a Indie.

—Quiero conocer el secreto de Xander —responde.

—¿A qué te refieres?

En respuesta, me enseña un papelito.

—Se le cayó a Cassia —dice—. No se lo he devuelto.

Sé que no debería cogerlo, pero lo hago. Con cuidado de no alumbrar a Cassia ni a Eli con la linterna, la enciendo y lo leo.

«Tiene un secreto que contar a su pareja cuando vuelva a verla.»

Un renglón que jamás habría constado en una microficha oficial. Xander ha añadido información nueva.

—¿Cómo lo ha hecho? —pregunto casi a mi pesar, como si Indie fuera a saberlo.

La Sociedad lleva un control estricto de todo lo que se escribe e imprime. ¿Se ha arriesgado Xander a utilizar uno de los terminales de la escuela? ¿El de su casa?

—Debe de ser muy inteligente —dice Indie.

—Lo es —admito.

—¿Y cuál es el secreto? —pregunta, más cerca de mí.

Niego con la cabeza.

—¿Qué te hace pensar que lo sé? —Lo sé y no se lo voy a decir.

—Tú y Xander fuisteis amigos —responde—. Cassia me lo ha contado. Y creo que sabes mucho más de lo que dices.

—¿Sobre qué? —pregunto.

—Sobre todo —responde.

—Yo pienso lo mismo de ti —digo—. Ocultas algo.

La enfoco con la linterna a la cara y ella parpadea. Bañada de luz, su belleza es casi cegadora. Su cabello es de un color poco corriente, rojo y dorado como el fuego. Y es alta, guapa y fuerte. Salvaje. Quiere sobrevivir, pero la imprevisibilidad de sus reacciones me pone los nervios de punta.

—Quiero saber el secreto —dice—. Y cómo encontrar al Alzamiento. Creo que tú conoces las respuestas. No quieres decirle nada a Cassia, y creo que sé por qué es.

Vuelvo a negar con la cabeza, pero no digo nada. Dejo que el silencio penda entre los dos. Puede romperlo ella, si así lo decide.

Por un instante, creo que lo hará. Pero Indie se da la vuelta y regresa al lugar donde ha dormido. No vuelve a mirarme.

Un momento después, regreso a la puerta y salgo sin hacer ruido. Abro la mano y dejo que el viento se lleve el papelito antes de que despunte el alba.

## Capítulo 30

## *Cassia*

Enfrente de los ángeles, hay una pintura muy distinta en la pared. Estaba tan absorta en ellos que no la he visto hasta ahora. Los demás duermen; incluso Ky está desmadejado cerca de la puerta donde ha insistido en hacer guardia.

Me levanto de la cama y trato de decidir qué representa la pintura. Tiene curvas, ángulos y formas, pero no sé qué es. No se parece a ninguno de los Cien Cuadros. En todos ellos figuran claramente personas, lugares, objetos. Al rato, oigo que Ky se mueve en el otro extremo de la habitación. Nos miramos por encima de las oscuras siluetas ovilladas de Indie y Eli. Sin hacer ruido, se levanta y se acerca.

—¿Ha dormido suficiente? —susurro.

—No —responde mientras se apoya en mí y cierra los ojos.

Cuando vuelve a abrirlos, no nos quedan palabras, ni tampoco aliento.

Miramos la pintura. Al cabo de un momento, pregunto:

—¿Es un cañón? —Pero, nada más decirlo, veo que podría ser otra cosa. Carne humana abierta en canal, una puesta de sol sobre un río.

—Amor —dice Ky por fin.

—¿Amor? —pregunto.

—Sí —responde.

—Amor —repito en voz baja, aún desconcertada.

—Pienso en el amor cuando la miro —dice Ky, en un intento de explicarse—. Es probable que tú pienses en otra cosa. Es como el Piloto de tu poema; todos piensan algo distinto cuando oyen su nombre.

—¿En qué piensas tú cuando oyes mi nombre? —pregunto.

—En muchas cosas —susurra Ky, y un río de escalofríos me recorre la piel—. En esto. En la Loma. En la Talla. En sitios en los que hemos estado juntos. —Se aparta. Percibo que me mira y contengo la respiración, porque sé cuánto es lo que ve—. En sitios en los que no hemos estado juntos —añade—, aún. —Su voz es apasionada cuando habla del futuro.

Los dos queremos movernos, salir. Indie y Eli aún duermen y no los despertamos; nos verán desde la ventana cuando lo hagan.

Este cañón que parecía tan yermo y seco tiene una cantidad sorprendente de vegetación, sobre todo cerca del río. Las limosas orillas están tapizadas de berros; el musgo adorna las piedras rojas del lecho; hay juncos verdes y grises, enredados unos con otros. Piso el hielo que bordea el río y este se resquebraja, lo cual me recuerda la vez que rompí el vidrio del retal de mi vestido en el distrito. Cuando miro el lugar donde he apretado con el pie, veo que incluso el hielo roto es verde por debajo del blanco. El color es idéntico al del vestido que llevé en mi banquete de emparejamiento. No vi ninguna de estas plantas la primera vez que atravesé el cañón, tan absorta estaba en hallar algún rastro de Ky.

Lo observo mientras camina junto al río y reparo en la naturalidad de sus pasos, incluso cuando pisa tramos del sendero tapados por arenas movedizas. Me mira, se detiene y sonríe.

«Esta es tu tierra —pienso—. Te mueves de otra forma que en la Sociedad.» Todo lo referente al caserío parece apropiado para él: sus pinturas bellas e inusuales, su absoluta independencia.

Lo único que falta son personas que lo sigan. Solo nos tiene a nosotros.

—Ky —digo cuando llegamos a la hilera de árboles.

Él se detiene. Sus ojos son solo para mí, y sus labios han tocado los míos, me han rozado el cuello, las manos, la cara interna de las muñecas, todos los dedos de las manos. La noche que nos besamos bajo la fría luz de las estrellas y permanecimos uno en brazos del otro no tuve la sensación de que estuviéramos escamoteando tiempo a la Sociedad. Me pareció que era todo nuestro.

—Lo sé —dice.

Nos miramos a los ojos durante un rato más antes de agacharnos para pasar por debajo de las ramas. Los árboles tienen la corteza gris y agrietada y hay montones de hojas pardas en el suelo que susurran al ser arrastradas por el viento del cañón.

Cuando las hojas se desplazan, veo más piedras planas de color gris como la que Hunter colocó ayer sobre la tumba. Toco a Ky en el brazo.

—¿Son todos…?

—Sitios donde hay personas enterradas —responde—. Sí. Se llama cementerio.

—¿Por qué no las han enterrado más arriba?

—Necesitaban esa tierra para los vivos.

—Pero los libros —objeto—. Los guardan muy arriba y los libros no viven.

—Los libros continúan siendo útiles para los vivos —dice Ky en voz baja—. Pero los cadáveres no. Si un cementerio se inunda, no se destruye nada que ya no estuviera perdido. La biblioteca es otra cosa.

Me agacho para mirar las piedras planas. Los lugares donde yacen las personas están señalados de distintas formas. Nombres, fechas. A veces, un verso.

—¿Qué es este escrito? —pregunto.

—Se llama epitafio —responde Ky.

—¿Quién lo elige?

—Depende. A veces, si la persona sabe que va a morir, lo elige ella. A menudo, son los que se quedan los que tienen que elegir algo que se ajuste a la vida de la persona.

—Es triste —digo—. Pero hermoso.

Ky enarca las cejas y me apresuro a explicarme.

—Las muertes no son hermosas —digo—. Me refiero al concepto de epitafio. En la Sociedad, cuando morimos, son los funcionarios los que deciden qué queda de nosotros, qué debe constar en nuestra historia. —Aun así, vuelvo a arrepentirme de no haber visto la microficha de mi abuelo más a fondo antes de marcharme. Aunque, por otra parte, mi abuelo sí decidió qué quedaba de él en lo que respectaba a su conservación: nada.

—¿Fabricaban piedras como estas en el pueblo de tu familia? —pregunto a Ky y, nada más hacerlo, querría retractarme, querría no haberle preguntado aún por esa parte de su historia.

Él me mira.

—Para mis padres, no —responde—. No hubo tiempo.

—Ky —digo, pero él se aparta y echa a andar junto a otra hilera de piedras planas. Tengo frío en la mano ahora que no está envuelta en la suya.

No debería haber dicho nada. Aparte de mi abuelo, las personas que he visto muertas no eran seres queridos. Tengo la sensación de haberme asomado al borde de un cañón largo y oscuro por el que no he tenido que caminar.

Mientras ando entre las piedras planas, con cuidado de no pisarlas, veo que la Sociedad y Hunter tienen razón con respecto a la esperanza de vida en estas tierras. Pocos de los difuntos han vivido ochenta años. Y hay más niños sepultados, aparte de la niña que ha enterrado Hunter.

—Han muerto muchos niños —digo en voz alta. Abrigaba la esperanza de que la niña de ayer fuera una excepción.

—También muere gente joven en la Sociedad —aduce Ky—. Acuérdate de Matthew.

—Matthew —repito y, al oír su nombre, recuerdo súbitamente a Matthew, lo recuerdo de verdad. Por primera vez en muchos años, lo llamo por su nombre en mi memoria, no solo «el primer hijo de los Markham», el que murió en una inusitada tragedia a manos de un anómalo.

«Matthew.» Nos llevaba cuatro años a Xander y a mí; los suficientes para que fuera intocable, inalcanzable. Era un chico simpático que nos saludaba por la calle, pero nos llevaba años de ventaja. Ya tenía sus pastillas y estudiaba en un centro de segunda enseñanza. El chico que recuerdo, ahora que me han devuelto su nombre, se parecía lo suficiente a Ky para ser su primo; pero era más alto, más corpulento, menos rápido y ágil.

«Matthew.» Casi fue como si su nombre muriera con él, como si nombrar el vacío lo hubiera hecho más real.

—Pero no tanta —digo—. Solo él.

—Él es el único que tú recuerdas.

—¿Ha habido más? —pregunto, sorprendida.

Me vuelvo al oír un ruido detrás de nosotros; son Elie e Indie, cerrando la puerta de la casa que hemos tomado prestada. Eli nos saluda con la mano y yo le respondo. Ya es de día; Hunter no tardará en llegar.

Miro la piedra que ayer colocó sobre la tumba y pongo la mano en el nombre grabado. Sarah. Vivió poco. Murió a los cinco años. Hay algo escrito debajo de las fechas y me estremezco al darme cuenta de que parece el verso de un poema:

DE PRONTO POR JUNIO UN VIENTO CON DEDOS AVANZA

Cojo la mano a Ky, con todas mis fuerzas. Para que el frío que nos envuelve no trate de robármelo con sus dedos voraces, sus manos que se llevan cosas de épocas que deberían haber sido primavera.

# Capítulo 31

## *Ky*

Cuando Hunter se reúne con nosotros, lleva una cantimplora de agua y varias cuerdas echadas al hombro. ¿Qué piensa hacer? Antes de que se lo pueda preguntar, Eli habla.

—¿Era tu hermana? —Señala la lápida recién colocada.

Hunter no mira la tumba. Su rostro apenas deja traslucir emoción.

—¿La visteis? ¿Cuánto tiempo estuvisteis mirando?

—Mucho —responde Eli—. Queríamos hablar contigo, pero esperamos a que terminaras.

—Os lo agradezco —dice Hunter, sin alterar la voz.

—Lo siento —añade Eli—. Fuera quien fuera, lo siento.

—Era mi hija —dice Hunter. Cassia mira perpleja. Sé lo que piensa: «¿Su hija? Pero es muy joven. Solo tiene veintidós o veintitrés años. Desde luego, no veintinueve, la edad mínima para tener un hijo de cinco años en la Sociedad».

Indie es la primera en romper el silencio.

—¿Adónde vamos? —pregunta a Hunter.

—A otro cañón —responde—. ¿Sabéis escalar?

Cuando yo era pequeño, mi madre trató de enseñarme los colores. «Azul» dijo, mientras me señalaba el cielo. Y «azul», otra vez, al señalarme el agua. Me explicó que yo negué con la cabeza porque vi que el azul del cielo no siempre se correspondía con el azul del agua.

Tardé mucho tiempo, hasta que viví en Oria, en utilizar la misma palabra para todas las tonalidades de un color.

Recuerdo esto mientras caminamos por el cañón. La Talla es anaranjada y roja, pero esta clase de anaranjado y de rojo jamás se vería en la Sociedad.

El amor tiene distintas tonalidades. Por ejemplo, mi modo de querer a Cassia cuando pensaba que ella jamás me correspondería. Mi modo de quererla en la Loma. Mi modo de quererla ahora que ha venido a buscarme a la Talla. Es distinto. Más intenso. Creía que ya la quería y la deseaba, pero, mientras caminamos juntos por el cañón, comprendo que este sentimiento no solo podría ser una nueva tonalidad, sino un color completamente distinto.

Hunter se detiene y señala la pared del cañón.

—Aquí —dice—. Este es el mejor sitio. —Comienza a palpar la roca y a mirar alrededor.

Alzo la mano para tapar el sol y ver por dónde tenemos que escalar. Cassia me mira y hace lo mismo.

—Es por donde Indie y yo bajamos del otro cañón —dice al reconocer el lugar.

Hunter asiente.

—Es el mejor sitio para escalar.

—Hay una cueva en el otro cañón —dice Indie a Hunter.

—Lo sé —responde—. Se llama la Caverna. La pregunta que necesito que respondáis es sobre lo que hay dentro.

—No entramos —dice Cassia—. Es imposible.

Hunter niega con la cabeza.

—Lo parece. Pero los labradores la utilizamos desde que llegamos a la Talla. Cuando la Sociedad se apoderó de ella, encontramos una forma de entrar.

Cassia parece desconcertada.

—Pero, entonces, sabéis…

Hunter la interrumpe.

—Sabemos qué hay dentro. Pero no por qué. —La escruta de un modo que resulta desconcertante—. Creo que tú a lo mejor lo sabes.

—¿Yo? —pregunta ella, alarmada.

—Has vivido en la Sociedad durante más tiempo que tus compañeros —dice Hunter—. Se nota. —Cassia se ruboriza y se pasa la mano por el brazo, como si quisiera despojarse de alguna mácula de la Sociedad.

Hunter mira a Eli.

—¿Te ves capaz de hacerlo?

Eli mira la pared.

—Sí —responde.

—Bien —dice Hunter—. No es una vía especialmente difícil. Hasta los militares podrían escalarla si lo intentaran.

—¿Por qué no lo han hecho? —pregunta Indie.

—Lo hicieron —responde Hunter—. Pero esta era una de nuestras zonas mejor vigiladas. Interceptábamos a todos los que intentaban escalar por aquí. Y es imposible entrar en el cañón en aeronave. Es demasiado estrecho. Tenían que acceder por tierra y estaban en desventaja. —Termina de hacer otro nudo y pasa la cuerda por uno de los anclajes de la pared—. Dio resultado durante mucho tiempo.

»Pero ahora los labradores han cruzado la llanura. O están muertos en lo alto de la Talla. Solo es cuestión de tiempo que la Sociedad se entere y decida entrar.

Nadie sabe eso mejor que Hunter. Tenemos que apresurarnos.

—Escalábamos a todas partes —dice Hunter—. La Talla entera era nuestra. —Mira la cuerda que tiene en las manos. Creo que ha vuelto a recordar que ya no queda nadie. Parece que no es posible olvidar, pero a veces lo es, solo de forma momentánea. Jamás he logrado decidir si es bueno o malo. Olvidar permite vivir un instante sin el dolor, pero recordar lo exacerba.

Todo hace daño. En ocasiones, cuando desfallezco, querría que la pastilla roja me hiciera efecto.

—Vimos cadáveres en lo alto de la Talla —dice Indie. Mira la pared para juzgar la dificultad de la vía—. Tenían marcas azules como tú. ¿También eran labradores? ¿Y por qué subieron si era mejor esperar a la Sociedad abajo? —Pese a mis reservas, la admiro. Tiene la audacia de hacer a Hunter esas preguntas. Yo también quiero saber las respuestas.

—Ese sitio es la única zona lo bastante amplia y llana para que la Sociedad aterrice con sus aeronaves —responde Hunter—. Últimamente, no sé por qué, sus tentativas de entrar en la Talla se habían vuelto más agresivas y nosotros no podíamos vigilar todos los cañones, solo el de nuestro caserío. —Hace otro nudo, tensa la cuerda—. Por primera vez en nuestra historia, los labradores tuvimos una diferencia de opinión que no supimos resolver. Algunos querían luchar para que la Sociedad dejara los cañones en paz. Otros querían huir.

—¿Qué querías tú? —pregunta Indie.

Hunter no responde.

—Entonces, los que cruzaron la llanura —prosigue Indie en un intento de recabar más información—, ¿se marcharon para unirse al Alzamiento?

—Creo que ya es suficiente —ataja Hunter. Su expresión disuade incluso a Indie de hacer más preguntas. Ella se calla y Hunter le pasa una cuerda—. Eres la que tiene más experiencia —añade. No es una pregunta. De algún modo, lo sabe.

Indie asiente y casi sonríe mientras mira la pared.

—A veces, me escabullía. Había un buen sitio cerca de nuestra casa.

—¿Te dejaba escalar la Sociedad? —pregunta Hunter.

Indie lo mira con expresión de desprecio.

—No me dejaba escalar. Encontré una forma de hacerlo sin que se enterara.

—Tú y yo subiremos a alguien —dice Hunter—. Así será más rápido. ¿Te ves capaz?

Indie se ríe a modo de respuesta.

—Ten cuidado —le advierte Hunter—. Aquí, la roca es distinta.

—Ya lo sé —dice ella.

—¿Puedes subir solo? —me pregunta Hunter.

Asiento. No le digo que lo prefiero. Si me caigo, al menos no arrastraré a nadie conmigo.

—Primero veré cómo lo hacéis.

Indie mira a Cassia y a Eli.

—¿Quién quiere venir conmigo?

—Eli —interviene Cassia—. Elige tú.

—Ky —dice él, al instante.

—No —objeta Hunter—. Ky no ha escalado tanto como nosotros.

Eli abre la boca para protestar, pero yo le hago un ademán negativo con la cabeza. Él me fulmina con la mirada, se acerca a Indie y se queda a su lado. Antes de que ella se vuelva hacia la pared, me parece adivinar una sonrisa de satisfacción en su rostro.

Observo a Cassia mientras se engancha a la cuerda de Hunter. Luego miro a Eli para comprobar que está bien atado. Cuando alzo la vista, Hunter se dispone a empezar. Cassia tiene la mandíbula tensa.

La ascensión no me preocupa. Hunter es el mejor escalador. Y necesita a Cassia sana y salva para que le ayude en la cueva. Lo creo cuando dice que necesita conocer los motivos de la Sociedad. Aún piensa que saber el porqué sirve de algo. Todavía no sabe que los motivos nunca serán lo bastante buenos.


Cuando llegamos arriba, echamos a correr. Me cojo de Eli con una mano y de Cassia con la otra y avanzamos juntos. Respiramos quedo, deprisa, y corremos sin apenas rozar el suelo.

Estamos expuestos en la roca, visibles bajo el cielo, durante varios largos segundos.

No es ni por asomo tiempo suficiente. Aquí, tengo la sensación de que podría correr eternamente.

«¡Mirad! —quiero gritar—. Sigo vivo. Sigo aquí. Aunque vuestros datos y vuestros funcionarios quieran lo contrario.»

Pies veloces.

Pulmones llenos de aire.

Agarrado a personas que quiero.

«Quiero.»

Lo más audaz de todo.

Cuando estamos cerca del borde, nos soltamos las manos. Las necesitamos para las cuerdas.


Este segundo cañón es mucho más estrecho que el cañón de los labradores. Una vez abajo, Cassia señala una larga superficie lisa. Parece roca, pero tiene algo extraño.

—Ahí es donde vimos la entrada —dice. Aprieta los labios—. El cadáver del chico está debajo de esos arbustos.

Ya no siento la libertad de antes. El peso de la Sociedad se cierne sobre este cañón como las nubes deshilachadas que aún perduran después de una tormenta.

El resto del grupo también lo percibe. Hunter está más serio y sé que para él es mucho peor porque siente la presencia de la Sociedad en un lugar que antes era suyo.

Nos conduce a una cueva minúscula situada en un lugar del cañón donde la pared se repliega sobre sí misma. Dentro, los cinco apenas cabemos agachados. Al fondo, hay pedruscos amontonados.

—Abrimos una entrada por aquí —dice.

—¿Y la Sociedad no la ha descubierto? —pregunta Indie con aire escéptico.

—Ni tan siquiera se lo imagina —responde Hunter. Levanta un pedrusco—. Hay una grieta detrás de estas piedras —explica—. Una vez dentro, podemos atravesar hasta un rincón de la Caverna.

—¿Cómo lo hacemos? —pregunta Eli.

—Moved la tierra —responde Hunter—. Y contened la respiración en los sitios estrechos. —Coge uno de los pedruscos. —Yo entraré primero —añade—. Me seguirá Cassia. Nos guiaremos unos a otros en los giros. Id despacio. Hay un sitio donde tenéis que tumbaros y empujaros con los pies. Si os quedáis atascados, gritad. Estaréis lo bastante cerca para oírme. Os indicaré cómo pasar. La parte más estrecha está justo antes del final.

Vacilo un momento y me pregunto si esto no será una trampa. ¿Podría haberla tendido la Sociedad? ¿O Indie? No me fío de ella. La observo mientras ayuda a Hunter a retirar los pedruscos. Lo hace con tanto afán que la larga cabellera le va violentamente de un lado a otro. ¿Qué quiere? ¿Qué esconde?

Miro a Cassia. Se halla en un lugar nuevo donde todo es distinto. Ha visto a personas que han muerto de formas terribles y ha pasado hambre, se ha extraviado y ha entrado en este desierto para encontrarme. Todas las cosas que una chica de la Sociedad no tendría que haber experimentado jamás. Me mira y veo un brillo en sus ojos que me hace sonreír. «¿Contener la respiración? —parece decir—. ¿Mover la tierra? Es lo que nosotros hemos hecho desde el principio.»

## Capítulo 32

## *Cassia*

La grieta apenas tiene anchura suficiente para que Hunter quepa en ella. Él entra y desaparece sin mirar atrás. Soy la siguiente.

Miro a Eli, que tiene los ojos como platos.

—Quizá sea mejor que nos esperes aquí —sugiero.

Él asiente.

—La cueva me da igual —aduce—. Pero eso es un túnel.

No le digo que es el más menudo de todos y el que tiene menos probabilidades de quedarse atascado porque sé a qué se refiere. Parece de locos, un error, abrirnos paso por la tierra como gusanos.

—Tranquilo —digo—. No hace falta que vengas. —Lo rodeo con el brazo y le doy un apretón en el hombro—. No creo que tardemos mucho.

Eli vuelve a asentir. Ya tiene mejor aspecto; está menos pálido.

—Volveremos —repito—. Volveré.

Eli me hace pensar en Bram y en cómo lo dejé también a él.

Estoy bien hasta que empiezo a pensar demasiado, hasta que me pongo a calcular cuántas toneladas de roca debo de tener encima. Ni tan siquiera sé cuánto pesa un centímetro cúbico de roca arenisca, pero la cifra debe de ser ingente. Y debe de haber muy poco aire en comparación. ¿Por eso nos ha pedido Hunter que contengamos la respiración? ¿Sabe que no hay aire suficiente? ¿Que a lo mejor exhalo y descubro que es imposible volver a inhalar?

No me puedo mover.

La piedra, tan cerca de mí. El túnel, tan oscuro. Solo hay centímetros entre la tierra y yo; estoy tendida boca arriba, rodeada de negrura, aprisionada por roca inamovible que me envuelve por todos lados. La masa de la Talla me oprime; antes me asustaba su inmensidad y ahora lo hace su proximidad.

Tengo el rostro vuelto hacia un cielo que no veo, un cielo que es azul por encima de la piedra.

Trato de serenarme, me digo que no pasa nada. Hay seres vivos que logran salir de espacios más estrechos que este. Solo soy una mariposa, una antíope, encerrada en su capullo, ciega y con las alas pegajosas. Y, de pronto, me pregunto si no habrá veces en que los capullos no se abran, si la mariposa que contienen no carecerá de la fuerza necesaria para romperlos. Se me escapa un sollozo.

—Socorro —digo.

Para mi sorpresa, no es Hunter quien habla desde delante. Es la voz de Ky desde atrás.

—Vas a hacerlo bien —dice—. Empuja un poco más.

Y, pese a mi pánico, oigo la música de su voz grave, la melodía de su cadencia. Cierro los ojos e imagino que mi respiración es la suya, que está conmigo.

—Espera un momento si te hace falta —añade.

Me imagino incluso más menuda de lo que ya soy. Imagino que me meto en el capullo y me envuelvo en él como si fuera una capa, una manta. Y, después, no me imagino saliendo. Me quedo acurrucada dentro y trato de ver qué hay.

Al principio, nada.

Pero entonces la percibo. Incluso oculta en la oscuridad, sé que está allí: esa pequeña parte de mí que siempre será libre.

—Lo conseguiré —digo en voz alta.

—Lo conseguirás —repite Ky detrás de mí.

Avanzo y noto espacio por encima de mí, aire que respirar, un lugar donde ponerme de pie.


«¿Dónde estamos?»

Siluetas y figuras se forman en la oscuridad, alumbradas por diminutas luces azules alineadas en el suelo y que brillan como gotitas de lluvia. Pero, naturalmente, están demasiado ordenadas para ser lluvia.

Otras luces iluminan altas cajas transparentes y máquinas que zumban y moderan la temperatura dentro de estas paredes de piedra. Lo que veo ante mí es típico de la Sociedad: calibración, organización, cálculo.

Oigo movimiento y casi grito antes de acordarme. Hunter.

—Esto es inmenso —observo, y él asiente.

—Solíamos reunirnos aquí —dice en voz baja—. No fuimos los primeros. La Caverna es muy antigua.

Me estremezco cuando miro arriba. Las paredes de esta vasta cueva tienen incrustados huesos y conchas de animales muertos, todos atrapados en piedra que antes fue barro. Este lugar existía antes de la Sociedad. Quizá incluso antes de que hubiera seres humanos.

Ky entra en la cueva y se sacude la tierra del pelo. Me acerco a él y toco sus manos, que están frías y ásperas pero no se parecen en absoluto a la piedra.

—Gracias por ayudarme —digo en su cálido cuello. Me aparto para que pueda ver lo que hay aquí.

—Esto es de la Sociedad, no hay duda —dice, su voz tan queda como la Caverna. Echa a andar y Hunter y yo lo seguimos. Pone la mano en la puerta del otro extremo del recinto—. Acero —afirma.

—La Sociedad no tendría que estar aquí —dice Hunter, con voz crispada.

Parece un despropósito, este manto de asepsia que la Sociedad ha extendido sobre la tierra y la vida. «La Sociedad tampoco tendría que estar en mi relación con Ky», pienso al recordar que mi funcionaria dijo que sabía lo nuestro desde el principio. La Sociedad se entremete en todo, es como agua que se cuela por una grieta y gotea hasta que incluso la piedra se ve obligada a ahuecarse y cambiar de forma.

—Tengo que saber por qué quisieron matarnos —me dice Hunter señalando las cajas. Están llenas de tubos. Montones de tubos bañados de luz azul. «Esto es tan bonito como el mar», imagino.

Indie entra en la cueva. Mira alrededor y pone los ojos como platos.

—¿Qué son? —pregunta.

—Dejad que me acerque más —digo, y echo a andar entre dos de las hileras de tubos. Ky me acompaña. Paso la mano por las cajas de liso plástico transparente. Para mi sorpresa, no hay cerraduras en las puertas y decido abrir una para ver mejor los tubos. Esta emite un débil silbido al abrirse y yo escruto los tubos que tengo ante mí, apabullada de pronto por su similitud y también por su variedad.

No quiero moverlos por si la Sociedad tiene un sistema de alarma, de manera que estiro el cuello hasta poder leer la información del tubo que ocupa el centro de la hilera intermedia. Hanover, Marcus. KA. Está claro que se trata de un nombre, seguido de la abreviatura de la provincia de Keya. Debajo de la provincia, hay grabadas dos fechas y un código de barras.

Son muestras de personas, enterradas con los huesos de animales que murieron mucho tiempo atrás y los sedimentos de mares petrificados, hileras de tubos de cristal similares al que tenía mi abuelo, el que contenía su muestra de tejido.

Pese al agotamiento y la fatiga, siento que mi mente clasificadora calienta motores y se pone en marcha, que intenta dar sentido a lo que veo y a los números que tengo ante mí. Esta cueva es un lugar dedicado a la conservación, casual en el caso de los fósiles incrustados en el barro e intencionada en lo que atañe a los tejidos guardados en los tubos.

«¿Por qué aquí? —me pregunto—. ¿Por qué en un lugar tan apartado de la Sociedad? Seguro que hay sitios mejores, montones de ellos.» Esto es lo contrario a un cementerio. Es lo opuesto a una despedida. Y lo comprendo. Aunque querría no hacerlo, en cierto sentido, me parece más lógico que enterrar a las personas y dejarlas marchar como hacen los labradores.

—Son muestras de tejido —explico a Ky—. Pero ¿por qué las guarda aquí la Sociedad? —Tiemblo y él me rodea con el brazo.

—Lo sé —dice.

Pero no lo sabe.

«A la Talla le da igual.»

Vivimos, morimos, nos transformamos en piedra, yacemos bajo tierra, nos perdemos en el mar o ardemos hasta quedar reducidos a ceniza, y a la Talla le da igual. Nosotros nos iremos. La Sociedad se irá. Los cañones permanecerán.

—Sabes lo que son —dice Hunter.

Lo miro. ¿Qué debe pensar de esto alguien que no ha vivido nunca dentro de la Sociedad?

—Sí —respondo—. Pero no sé por qué. Espera un momento. Déjame pensar.

—¿Cuántos hay? —pregunta Ky.

Hago un cálculo aproximado a partir de las hileras de tubos que tengo ante mí.

—Hay miles —respondo—. Cientos de miles. —La vasta Caverna está repleta de hileras, cajas, pasillos de tubitos—. Pero no tantos para representar todas las muestras de tejido que deben de haberse extraído a lo largo de los años. Esta no puede ser la única instalación.

—¿Es posible que los estén sacando de la Sociedad? —pregunta Ky.

Muevo la cabeza, confusa. ¿Qué razón podría haber?

—Están ordenados por provincias —digo al advertir que, en la caja que tengo delante, pone «KA» en todos los tubos.

—Busca Oria —me pide Ky.

—Debería de estar en la hilera siguiente —calculo mientras aprieto el paso.

Indie y Hunter están juntos, observándonos. Doblo la esquina y encuentro los tubos donde pone «OR». Ver la familiar abreviatura de Oria en un lugar tan desconocido me produce una sensación extraña, de intimidad mezclada con distanciamiento.

Oigo un ruido en el acceso secreto a la Caverna. Todos nos volvemos. Eli sale del túnel como ha hecho Ky, sonriendo y sacudiéndose la tierra del pelo. Corro a su lado y lo abrazo, con el corazón en un puño por lo que ha tenido que pasar solo.

—¡Eli! —exclamo—. Creía que ibas a esperarnos.

—Estoy bien —dice. Mira por encima de mi hombro, en busca de Ky.

—Lo has conseguido —le dice él, y Eli parece erguirse un poco más. Lo miro mientras niego con la cabeza. Prometer una cosa y hacer otra cuando cambia de opinión. Bram habría hecho lo mismo.

Eli mira alrededor con los ojos muy abiertos.

—Aquí almacenan tubos —dice.

—Creemos que están ordenados por provincias —observo, y veo que Ky me hace una señal.

—Cassia, he encontrado algo.

Regreso rápidamente a su lado mientras Indie y Eli se pasean por delante de otras hileras de tubos en busca de sus provincias.

—Si lo primero es la fecha de nacimiento —dice Ky—, lo más probable es que lo segundo sea… —Se queda callado y espera a ver si yo extraigo la misma conclusión.

—La fecha de la muerte. La fecha en la que se extrajo la muestra —apostillo. Y entonces comprendo a qué se refiere. Ambas fechas están demasiado próximas. No hay ochenta años entre una y otra.

—No solo almacenan las muestras de los ancianos —dice Ky—. Estas personas no pueden estar todas muertas.

—No solo nos extraen muestras cuando morimos —concluyo, con la mente disparada. Hago memoria: las posibilidades son infinitas. Nuestros tenedores. Nuestras cucharas. La ropa que llevamos. O es posible que incluso les facilitemos las muestras nosotros, que asintamos, raspemos nuestro propio tejido y se lo demos antes de tomarnos una pastilla roja—. La muestra del final no significa nada. La Sociedad ya tiene los tubos de todas las personas que quiere conservar. Puede que el tejido más joven dé mejores resultados. Y, al ocultarnos la existencia de las otras muestras, consigue que obedezcamos hasta el final. —El corazón me da un vuelco, de forma irracional, en agradecimiento a la Sociedad.

«A lo mejor hay una muestra de mi abuelo. A lo mejor no importa que mi padre destruyera la que le extrajeron en su banquete final.»

—Cassia —dice Ky en voz baja—. Xander está aquí.

—¿Qué? ¿Dónde? ¿Ha venido a buscarnos? ¿Cómo se ha enterado?

—Aquí —repite Ky mientras señala uno de los tubos bañados de luz azul.

Por supuesto. Evito sus ojos y miro el tubo. Carrow, Xander. OR. Su fecha de nacimiento es correcta. Es la muestra de Xander. Pero Xander no está muerto.

«Que yo sepa.»

Acto seguido, Ky y yo nos ponemos a leer la información de los tubos y nuestros dedos se entrelazan. ¿Quién está? ¿Quién se salva?

—Tú estás —dice Ky al señalar un tubo.

Veo la fecha de mi nacimiento. Y mi nombre: Reyes, Cassia. Contengo la respiración. «Mi nombre.» Verlo me recuerda lo que sentí cuando lo pronunciaron en mi banquete de emparejamiento. Me recuerda que formo parte de la Sociedad. Que ella se ha tomado muchas molestias para asegurarme un futuro.

—Yo no estoy —añade Ky, mientras me observa.

—A lo mejor estás en otra provincia —sugiero—. Podrías estar…

—No estoy —repite.

Y, por un instante, en la penumbra de la cueva, con su modo de saber confundirse con las sombras, parece que no esté. Notar su mano aferrada a la mía es lo único que me demuestra lo contrario.


Hunter se acerca a mí y yo trato de explicárselo.

—Son tejidos —digo—, un poco de piel, cabello o uña. La Sociedad los extrae a sus ciudadanos para poder devolvernos la vida algún día.

Me estremezco por mi uso de la primera persona del plural. Que yo sepa, podría ser la única de esta cueva con un tubo aquí. E incluso eso podría deberse únicamente a que la Sociedad no ha tenido tiempo de reclasificarme. Vuelvo a mirar las paredes de la cueva, los huesos, dientes y conchas que han perdurado. Si lo que somos no está en nuestros huesos, debe de estar en nuestros tejidos. Debe de estar en alguna parte.

Hunter se pone a mirar los tubos. Lo hace durante tanto tiempo que abro la boca para intentar explicárselo otra vez, pero él mete la mano en una caja y saca un tubo antes de que pueda detenerlo.

No se dispara ninguna alarma.

Su ausencia me desconcierta. ¿Habrá parpadeado una luz en alguna parte de la Sociedad para avisar a un funcionario de la infracción?

Hunter levanta el tubo y lo enfoca con una linterna. Las muestras son tan pequeñas que ni tan siquiera se distinguen del líquido que las contiene.

¡Crac! El tubo se rompe y a Hunter le sangra la mano.

—Nos han matado para conservarse ellos —dice.

Todos lo miramos. Por un momento, tengo el descabellado impulso de imitarlo: abriría todas las puertas de todas las cajas y cogería algo, un palo quizá. Echaría a correr por los pasillos de tubos bañados de luz azul y plateada. Pasaría el palo por ellos para ver si sonaban como un carillón. Me pregunto si la melodía de otras vidas sería amarga, asonante; o fuerte, clara, dulce y armónica. Pero no rompo nada. Hago otra cosa, con rapidez, mientras todos miran a Hunter.

Él abre la mano, mira la sangre y el líquido de su palma. Pese a no querer hacerlo, me fijo en el nombre de la etiqueta: Thurston, Morgan. Vuelvo a mirar a Hunter. Para romper un tubo como este, debe de hacer falta mucha fuerza, pero él no parece consciente de ello.

—¿Por qué? —pregunta—. ¿Cómo? ¿Han descubierto una forma de resucitar a la gente?

Todos me miran y aguardan a que yo se lo explique. La ira y la vergüenza se apoderan de mí. ¿Por qué creen que tengo las respuestas? ¿Porque soy la única ciudadana?

Pero hay cosas que no comprendo, partes de la Sociedad, partes de mí.

Ky me pone la mano en el brazo.

—Cassia —dice en voz baja.

—¡No soy Xander! —exclamo, tan alto que mis palabras resuenan en toda la cueva—. No sé nada de medicina. Ni de pastillas. Ni de la conservación de muestras. Ni de lo que la Sociedad puede o no hacer en el campo de la medicina. No lo sé.

Todos nos quedamos callados, pero Indie no tarda en romper el silencio.

—El secreto de Xander —dice mientras mira a Ky—. ¿Tiene algo que ver con esto?

Ky abre la boca para hablar, pero, antes de que pueda hacerlo, todos la vemos, una lucecita roja que parpadea en la parte superior de la caja que Hunter ha abierto.

El miedo vuelve a apoderarse de mí y no sé qué me asusta más, la Sociedad o la Caverna en la que estamos atrapados.

## Capítulo 33

### *Ky*

H unter coge otro tubo y lo rompe del mismo modo.

—Salid de aquí —digo a Cassia y al resto—. Vamos.

Indie no vacila. Da media vuelta, corre al acceso secreto y entra en el estrecho túnel.

—No podemos dejarlo aquí —arguye Cassia mientras mira a Hunter, que no ve ni oye nada aparte de los tubos que rompe.

—Intentaré que vaya con nosotros —prometo—. Pero tenéis que iros. Ya.

—Lo necesitamos para escalar —dice.

—Puede ayudaros Indie. Marchaos. Enseguida iré.

—Os esperaremos para cruzar juntos —promete—. Es posible que la Sociedad tarde mucho en llegar.

«A menos que ya esté en la zona —pienso—. En ese caso, sería cosa de minutos.»

Cuando se marchan, miro a Hunter.

—Tienes que parar —digo—. Volver con nosotros.

Él niega con la cabeza y rompe otro tubo.

—Podríamos intentar alcanzar a los labradores que atravesaron la llanura —sugiero.

—A estas alturas, podrían estar todos muertos —dice.

—¿Se marcharon para unirse al Alzamiento? —pregunto.

No me responde.

No trato de detenerlo. Un tubo, mil: ¿qué diferencia hay? La Sociedad va a enterarse de todos modos. Y una parte de mí quiere acompañarlo. Cuando una persona lo ha perdido todo, ¿por qué no habría de desahogarse antes de que se le echen encima? Recuerdo esa sensación. Otra parte más siniestra de mí piensa: «Y si no vuelve con nosotros, no podrá hablar a Cassia del Alzamiento ni decirle cómo encontrarlo. Estoy seguro de que lo sabe».

Regreso al acceso secreto y encuentro una piedra. Vuelvo a su lado y se la doy.

—Prueba con esto —digo—. Será más rápido.

Hunter no dice nada, pero coge la piedra, sube los brazos y la arroja contra una hilera de tubos. Los oigo romperse mientras entro en el estrecho túnel para salir de la Caverna.

Una vez fuera, estoy atento por si oigo las aeronaves.

Nada.

Todavía.

Me han esperado.

—Tendríais que haber seguido —reprendo a Cassia, pero eso es lo único que tengo tiempo de decir antes de que estemos todos asegurados y nos hayamos puesto a escalar. Subimos. Una vez arriba, en el expuesto llano de roca, me pregunto si debería correr detrás o delante de ella, cuál es el mejor modo de protegerla, y entonces me encuentro corriendo a su lado.

—¿Van a encontrarnos? —resuella Eli cuando llegamos al otro cañón.

—Correremos por las piedras cuando podamos —digo.

—Pero a veces es todo arena —arguye, asustado.

—Tranquilo —digo—. Seguro que llueve.

Todos miramos arriba. El cielo luce el suave azul del invierno incipiente. Hay nubarrones a lo lejos, pero están a kilómetros de aquí.

Cassia no ha olvidado lo que Indie ha dicho en la cueva. Se acerca y me pone la mano en el brazo.

—¿A qué se refería Indie? —pregunta, sin aliento—. ¿Con el secreto de Xander?

—No sé de qué habla —miento.

No miro a Indie. Oigo sus pisadas detrás de nosotros, pero no me contradice y sé por qué.

Quiere encontrar el Alzamiento y, por algún motivo, cree que soy quien más probabilidades tiene de conocer su paradero. Ha decidido compartir su destino conmigo aunque no me tenga más simpatía de la que yo le tengo a ella.

Cojo a Cassia de la mano y estoy atento por si oigo el rugido de las aeronaves de la Sociedad, pero no se presentan.

Tampoco lo hace la lluvia.


Cuando Xander y yo nos tomamos las pastillas rojas aquel día ya tan lejano, contamos hasta tres y nos las tragamos a la vez. Observé su rostro. Estaba impaciente por que olvidara.

No tardé mucho en darme cuenta de que la pastilla no le hacía efecto y también era inmune. Hasta ese momento, creía que yo era el único.

«Se supone que deberías olvidar», dije.

«Pues no lo he hecho», respondió.

Cassia me explicó qué sucedió aquel día en el distrito después de que yo me fuera, cómo se enteró de que Xander era inmune a las pastillas rojas. Pero no conoce su otro secreto. «Y yo lo guardo porque es lo justo —me digo—. Porque contárselo es cosa de él, no mía.»

Trato de no pensar en mis otros motivos para no revelar a Cassia el secreto de Xander.

Si lo supiera, quizá cambiaría de opinión con respecto a él. Y con respecto a mí.

# Capítulo 34

## *Cassia*

Indie trata su mochila incluso con más cuidado que antes y me pregunto si no le habrá sucedido algo a su panal cuando hemos entrado y salido de la Caverna. Llevaba la mochila puesta y, aunque está delgada, no sé cómo ha conseguido protegerla al pasar por un túnel tan estrecho. Me parece imposible que el frágil panal no se haya aplastado.

La historia de la madre de Indie y la barca parece incompleta, como si fuera un eco devuelto por la pared de un cañón sin parte de las palabras originales. Me pregunto hasta qué punto la conozco. Pero entonces vuelve a acomodarse la mochila y la imagen del frágil panal fino como el papel que lleva dentro me recuerda el cuadro deshecho y los livianos pétalos de rosa secos. Conozco a Indie desde los campos de trabajo y todavía no me ha defraudado.

Ky se vuelve y nos grita que nos apresuremos. Indie lo mira y en su rostro percibo una expresión muy parecida al hambre.

La lluvia se huele antes de verla o sentirla. Si la salvia es el olor de las provincias exteriores que Ky prefiere, creo que el mío es esta lluvia que huele a antigüedad y novedad, a roca y cielo, a río y desierto. Los nubarrones que hemos visto antes se aproximan y el cielo se torna morado, gris, azul, mientras el sol se pone y llegamos al caserío.

—No podemos quedarnos mucho tiempo, ¿verdad? —pregunta Eli mientras ascendemos por el sendero que conduce a las cuevas. Un rayo incandescente une cielo y tierra y un trueno retumba en el cañón.

—No —responde Ky.

Yo opino como él. Ahora, la amenaza de que la Sociedad entre en los cañones parece pesar más que los riesgos de cruzar la llanura. Vamos a tener que marcharnos.

—Pero hay que parar en la cueva —digo—. Necesitamos más comida, y ni Indie ni yo tenemos libros ni escritos. «Y a lo mejor hay información sobre el Alzamiento.»

—La tormenta debería darnos un poco más de tiempo —apunta Ky.

—¿Cuánto? —pregunto.

—Unas horas —responde—. La Sociedad no es el único peligro. Una tormenta como esta podría provocar una crecida en el cañón y, si eso pasara, no podríamos atravesar el río. Estaríamos atrapados. Solo nos quedaremos hasta que deje de tronar.

Un viaje tan largo y encontrar el Alzamiento podría reducirse a una mera cuestión de horas. «Pero yo no he venido a buscar el Alzamiento —me recuerdo—. He venido a buscar a Ky, y lo he encontrado. Pase lo que pase, estaremos juntos.»

Ky y yo inspeccionamos con rapidez la biblioteca y sus montones de cajas. Indie nos sigue.

—Hay tanto… —digo, apabullada, cuando abro una de las cajas y veo el montón de escritos y libros que contiene.

Este es un tipo de clasificación completamente distinto: tantas páginas, tanta historia. Esto es lo que sucede cuando la Sociedad no revisa, recorta y censura por nosotros.

Hay algunas páginas impresas. Muchas están escritas a mano por diferentes personas. Cada letra es distinta, como sus autores. «Todos sabían escribir.» De pronto, me invade el pánico.

—¿Cómo sabré qué es importante? —pregunto a Ky.

—Piensa en algunas palabras —responde— y búscalas. ¿Qué necesitamos saber?

Juntos, elaboramos una lista. El Alzamiento. La Sociedad. El enemigo. El Piloto. Necesitamos reunir información sobre «agua», «río», «huida», «alimento» y «supervivencia».

—Tú también —dice Ky a Indie—. Todo lo que contenga esas palabras, déjalo aquí. —Señala el centro de la mesa.

—De acuerdo —responde. Le mantiene la mirada. Ky no es el primero en apartar los ojos; lo hace ella cuando abre un libro y lo hojea.

Encuentro algo que me parece prometedor: un panfleto impreso.

—Ya tenemos uno igual —dice Eli—. Vick encontró un montón.

Dejo el folleto. Abro un libro y, de inmediato, un poema me distrae.

Cayeron como copos,
cayeron como estrellas,
como pétalos de rosa
cuando de pronto por junio
un viento con dedos avanza.

Es el poema del que Hunter sacó el verso para la tumba de Sarah.

Han arrancado la página y han vuelto a dejarla. De hecho, todo el libro tiene las hojas sueltas y desordenadas. Casi da la impresión de que estuviera a punto de ser incinerado en un proyecto de restauración pero alguien hubiera encontrado sus huesecillos y lo hubiera reconstruido. Aún faltan partes y parece que hayan improvisado la tapa después de que se extraviara la original. Ahora, es una cartulina lisa cosida encima de las hojas y no veo el nombre del autor por ninguna parte.

Paso las páginas hasta otro poema:

> No te alcancé
> pero mis pies se acercan día a día.
> Tres ríos y una loma que cruzar.
> Un desierto y un mar.
> No llamaré viaje al viaje
> cuando a ti te lo cuente.

La Loma. Y el desierto. Y el viaje: se parece a mi historia con Ky. Aunque sé que debería centrarme en buscar otras cosas, sigo leyendo para ver cómo termina:

> Dos desiertos, pero el año es frío
> y eso ayudará a la arena.
> Un desierto atravesado.
> El segundo
> será tan fresco como la tierra.
> Sahara es un precio demasiado pequeño
> que pagar por tu justa mano.

Yo pagaría casi cualquier precio por estar con Ky. Creo que sé a qué se refiere el poeta, aunque no conozco el significado de Sahara. Suena parecido a Sarah, el nombre de la hija de Hunter, pero un niño sería un precio demasiado alto que pagar por la mano de nadie.

Muerte. La muerte de mi abuelo en Oria: una tarta en un plato; un poema en una polvera; limpias sábanas blancas; últimas palabras amables. Muerte en lo alto de la Talla: cadáveres calcinados; ojos abiertos. Muerte en el cañón: líneas azules; lluvia en el rostro de una niña.

Y, en la cueva, hileras y más hileras de tubos centelleantes.

Jamás seríamos los mismos, no otra vez. Aunque sacaran nuestros cadáveres del agua y la tierra y nos pusieran de nuevo en funcionamiento, jamás sería como la primera vez. Faltaría algo. Eso no está en manos de la Sociedad. Ni tampoco en las nuestras. Vivir por vez primera tiene algo especial, insustituible.

Ky deja un libro y coge otro. ¿Es él mi primer amor?

¿O lo ha sido el chico que me dio mi primer beso de verdad? Todo lo que Xander me ha dado se sustenta en un firme recuerdo, un recuerdo tan diáfano que casi lo toco, lo huelo, noto su sabor. Casi lo oigo, llamándome.

Siempre he pensado que Xander era el afortunado por haber nacido en el distrito, pero ya no estoy tan segura. Ky ha perdido mucho, pero lo que tiene no es poco. Sabe crear. Puede escribir sus propias palabras. Todo lo que Xander ha escrito en su vida, todo lo que ha tecleado en un terminal o calígrafo, no es suyo. Los funcionarios siempre han tenido acceso a sus pensamientos.

Cuando mis ojos se cruzan con los de Ky, la duda que he tenido hace un momento, cuando él e Indie se han mantenido la mirada, se disipa. No hay nada incierto en su modo de mirarme.

—¿Qué has encontrado? —pregunta.

—Un poema —respondo—. Tengo que centrarme más.

—Y yo —dice. Sonríe—. La primera regla para clasificar. No sé por qué cuesta tanto recordarla.

—¿También sabes clasificar? —pregunto, sorprendida. Nunca me lo había mencionado. Es una técnica especializada que la mayoría de las personas no conoce.

—Patrick me enseñó —responde en voz baja.

¿Patrick? La sorpresa debe de reflejarse en mi rostro.

—Pensaban que algún día Matthew sería clasificador —dice—. Patrick quiso que también aprendiera yo. Sabía que nunca me darían un buen puesto de trabajo. Quería que tuviera una forma de utilizar la cabeza cuando no pudiera seguir estudiando.

—Pero ¿cómo aprendiste? Si Patrick te hubiera enseñado en un terminal, habría quedado registrado.

Ky asiente.

—Encontró otra manera. —Traga saliva y mira a Indie, que está en el otro extremo de la cueva—. Tu padre le explicó lo que tú habías hecho por Bram, cómo te las habías ingeniado para que él jugara en el calígrafo. Eso le dio una idea. Hizo algo parecido.

—¿Y los funcionarios no llegaron a enterarse?

—No utilizamos mi calígrafo —dice—. Patrick me consiguió otro. Se lo intercambió a los archivistas. Me lo dio el día que me destinaron a la planta de reciclaje. Así es como supe que había archivistas en Oria.

Su rostro se torna impasible; su voz, distante. Conozco esta expresión. Es la que adopta cuando explica algo de lo que lleva mucho tiempo sin hablar o no ha contado jamás.

—Sabíamos que no sería un buen puesto de trabajo. No me sorprendió. Pero, cuando el funcionario se marchó… —Se queda un momento callado—. Subí a mi cuarto y saqué la brújula. Me quedé un rato allí, sentado con ella en la mano.

Quiero tocarlo, abrazarlo, volver a ponerle la brújula en la mano. Las lágrimas me nublan la vista y sigo escuchando cuando él baja la voz todavía más.

—Después me levanté, me puse mi nueva ropa de diario azul y me fui a trabajar. Aida y Patrick no dijeron nada. Yo tampoco.

Me mira y yo alargo la mano con la esperanza de que me la quiera coger. Lo hace. Entrelaza sus dedos con los míos y me siento partícipe de otro fragmento de su vida. Esto le sucedió a él, mientras yo estaba sentada en mi casa en esa misma calle, tomándome mi comida precocinada, escuchando el terminal y fantaseando sobre la vida ideal que estaban a punto de repartirme, como hacían con todo lo demás.

—Esa noche, Patrick volvió a casa con un calígrafo del mercado negro. Era viejo. Pesado. Con una pantalla tan arcaica que daba risa. Al principio, le dije que lo devolviera. Me parecía que el riesgo era demasiado grande. Pero Patrick me dijo que no me preocupara. Me explicó que mi padre le había enviado un manuscrito antiguo después de que Matthew muriera y que él lo había intercambiado por el calígrafo. Me dijo que siempre había tenido intención de emplearlo en algo que fuera para mí.

»Fuimos a la cocina. Patrick pensaba que el zumbido del incinerador ahogaría cualquier ruido que hiciéramos. Nos pusimos donde el terminal no pudiera vernos. Y así es como me enseñó a clasificar, casi siempre sin hablar, solo mostrándomelo. Yo tenía el calígrafo escondido en mi cuarto con la brújula.

—Pero el día que los funcionarios se presentaron para requisar todas nuestras reliquias —digo—, ¿cómo lo escondiste?

—Cuando vinieron, ya lo había intercambiado. Por el poema que te regalé para tu cumpleaños. —Me sonríe y sus ojos vuelven a estar conmigo. En las provincias exteriores. Hasta aquí hemos llegado.

—Ky —susurro—. Eso fue una locura. ¿Y si te hubieran pillado con el poema?

Sonríe.

—Tú ya me salvaste entonces. Si no me hubieras recitado el poema de Thomas en la Loma, yo nunca habría recurrido a los archivistas para intercambiarles el calígrafo por el poema de tu cumpleaños. A Patrick y a mí nos habrían descubierto. Me costó mucho menos esconder una hoja de papel que el calígrafo. —Me pasa la mano por la mejilla—. Gracias a ti, no pudieron llevarse nada cuando se presentaron en casa. Yo ya te había regalado la brújula.

Lo abrazo. Los funcionarios no pudieron llevarse nada porque él lo había intercambiado todo, se había quedado sin nada, por mí. Guardamos silencio un momento.

Ky cambia ligeramente de postura y señala una página de un libro abierto que tenemos delante.

—Mira —dice—. «Río». Es una de las palabras que buscamos.

—Y su entonación, la forma de su boca y el sonido de su voz hacen que quiera dejar estos escritos en paz y pasar la vida entera en esta cueva, en una de las casitas o junto al agua, tratando únicamente de resolver el misterio que lo envuelve.

## Capítulo 35

## *Ky*

Mientras hojeo las historias de los labradores, me asaltan recuerdos de la mía. Son fugaces, como los relámpagos que refulgen fuera de la cueva. Luminosos. Raudos. No sé si me aclaran la vista o me ciegan. La lluvia arrecia e imagino el río, llevándoselo todo a su paso. Fluyendo por encima del nombre grabado en la pequeña lápida de Sarah y desenterrando sus huesos.

El pánico se apodera de mí. No puedo quedarme atrapado aquí. No puedo estar tan cerca de la libertad y fracasar.

Encuentro un cuaderno cuyas páginas pautadas están repletas de garabatos infantiles. S. S. S. Una letra difícil para aprenderla la primera. ¿Fue la hija de Hunter quien escribió esto?

—Creo que ya tienes edad suficiente —dijo mi padre mientras me daba un trozo de madera de álamo de Virginia que había traído del cañón. Él también tenía uno y trazó una marca en el barro que había dejado la lluvia de la noche anterior—. Es una cosa que he aprendido en los cañones. Mira. «K.» Así es como empieza tu nombre. Los labradores siempre dicen que lo primero que hay que enseñar a una persona es su nombre. Así, aunque no aprenda a escribir nada más, siempre tendrá algo.

Más adelante, me dijo que también iba a enseñar a los otros niños.

—¿Por qué? —pregunté. Yo tenía cinco años. No quería que enseñara a nadie más.

Él me leyó el pensamiento.

—Lo que nos hace interesantes no es saber escribir —dijo—. Sino lo que escribimos.

—Pero, si todos saben escribir, no seré especial —objeté.

—Eso no es lo único que importa —dijo.

—Tú quieres ser especial —insistí. Lo sabía incluso entonces—. Tú quieres ser el Piloto.

—Quiero ser el Piloto para poder ayudar a los demás —aduje.

En ese momento, asentí. Lo creí. Y creo que él también estaba convencido de ello.


Me asalta otro recuerdo: la vez que recorrí el pueblo entero con una nota de mi padre. La llevé de casa en casa para que todos la leyeran. El papel especificaba la hora y el lugar de la siguiente reunión y, a mi regreso, mi padre lo quemó de inmediato.

—¿De qué trata esta reunión? —le pregunté.

—Los labradores han vuelto a negarse a unirse al Alzamiento —respondió.

—¿Qué vas a hacer? —preguntó mi madre.

Mi padre apreciaba mucho a los labradores. Ellos, no el Alzamiento, eran los que le habían enseñado a escribir. Pero los rebeldes ya se habían puesto en contacto con él antes de que nos reclasificaran. Ellos tenían intención de luchar y a él le encantaba luchar.

—Seguiré leal al Alzamiento —respondió—. Pero continuaré realizando intercambios con los labradores.

Indie se inclina hacia delante y capta mi atención. Me sonríe de forma casi imperceptible y veo que tiene la mano apoyada en su mochila, como si acabara de meter alguna cosa. ¿Qué ha encontrado?

La miro hasta que aparta los ojos. Sea lo que sea, tampoco se lo enseña a Cassia. Tendré que averiguar qué es más tarde.

Meses antes del último ataque aéreo, mi padre me enseñó a hacer instalaciones eléctricas. Ese era su trabajo: reparar los cables de todas las antiguallas del pueblo. Había averías frecuentes y ya estábamos habituados. Todos nuestros aparatos eran despojos de la Sociedad, como nosotros. Los mecanismos para calentar la comida eran los que más se estropeaban. Incluso se rumoreaba que las raciones que la Sociedad nos enviaba estaban producidas en serie y todas contenían las mismas vitaminas, a diferencia de las raciones adaptadas a cada individuo que se repartían en el resto de las provincias.

—Si sabes hacer mis trabajos —dijo—, como arreglar las máquinas que calientan la comida y las calefacciones de las casas, yo podré seguir yendo al cañón. Nadie informará a la Sociedad de que eres tú y no yo el que trabaja.

Asentí.

—No todo el mundo es hábil con las manos —añadió mientras se recostaba en la silla—. Tú lo eres. Lo has heredado de los dos.

Miré el lugar donde pintaba mi madre y, después, los cables de mis manos.

—Siempre he sabido lo que quería —dijo mi padre—. Supe sacar una nota lo bastante baja para que me asignaran a reparaciones mecánicas.

—Eso fue arriesgado —observé.

—Sí —admitió—, pero las cosas siempre me salen bien. —Nos dedicó una sonrisa a mí y a las provincias exteriores, su estimada tierra natal. Después, se puso serio—. Bien. Veamos si sabes hacer lo que he hecho yo.

Coloqué los cables, las zapatas y el temporizador tal como él me había enseñado, con una pequeña modificación.

—Bien —dijo, satisfecho—. Además, tienes intuición. La Sociedad dice que no existe, pero se equivoca.


El próximo libro que cojo es pesado y tiene las palabras LIBRO MAYOR grabadas en la tapa. Lo hojeo con cuidado. Empiezo por el final y paso las páginas hacia atrás.

Aunque, en cierto modo, ya me lo esperaba, aún me duele ver sus intercambios reflejados en el libro. Los reconozco por su firma y por las fechas consignadas. Fue uno de los últimos en seguir realizando intercambios con los labradores, incluso cuando vivir en las provincias exteriores empezó a ser peligroso. Creía que dejar de hacerlo parecería una muestra de debilidad.

Como dicen los panfletos, siempre hay un Piloto y varios posibles aspirantes que se preparan para sustituirlo si cae. Mi padre no fue nunca el Piloto, pero sí uno de los candidatos a ocupar su lugar.

—Haz lo que te ordena la Sociedad —le dije cuando fui mayor y comprendí cuánto se arriesgaba—. Así no nos meteremos en líos.

Pero él no podía evitarlo. Poseía inteligencia y astucia, pero era un hombre de acción que carecía por completo de sutileza y nunca sabía cuándo convenía parar. Yo ya me di cuenta cuando era pequeño. No le bastó con ir a los cañones para realizar intercambios: tuvo que aprender a escribir. No le bastó con enseñarme a mí: tuvo que enseñar a todos los niños y después a sus padres. No le bastó con conocer la existencia del Alzamiento: tuvo que contribuir a su expansión.

Fue culpa suya que murieran. Llevó las cosas demasiado lejos y corrió demasiados riesgos. De no ser por él, los vecinos del pueblo no habrían estado congregados en una reunión.

Y, después de aquel último ataque aéreo, ¿quién se presentó para llevarse a los supervivientes?

La Sociedad. No el Alzamiento. Sé qué es que te abandonen cuando ya no te necesitan. El Alzamiento me asusta. Aún más que eso, me asusta quién sería yo en el Alzamiento.

Me dirijo al lugar donde estaba Indie cuando se ha metido algo en la mochila. En la mesa, delante mí, hay una caja impermeabilizada repleta de mapas.

La miro. Está más adelante. Hojea un libro y su cabeza gacha me recuerda la flor acampanada y vuelta hacia el suelo de una yuca.

—Nos queda poco tiempo —digo mientras cojo la caja—. Voy a buscar un mapa para cada uno por si nos separamos.

Cassia asiente. Ha encontrado algo interesante. No veo qué es, pero veo la alegría de su rostro y la tensión que el entusiasmo imprime a su cuerpo. El mero concepto del Alzamiento la hace revivir. Es lo que ella quiere. Quizá incluso sea lo que su abuelo quería que encontrara.

«Sé que has venido a la Talla por mí, Cassia. Pero el Alzamiento es el único lugar al que no sé si puedo ir por ti.»

# Capítulo 36

## *Cassia*

Ky extiende un mapa en la mesa y coge un carboncillo.

—He encontrado otro que podemos utilizar —me dice mientras lo corrige—. Tengo que ponerlo al día. Está un poco anticuado.

Cojo otro libro y lo hojeo en busca de información que nos resulte útil, pero, por alguna razón, acabo componiendo un poema. Es sobre Ky, no para él, y me descubro imitando el estilo enigmático del autor del libro.

> Marqué cada muerte en un mapa,
> cada pesar y cada golpe,
> mi mundo era una página en negro
> sin rastro alguno de nieve.

Miro a Ky. Mientras corrige el mapa, sus manos se mueven con la misma rapidez y precisión que cuando escribe, con la misma seguridad que cuando me toca.

No alza la vista y el deseo me corroe. Lo deseo a él. Y deseo saber qué piensa y qué siente. ¿Por qué tiene que ser capaz de quedarse tan callado, de permanecer tan quieto, de ver tanto?

¿Cómo puede invitarme a entrar y, a la vez, dejarme fuera?


—Tengo que salir —digo más adelante.

Suspiro con frustración: no hemos encontrado nada concreto, solo infinidad de propaganda y la historia del Alzamiento, la Sociedad y los propios labradores. Al principio, era fascinante, pero acabo de darme cuenta de que, fuera, el río cada vez lleva más agua. Me duelen la espalda y la cabeza y el miedo comienza a encogerme el pecho. ¿Estoy perdiendo mi capacidad para clasificar? Primero, mi error con las pastillas azules, ahora esto—. ¿Ha dejado ya de tronar?

—Creo que sí —responde Ky—. Salgamos a ver.

En la cueva llena de víveres, Eli se ha ovillado para dormir, rodeado de mochilas repletas de manzanas.

Ky y yo salimos. Aún llueve, pero la electricidad ha abandonado el aire.

—Podemos irnos cuando amanezca —dice.

Contemplo su perfil oscuro débilmente iluminado por la linterna que lleva. La Sociedad jamás sabría cómo expresar esto en una microficha. «Pertenece a la tierra. Sabe correr.» Jamás sabría describirlo.

—Aún no hemos encontrado nada. —Trato de reírme—. Si alguna vez vuelvo, la Sociedad tendrá que modificar mi microficha. Tendrá que quitar «Dotes excepcionales para la clasificación».

—Lo que estás haciendo es más que clasificar —se limita a decir Ky—. Deberíamos descansar pronto, si podemos.

«Él no está tan motivado como yo para encontrar el Alzamiento —advierto—. Intenta ayudarme, pero, si yo no estuviera, no se molestaría en buscar una forma de unirnos a los rebeldes.»

De pronto, pienso en las palabras del poema. «No te alcancé.»

Me las quito de la cabeza. Estoy cansada, eso es todo; me siento frágil. Y caigo en la cuenta de que aún no he oído toda la historia de Ky. Él tiene motivos para sentirse como se siente, pero yo no los conozco todos.

Pienso en todo lo que sabe hacer, escribir, labrar, pintar, y mientras lo observo en la oscuridad, detenido al borde del caserío vacío, me invade una súbita tristeza. «No hay lugar para alguien como él en la Sociedad —pienso—, para alguien con la capacidad de crear. Sabe hacer muchísimas cosas cuyo valor no se puede medir, cosas que nadie más hace, y a la Sociedad le trae sin cuidado.»

Me pregunto si, cuando mira este caserío vacío, ve un lugar donde podría haberse sentido como en casa. Donde podría haber escrito junto a los demás, donde las bonitas muchachas de las pinturas habrían sabido bailar.

—Ky —digo—. Quiero conocer el resto de tu historia.

—¿Toda? —pregunta, con voz grave.

—Toda la que quieras contarme —respondo.

Me mira. Me llevo su mano a los labios y le beso los nudillos, los arañazos de la palma. Él cierra los ojos.

—Mi madre pintaba con agua —dice—. Y mi padre jugaba con fuego.

## Capítulo 37

## *Ky*

M ientras llueve, me permito imaginar un cuento sobre nosotros. El que escribiría si pudiera.

Ambos olvidaron el Alzamiento y se quedaron solos en el caserío. Se pasearon por las casas vacías. Sembraron en primavera y cosecharon en otoño. Metieron los pies en el río. Leyeron poesía hasta estar ahítos. Se susurraron palabras que resonaron en las paredes del cañón vacío. Sus labios y manos se tocaron siempre que quisieron y tanto como quisieron.

Pero ni tan siquiera en mi versión de lo que debería ocurrir puedo cambiar quiénes somos ni el hecho de que también queramos a otras personas.

No transcurrió mucho tiempo antes de que otras personas aparecieran en sus pensamientos. Bram los observó con ojos tristes y expectantes. Apareció Eli. Sus padres pasaron y, al alejarse, volvieron la cabeza para ver fugazmente a sus queridos hijos.

Y también estaba Xander.

Dentro de la cueva, Eli está despierto, rebuscando entre los escritos con Indie.

—No podemos pasarnos la vida aquí —dice. Parece asustado—. La Sociedad va a encontrarnos.

—Solo un rato más —sugiere Cassia—. Estoy segura de que aquí hay algo.

Indie deja el libro que había cogido y se echa la mochila al hombro.

—Voy a bajar —dice—. Volveré a mirar en las casas por si se nos ha pasado algo. —Me lanza una mirada al salir de la cueva y sé que Cassia se da cuenta.

—¿Crees que han cogido a Hunter? —pregunta Eli.

—No —respondo—. No sé cómo, pero creo que Hunter va a conseguir lo que se propone.

Eli tiembla.

—La Caverna… estaba mal.

—Lo sé —digo. Eli se frota los ojos con la base de la mano y coge otro libro—. Tendrías que descansar más, Eli —añado—. Seguiremos buscando nosotros.

Él mira las paredes que nos rodean.

—¿Por qué no habrán pintado nada aquí? —se pregunta.

—Eli —digo con más firmeza—. ¡Descansa!

Él vuelve a envolverse en una manta, esta vez en un rincón de la biblioteca para estar cerca de nosotros. Cassia procura no enfocarlo con la linterna. Se ha retirado el pelo de la cara y está ojerosa.

—Tú también deberías descansar —digo.

—Aquí hay algo —afirma—. Tengo que encontrarlo. —Me sonríe—. Tuve la misma sensación cuando te buscaba. A veces, creo que cuando busco es cuando soy más fuerte.

Es cierto. Lo es. Adoro esa cualidad suya.

Por eso he tenido que mentirle sobre el secreto de Xander. De no haberlo hecho, ella no habría descansado hasta averiguar cuál es.

Me levanto.

—Voy a ayudar a Indie —le digo. Es hora de saber qué esconde.

—De acuerdo —dice. Levanta la mano del libro y deja que la página que estaba leyendo se pierda y se confunda con el resto—. Ten cuidado.

—Lo tendré —aseguro—. Vuelvo enseguida.

No me cuesta encontrar a Indie. La luz que parpadea en una de las casas la delata, como ella sabía que haría. Bajo por el sendero, que está resbaladizo a causa de la lluvia.

Cuando llego a la casa, primero miro por la ventana. El cristal parece ondularse debido al desgaste y al agua, pero veo a Indie en el interior. Ha dejado la linterna en el suelo y tiene otro objeto luminoso en la mano.

Un miniterminal.

Me oye entrar. Le quito el terminal de la mano de un golpe, pero no consigo cogerlo al vuelo. El aparato cae al suelo, pero no se rompe. Indie respira, aliviada.

—Adelante —dice—. Míralo si quieres.

Habla quedo. Percibo un hondo anhelo en su voz y, por debajo, oigo el rumor del río del cañón. Me pone la mano en el brazo. Es la primera vez que la veo buscar contacto físico y eso me disuade de hacer pedazos el miniterminal contra el suelo de madera.

Miro la pantalla y veo un rostro familiar.

—¡Xander! —exclamo, sorprendido—. Tienes una foto de Xander. Pero ¿cómo? —Solo me lleva un momento deducir lo sucedido—. Le has robado la microficha a Cassia.

—Es lo que ella me ayudó a esconder en la aeronave —dice, sin ningún remordimiento—. Ella no lo sabía. La escondí con sus pastillas y me la quedé hasta que tuve una forma de verla. —Me coge el miniterminal de las manos y lo apaga.

—¿Es esto lo que has encontrado en la biblioteca? —pregunto—. ¿El miniterminal?

Indie niega con la cabeza.

—Lo robé antes de entrar en los cañones.

—¿Cómo?

—Se lo quité al líder de los chicos en el pueblo, la noche antes de escapar. Tendría que haber estado más atento. Todos los aberrantes saben robar.

«No todos, Indie —pienso—. Solo algunos sabemos.»

—¿Saben dónde estamos? —pregunto—. ¿Transmite la posición? Vick y yo nunca estuvimos seguros de lo que hacían estos miniterminales.

Se encoge de hombros.

—No lo creo. De todas formas, después de lo que ha pasado en la Caverna la Sociedad va a venir. Pero el miniterminal no es lo que quería enseñarte. Solo estaba pasando el rato hasta que vinieras. —Comienzo a reprenderla por haber robado a Cassia, pero ella mete la mano en su mochila y saca un cuadrado de recia tela doblada. Lona.

—Esto es lo que quiero que veas. —Despliega la tela. Es un mapa—. Creo que indica cómo llegar al Alzamiento —dice—. Mira.

Los términos del mapa están en clave, pero conozco el paisaje: el borde de la Talla y la llanura adyacente. En vez de mostrar las montañas a las que se dirigieron los labradores, abarca más parte del río donde murió Vick, que atraviesa la llanura y sigue hacia el sur. Desemboca en una mancha negra donde hay palabras cifradas escritas en blanco.

—Creo que es el mar —dice mientras toca el espacio negro del mapa—. Y estas palabras señalan una isla.

—¿Por qué no se lo has dado a Cassia? —pregunto—. Ella es clasificadora.

—Quería dártelo a ti —dice—. Porque sé quién eres.

—¿Qué quieres decir? —pregunto.

Mueve la cabeza con impaciencia.

—Sé que puedes descifrar el código. Sé que sabes clasificar.

Tiene razón. Sé clasificar. Ya he deducido qué significan las palabras escritas en blanco: «a su casa retorne».

Pertenecen al poema de Tennyson. Señalan el territorio del Alzamiento. Lo han llamado «casa». Y, para llegar, hay que seguir el río en el que la Sociedad arrojó veneno y murió Vick.

—¿Cómo sabes que sé clasificar? —pregunto mientras dejo el mapa y finjo que todavía no lo he descifrado.

—He estado atenta —responde. Y entonces se inclina hacia mí. Sentados así, iluminados únicamente por la linterna, parece que el resto del mundo se haya vuelto negro y yo me haya quedado a solas con ella y su concepto de mí—. Sé quién eres. —Se acerca todavía más—. Y quién deberías ser.

—¿Quién debería ser? —pregunto. No me aparto. Sonríe.

—El Piloto —responde.

Me río y me retiro.

—No. ¿Qué me dices del poema que recitaste a Cassia? Habla de una mujer Piloto.

—No es un poema —dice con vehemencia.

—Una canción —me corrijo—. Las palabras iban acompañadas de música. —Debería haberlo sabido.

Indie exhala, frustrada.

—No importa cómo llega el Piloto ni si es hombre o mujer. La idea es la misma. Ahora lo entiendo.

—Aun así, yo no soy el Piloto.

—Lo eres —dice—. No quieres serlo y por eso huyes del Alzamiento. Alguien tiene que convencerte de que te unas a la rebelión. Es lo que intento hacer yo.

—El Alzamiento no es lo que imaginas —arguyo—. No son unos cuantos aberrantes, anómalos, rebeldes e inconformistas que campan a sus anchas. Es una estructura. Un sistema.

Se encoge de hombros.

—Sea lo que sea, quiero formar parte. Llevo toda la vida pensando en él.

—Si crees que esto va a conducirnos al Alzamiento, ¿por qué me lo das a mí? —pregunto, con el mapa en la mano—. ¿Por qué no se lo das directamente a Cassia?

—Somos iguales —susurra—. Tú y yo. Nos parecemos más que tú y Cassia. Podríamos irnos ahora mismo.

Tiene razón. Me veo reflejado en ella. Siento una compasión tan honda que quizá sea un sentimiento completamente distinto. Empatía. Hay que creer en algo para sobrevivir. Ella ha elegido el Alzamiento. Yo, a Cassia.

Indie lleva mucho tiempo guardando silencio. Escondiéndose. Huyendo. Desplazándose. Pongo mi mano junto a la suya. No le toco los dedos. Pero ella ve las marcas de los míos. Tengo cicatrices por haber vivido aquí que ningún ciudadano de la Sociedad tendría.

Me mira la mano.

—¿Desde cuándo? —pregunta.

—¿Desde cuándo qué?

—¿Desde cuándo eres un aberrante?

—Desde pequeño —respondo—. Tenía tres años cuando nos reclasificaron.

—¿Y quién fue el responsable?

No quiero responder, pero sé que estamos al borde. Es como si Indie se aferrara a la pared de un cañón. Si hago un movimiento en falso, mirará abajo, se soltará y se arriesgará a caer. Tengo que darle un retazo de mi historia.

—Mi padre —respondo—. Éramos ciudadanos. Vivíamos en las provincias fronterizas. La Sociedad lo acusó de estar vinculado a una rebelión y nos trasladaron a las provincias exteriores.

—¿Era un rebelde? —pregunta.

—Sí —respondo—. Y luego, cuando vivíamos en las provincias exteriores, convenció a nuestro pueblo para que se aliara con él. Murieron casi todos.

—Pero aún lo quieres —dice.

Ahora, estoy al borde con ella. Indie lo sabe. Tengo que decirle la verdad si quiero que siga aferrada a la pared.

Respiró hondo.

—Por supuesto.

Lo he dicho.

Su mano está apoyada junto a la mía en los astillados tablones del suelo. Detrás de la ventana, la lluvia bañada por el haz de mi linterna cae en gotas doradas y plateadas. Le toco los dedos con suavidad.

—Indie —digo—. No soy el Piloto.

Ella niega con la cabeza. No me cree.

—Tú lee el mapa —replica—. Entonces lo sabrás todo.

—No —digo—. No lo sabré todo. No sabré tu historia. —Voy a ser cruel, porque, cuando alguien conoce nuestra historia, nos conoce a nosotros. Y puede lastimarnos. Por eso revelo la mía en fragmentos, incluso a Cassia—. Si voy a irme contigo, tengo que saber más de ti. —Miento. Pase lo que pase, no me iré con ella para unirme al Alzamiento. ¿Lo sabe?— Todo empezó cuando escapaste —digo, para animarla.

Me mira, sin saber qué hacer. De pronto, pese a su hosquedad, quiero estrecharla entre mis brazos. No como abrazo a Cassia. Solo como alguien que sabe qué significa ser un aberrante.

—Todo empezó cuando escapé —dice.

Me acerco más para escucharla. Indie habla más bajo que de costumbre mientras hace memoria.

—Quería escaparme del campo de trabajo. Cuando me obligaron a subir a la aeronave, pensé que había perdido mi última oportunidad de huir. Sabía que moriríamos en las provincias exteriores. Entonces vi a Cassia en la aeronave. Aquel no era su sitio, ni tampoco el campo. Había registrado sus cosas y sabía que no era una aberrante.

»Entonces, ¿por qué se había colado en la aeronave? ¿Qué creía que podía encontrar? —Me mira a los ojos mientras habla y sé que dice la verdad. Por primera vez, es completamente franca. Está muy bella cuando no mide sus palabras.

—Más adelante, en el pueblo, oí que Cassia hablaba con ese chico del Piloto, y de ti. Quería seguirte, y esa fue la primera vez que pensé que podías ser el Piloto. Pensé que ella lo sabía pero me lo ocultaba. —Se ríe—. Después supe que no me mentía. No me había dicho que eras el Piloto porque no se había dado cuenta.

—Tiene razón. —Se lo repito—. No lo soy.

Indie niega con la cabeza.

—De acuerdo. Pero ¿qué me dices de la pastilla roja?

—¿A qué te refieres?

—A ti no te hace efecto, ¿verdad? —pregunta.

No respondo, pero ella lo sabe.

—Tampoco me hace efecto a mí —dice—. E imagino que a Xander tampoco. —No espera a que lo confirme o lo refute—. Creo que algunos de nosotros somos especiales. De algún modo, el Alzamiento nos ha elegido. ¿Por qué si no somos inmunes? —Habla con vehemencia y, una vez más, sé cómo se siente. De estar marginados a ser los elegidos: es lo que desean todos los aberrantes.

—Si lo somos, el Alzamiento no hizo nada por salvarnos cuando la Sociedad nos trasladó aquí —le recuerdo.

Me mira con desdén.

—¿Por qué iba a hacerlo? —dice—. Si no somos capaces de encontrar a los rebeldes sin ayuda, no deberíamos formar parte de la rebelión. —Levanta el mentón—. No sé exactamente qué dice el mapa, pero sé que nos indica el camino. Es como mi madre dijo que sería. Ese espacio negro es el mar. Donde están las palabras es una isla. Solo tenemos que ir allí. Y el mapa lo he encontrado yo. No Cassia.

—Estás celosa —digo—. ¿Por eso dejaste que se tomara la pastilla azul?

—No. —Parece sorprendida—. No vi cómo se la tomaba. Se lo habría impedido. No quería que muriera.

—Pero estás dispuesta a dejarla aquí. Y a Eli.

—No es lo mismo —dice—. La Sociedad la encontrará y la llevará de vuelta a casa. No le pasará nada. Ni a Eli tampoco. Es muy pequeño. Debe de haber terminado aquí por error.

—¿Y si no es así? —pregunto.

Me escruta con la mirada.

—Tú ya has abandonado a gente para escapar. No finjas que no lo entiendes.

—No voy a dejarla —afirmo.

—No pensaba que fueras a hacerlo —dice. Pero no se ha dado por vencida—. Por eso, en parte, te di el papelito sobre el secreto de Xander. Para recordártelo, si llegaba el caso.

—¿Para recordarme qué?

Indie sonríe.

—Que, de un modo u otro, vas a formar parte del Alzamiento. No quieres escapar conmigo. De acuerdo. Pero, aun así, vas a unirte a los rebeldes, lo quieras o no. —Coge el miniterminal y yo no se lo impido—. Lo harás porque quieres a Cassia y es lo que ella desea.

Niego con la cabeza. No.

—¿No crees que te convendría ser parte del Alzamiento? —dice, sin rodeos—. ¿El líder, incluso? De lo contrario, ¿por qué te elegiría ella cuando podría tener a Xander?

¿Por qué me elegiría Cassia?

«Posibles ocupaciones: trabajador en una planta de reciclaje, señuelo en los pueblos.

»Probabilidades de éxito: no aplicable a los aberrantes.

»Esperanza de vida: 17. Destinado a morir en las provincias exteriores.»

Cassia argüiría que ella no me ve como lo hace la Sociedad. Diría que su lista no importa.

Y para ella no lo hace. En parte, por eso la amo.

Pero no creo que me eligiera a mí si conociera el secreto de Xander. Indie me dio el papelito porque quería aprovecharse de mis inseguridades con respecto a Cassia y Xander. Pero ese papelito, y el secreto, significan incluso más de lo que ella imagina.

Indie debe de notarme en la cara que lo que ha dicho es cierto. Abre mucho los ojos y casi veo cómo se engranan sus pensamientos: mi reticencia a unirme al Alzamiento. La cara de Xander en la microficha. Su propia obsesión por él y por encontrar a los rebeldes. En el resuelto caleidoscopio de su mente brillante y peculiar, estas piezas componen un cuadro que le muestra la verdad.

—Eso es —dice, con seguridad—. No puedes dejarla ir sola o podrías perderla. —Sonríe—. Porque el secreto es que Xander forma parte del Alzamiento.


Fue la semana anterior al banquete de emparejamiento.

Me abordaron cuando regresaba a casa y me preguntaron:

—¿No estás cansado de perder? ¿No te gustaría ganar? ¿No te gustaría unirte a nosotros? Con nosotros, podrías ganar. —Les dije que no, que había visto cómo perdían y prefería perder a mi manera.

Xander vino a verme al día siguiente. Yo estaba en el jardín, plantando neorrosas en el parterre de Patrick y Aida. Se quedó a mi lado, me sonrió y actúo como si habláramos de algo corriente y cotidiano.

—¿Estás con ellos? —me preguntó.

—¿Con quiénes? —dije. Me enjugué el sudor de la frente. En esa época, me gustaba cavar. No tenía la menor idea de cuánto tendría que cavar más adelante.

Xander se agachó y fingió que me ayudaba.

—Con los rebeldes —respondió en voz baja—. Con la rebelión contra la Sociedad. Han hablado conmigo esta semana. Tú también estás con ellos, ¿no?

—No —respondí.

Xander puso los ojos como platos.

—Pensaba que sí. Estaba seguro.

Negué con la cabeza.

—Pensaba que estaríamos los dos —dijo. Su voz me pareció extraña, desconcertada. Era la primera vez que lo oía hablar así—. Pensaba que tú ya debías de saberlo. —Se quedó callado—. ¿Crees que también se lo han pedido a ella?

Los dos sabíamos a quién se refería. A Cassia, por supuesto.

—No sé —respondí—. Es probable. Nos lo han pedido a nosotros. Debían de tener una lista de gente del distrito con la que hablar.

—¿Qué les pasa a los que dicen que no? —preguntó Xander—. ¿Te han dado una pastilla roja?

—No —respondí.

—A lo mejor no pueden conseguirlas —dijo—. Trabajo en un centro médico y ni siquiera yo sé dónde la guarda la Sociedad. No están con las azules y las verdes.

—O es posible que los rebeldes solo se lo pidan a las personas que no van a delatarlos —conjeturé.

—¿Cómo pueden saber eso?

—Algunos todavía viven en la Sociedad —le recordé—. Tienen nuestros datos. Pueden intentar predecir lo que haremos. —Me quedé un momento callado—. Y han acertado. Tú no los delatarás porque te has unido a la rebelión. Yo no los delataré porque no lo he hecho. —«Y porque soy un aberrante», pensé, pero no lo dije. No quería llamar la atención bajo ninguna circunstancia. En especial, informando sobre una rebelión.

—¿Por qué no te unes a ellos? —me preguntó Xander. Su tono no era de burla. Solo quería saberlo. Por primera vez desde que nos conocíamos, me pareció percibir miedo en sus ojos.

—Porque no creo en la rebelión —respondí.

Xander y yo nunca estuvimos seguros de si los rebeldes habían abordado a Cassia. Y no sabíamos si le habían dado una pastilla roja. No podíamos hacerle ninguna de las dos preguntas sin ponerla en peligro.

Más adelante, cuando la vi leyendo los dos poemas en el bosque, pensé que me había equivocado. Pensé que Cassia tenía el poema de Tennyson porque era un poema del Alzamiento y que yo había perdido la oportunidad de estar con ella en la rebelión. Pero después descubrí que prefería el otro poema. Eligió su propio camino. Y yo me enamoré todavía más.


—¿Estás segura de querer unirte al Alzamiento? —pregunto a Indie.

—Sí —responde—. ¡Sí!

—No —digo—. Lo quieres ahora. A lo mejor aguantas unos meses, unos años, pero tú no eres así.

—Tú no me conoces —aduce.

—Yo sí te conozco —digo. Me acerco hasta casi rozarla y vuelvo a tocarle la mano. Ella contiene la respiración—. Olvídate de todo esto —añado—. No necesitamos el Alzamiento. Los labradores están en alguna parte. Nos iremos todos juntos, tú, yo, Cassia y Eli. A algún sitio nuevo. ¿Qué ha sido de la chica que quería marcharse y perder de vista la orilla? —Le cojo la mano y no se la suelto.

Me mira con expresión de perplejidad. Cuando Cassia me explicó su historia, deduje lo que había sucedido. Indie había explicado la versión de su madre, la barca y el agua tantas veces que había empezado a creérsela.

Pero ahora recuerda lo que intenta olvidar. Que la historia no trata de su madre sino de ella. Después de llevar toda la vida oyendo la canción de su madre, Indie construyó la barca y provocó su propia reclasificación. No consiguió encontrar el Alzamiento. Jamás perdió de vista la orilla. Y, al final, la Sociedad la mandó lejos del mar para que muriera en un desierto.

Sé que sucedió así porque conozco a Indie. Ella no es la clase de persona que se queda mirando mientras otra construye una barca y se hace a la mar sin ella.

Está tan desesperada por encontrar el Alzamiento que no ve nada más. Desde luego, no a mí. Soy incluso peor de lo que cree.

—Lo siento, Indie —digo, y es cierto. Me duele el alma por lo mucho que lamento lo que estoy a punto de hacer—. Pero el Alzamiento no puede salvarnos a ninguno. He visto lo que les pasa a sus partidarios. —Enciendo una cerilla en el borde del mapa. Indie da un grito, pero yo la aparto. Las llamas lamen el borde de la tela.

—¡No! —grita mientras trata de arrebatarme el mapa. Le doy un empujón. Ella mira alrededor, pero los dos hemos dejado la cantimplora en la cueva—. ¡No! —repite. Me empuja y sale de la casa.

No trato de detenerla. Haga lo que haga, intente reunir agua de lluvia o cogerla del río, tardará demasiado. El mapa ya está sentenciado. El aire vuelve a impregnarse de olor a humo.

## Capítulo 38

## *Cassia*

Me cuesta concentrarme en las palabras que tengo ante mí cuando querría saber cuáles se dicen a mis espaldas en la oscuridad de la noche. Me descubro leyendo otra vez poesía, la parte siguiente del poema titulado «No te alcancé»:

> El mar es el último: andad felices, pies,
> tan poco camino nos queda,
> a jugar juntos tendemos.
> Pero ahora debemos esforzarnos,
> la última será la carga más liviana
> que tendremos que llevar.

El poema termina ahí, aunque sé que tiene más estrofas. La página siguiente no está. Pero, incluso en estos breves versos, oigo cómo me habla su autora. Aunque se haya ido, todavía tiene voz.

¿Por qué no la tengo yo?

De pronto, reparo en que esa es la razón de que me sienta tan atraída por su poesía. No solo son las palabras, sino cómo las hizo suyas al volcarlas en el papel.

«Ahora no hay tiempo para esto», me recuerdo. La caja siguiente está repleta de libros que se parecen entre ellos; todos llevan las palabras LIBRO MAYOR grabadas en la tapa de piel. Cojo uno y leo algunos de los renglones:

Trece páginas de historia por cinco pastillas azules. Comisión del intermediario: una pastilla azul.

Un poema, Rita Dove, impresión original, por información relativa a las actividades de la Sociedad. Comisión del intermediario: acceso a la información intercambiada.

Una novela, Ray Bradbury, tercera edición, por un terminal portátil y cuatro lunas de cristal de un solar en restauración. Comisión del intermediario: dos lunas de cristal.

Una página de la Biblia por tres frascos de medicamentos. Comisión del intermediario: nada. El trueque fue realizado por el propio intermediario.

Esta es, pues, la forma en que se llevaban a cabo los intercambios y la razón de que haya tantos libros rotos, con las páginas sueltas. Los labradores recomponían libros, pero también tenían que desarmarlos, determinar su valor, intercambiarlos a trozos. La idea me entristece mucho, aunque, por supuesto, no tenían otra opción.

Es como lo que hacen los archivistas, y como lo que hice yo cuando me quedé con las pastillas e intercambié la brújula.

Las pastillas. Las notas de Xander. ¿Escondió algún secreto en ellas? Las saco de los compartimientos y las dispongo en dos hileras sobre la mesa, una de pastillas azules y una de papelitos.

Ninguno de los papelitos dice nada de ningún secreto.

«Posibles ocupaciones: funcionario.

»Probabilidades de éxito: 99,9 por 100.

»Esperanza de vida: 80 años.»

Un renglón tras otro de información que ya conozco o podría haber imaginado.

Me siento observada. Hay alguien en la entrada de la cueva. Alzo la vista, alumbro el suelo con el haz de mi linterna, empiezo a meter las pastillas y los papelitos en la bolsa.

—Ky —digo—, estaba…

La figura es demasiado alta para ser Ky. Asustada, le enfoco la cara y él se tapa los ojos con las manos. Tiene regueros de sangre seca en los brazos pintados de azul.

—Hunter —digo—. Has vuelto.

—Quería escapar —dice.

Al principio, creo que se refiere a la Caverna, pero luego comprendo que ha respondido a la pregunta que Indie le ha hecho antes de que escaláramos la pared: «¿Qué querías tú?».

—Pero no podías marcharte —deduzco. El aire levanta los papelitos que quedan en la mesa cuando Hunter se acerca—. Por Sarah.

—Se estaba muriendo —dice—. No se la podía mover.

—¿No te esperaron? —pregunto, sorprendida.

—No había tiempo —responde—. Podría haber puesto en peligro toda la operación de huida. Los labradores que eran demasiado lentos para cruzar la llanura decidieron luchar, pero ella era una niña y estaba demasiado enferma. —Se le crispa un músculo de la mejilla y, cuando parpadea, le corren lágrimas por la cara. Las ignora—. Llegué a un acuerdo con los que se quedaron. Les ayudé a colocar las cargas explosivas en lo alto de la Talla y ellos dejaron que me marchara para estar con Sarah en vez de esperar a las aeronaves. —Niega con la cabeza—. No sé por qué no dio resultado. Las aeronaves tendrían que haber aterrizado.

No sé qué decir. Ha perdido a su hija y a todas las personas que conocía.

—Aún puedes alcanzarlos en la llanura —sugiero—. Aún no es demasiado tarde.

—He vuelto porque prometí hacer una cosa —dice—. Me he dejado llevar en la Caverna. —Se acerca a una de las cajas planas y alargadas que hay en la mesa y la destapa—. Mientras estoy aquí, puedo mostrarte cómo encontrar la rebelión.

Noto un cosquilleo en los dedos y dejo el poema en la mesa, ilusionada. «Por fin.» Alguien que tiene información genuina sobre el Alzamiento.

—Gracias —digo—. ¿Vendrás con nosotros? —No soporto imaginarlo solo.

Me mira.

—En esta caja había un mapa —dice—. Alguien lo ha cogido.

—¡Indie! —exclamo. Debe de haber sido ella—. Se ha ido hace un rato. No sé dónde está.

—Hay luz en una de las casas —observa.

—Te acompaño —digo mientras lanzo una mirada a Eli, que duerme en un rincón de la biblioteca.

—No le pasará nada —dice—. La Sociedad aún no ha llegado.

Salgo detrás de él y bajo por el resbaladizo sendero, impaciente por encontrar a Indie y recobrar lo que nos ha ocultado.

Pero, cuando abro la puerta de la casita con luz, a quien vemos es a Ky, con el rostro iluminado por el fuego que devora el mapa del lugar al que yo quería ir.

## Capítulo 39

## *Ky*

Veo primero a Cassia y después a Hunter detrás de ella, y sé que he perdido. Aunque el mapa se queme, Hunter puede explicarle dónde encontrar el Alzamiento.

Cassia me arrebata el mapa, lo arroja al suelo y lo pisotea para apagar las llamas. Los bordes se rizan y se desprenden reducidos a negras cenizas, pero la mayor parte del mapa se salva.

Cassia se va con los rebeldes.

—Ibas a ocultármelo —dice—. Si Hunter no hubiera vuelto, nunca habría sabido cómo encontrar la rebelión.

No respondo. No hay nada que decir.

—¿Qué más escondes? —me pregunta vacilante. Recoge el mapa del suelo. Lo sostiene con cuidado. Como los poemas en la Loma—. Me has mentido con lo del secreto de Xander, ¿verdad? ¿Cuál es?

—No te lo puedo decir.

—¿Por qué no?

—No es mío —digo—. Es suyo. —No es solo egoísmo lo que me impide revelarle el secreto de Xander. Sé que se lo quiere contar él.

Se lo debo. Él conocía mi secreto, mi condición de aberrante, y jamás se lo contó a nadie. Ni tan siquiera a Cassia.

Esto no es un juego. Él no es mi adversario ni Cassia es el premio.

—Pero esto —dice Cassia, con la vista clavada en el mapa—, esto es una posibilidad. Ibas a dejarme, dejarnos, sin la opción de elegir.

La tela quemada ha dejado un olor acre en la casa. Advierto, con un escalofrío, que Cassia me mira como haría un clasificador. Baraja datos. Calcula. Decide. Sé lo que ve: al chico del terminal con la lista de la Sociedad desplazándose por la pantalla. No al que estuvo con ella en la Loma ni al que la abrazó en la oscuridad del cañón bajo la luna.

—¿Dónde está Indie? —pregunta.

—Ha salido —respondo.

—Iré a buscarla —dice Hunter. Sale y Cassia y yo nos quedamos solos.

—Ky —dice ella—, esto es el Alzamiento. —Su voz se tiñe de entusiasmo—. ¿No quieres formar parte de algo que podría cambiarlo todo?

—¡No! —exclamo, y ella se aparta como si la hubiera golpeado.

—Pero no podemos pasarnos la vida huyendo —objeta.

—Yo me he pasado años agazapado —digo—. ¿Qué crees que hacía en la Sociedad? —Comienzo a hablar de forma atropellada y no parezco capaz de parar—. Estás enamorada del concepto del Alzamiento, Cassia. Pero no sabes qué es. No sabes lo que es intentar rebelarte y ver que todos mueren a tu alrededor. ¡No lo sabes!

—Tú odias a la Sociedad —arguye Cassia, mientras sigue echando do cuentas, intentando que los números cuadren—. Pero no quieres formar parte del Alzamiento.

—No confío en la Sociedad y tampoco confío en las rebeliones —digo—. No elijo ninguna. He visto lo que ambas pueden hacer.

—¿Qué más hay? —pregunta.

—Podríamos irnos con los labradores —respondo.

Pero creo que ni tan siquiera me oye.

—Dime por qué —me insta—. ¿Por qué me has mentido? ¿Por qué querías decidir por mí?

Su mirada se ha dulcificado y vuelve a mirarme como a Ky, el chico que ama, lo cual, por algún motivo, es incluso peor. Se me pasan por la cabeza todas las razones por las que le he mentido: «porque no puedo perderte, porque estaba celoso, porque no me fío de nadie, porque no me fío ni de mí, porque sí, porque sí, porque sí».

—Tú sabes por qué —digo, con un súbito arrebato de ira. Contra todo. Contra todos. Contra la Sociedad, el Alzamiento, mi padre, yo, Indie, Xander, Cassia.

—No, no lo sé —empieza a decir, pero no la dejo terminar.

—Miedo —digo mientras la miro a los ojos—. Los dos teníamos miedo. Tenía miedo de perderte. Tú también tuviste miedo, en el distrito. Cuando decidiste por mí.

Cassia retrocede. Veo en su cara que sabe a qué me refiero. Tampoco lo ha olvidado.

De golpe, vuelvo a estar en aquella cámara luminosa y sofocante con las manos enrojecidas y un uniforme azul. El sudor me corre por la espalda. Me siento humillado. No quiero que me vea trabajar. Ojalá pudiera alzar la vista para cruzarme con sus ojos verdes y hacerle saber que todavía soy Ky. No únicamente un número.

—Me clasificaste —digo.

—¿Qué otra cosa podía hacer? —susurra—. Me observaban.

Ya lo hablamos en la Loma, pero parece distinto en los cañones. Aquí, tengo la impresión de que jamás conseguiré que me entienda.

—Intenté arreglarlo —dice—. He venido de muy lejos para encontrarte.

—¿Para encontrarme a mí o para encontrar el Alzamiento? —pregunto.

—¡Ky! —exclama. Y se queda callada.

—Lo siento —digo—. Es la única cosa que no puedo hacer por ti. No puedo unirme al Alzamiento.

Lo he dicho.

Cassia parece pálida en la oscuridad de la casa abandonada. Por encima de nosotros, en algún lugar, el cielo gotea lluvia y yo pienso en nieve que cae. Cuadros dibujados con agua. Poesía susurrada entre besos. «Demasiado hermosos para durar.»

## Capítulo 40

## *Cassia*

Detrás de nosotros, Hunter abre la puerta y entra. Indie lo acompaña.

—No tenemos tiempo para esto —dice Hunter—. Hay un Alzamiento. Puedes encontrarlo siguiendo este mapa. ¿Sabes descifrar el código?

Asiento.

—Pues el mapa es tuyo, por decirme qué había en la cueva.

—Gracias —digo.

Lo enrollo con cuidado. Es de tela recia y está pintado de oscuro. Resistiría si lo pusieran bajo la lluvia o lo sumergieran en el agua. Pero no resiste el fuego. Miro a Ky con el corazón encogido. Me gustaría que pudiéramos tender un puente sobre lo que acaba de ocurrir con la misma facilidad con que podría señalarse un paso en un mapa.

—Me marcho hacia las montañas para encontrar a los demás —anuncia Hunter—. Los que no queráis uniros al Alzamiento, podéis venir conmigo.

—Yo quiero encontrar el Alzamiento —afirma Indie.

—Al menos, podemos ir juntos hasta la llanura —digo. No tiene sentido haber llegado tan lejos para separarnos tan deprisa.

—Deberíais poneros en marcha ya —nos aconseja Hunter—. Os alcanzaré cuando haya terminado de sellar la cueva.

—¿Sellar la cueva?

—Decidimos sellar la cueva de tal forma que pareciera que la había tapado un corrimiento de tierra —explica Hunter—. No queremos que la Sociedad se apodere de nuestros libros y escritos. Prometí a los otros labradores que lo haría. Pero tardaré un tiempo en prepararlo todo. No deberíais esperar.

—No —digo—. Te esperaremos. —No podemos volver a dejarlo solo. Y aunque sé que nuestro grupo, el fragmentado grupito que de algún modo hemos formado, debe acabar separándose, no quiero que lo haga ya.

—Por eso has guardado parte de los explosivos —dice Ky a Hunter. No sé interpretar su expresión: su rostro está hermético, ausente. Vuelve a ser el Ky de la Sociedad y siento un súbito vacío por haber perdido al Ky de la Talla—. Puedo ayudarte.

—¿Sabes colocar cargas explosivas? —le pregunta Hunter.

—Sí —responde—. A cambio de una cosa que he visto en una de las cuevas.

—Un intercambio —conviene Hunter.

¿Qué intercambio quiere hacer Ky? ¿Qué necesita? ¿Por qué no me mira?

Pero nadie vuelve a hablar de separarnos. Permanecemos juntos. De momento.

Mientras Ky y Hunter reúnen los cables, Indie y yo corremos a las cuevas para despertar a Eli y meter en las mochilas todo lo que necesitaremos para el viaje. Preparamos la cueva para la explosión cerrando bien las cajas de la biblioteca y apilándolas contra la pared para que estén protegidas. Por algún motivo, me llaman la atención las páginas que se han desprendido de otros libros. No me puedo resistir; me meto algunas en la mochila junto con víveres, agua, cerillas. Hunter nos ha indicado dónde encontrar linternas frontales y otro material para el viaje y nos ha dado más mochilas; también las llenamos.

Eli mete pinceles y escritos junto con su comida. Me falta valor para decirle que los tire y que, en su lugar, coja más manzanas.

—Creo que estamos listos —afirmo.

—Espera —dice Indie. No hemos hablado mucho y me alegro; no sé muy bien qué decirle. No la entiendo: ¿por qué le ha enseñado el mapa primero a Ky? ¿Qué más esconde? ¿Considera siquiera que somos amigas?

—Tengo que darte una cosa. —Mete la mano en su mochila y saca el delicado panal. Incluso después de todo lo sucedido, está milagrosamente intacto. Lo sostiene con cuidado en las palmas de las manos y la imagino levantando una concha de la orilla del mar.

—No —digo, conmovida—. Deberías quedártelo. Tú eres la que lo ha traído hasta aquí.

—No se trata de eso —afirma, impaciente. Saca un objeto del panal.

Una microficha.

Tardo un momento en comprenderlo.

—Me la robaste —susurro—. En el campo de trabajo.

Asiente.

—Es lo que escondía en la aeronave. Más adelante, te dije que no había escondido nada, pero no era verdad. —Me la da—. Ten.

La cojo.

—Y esto se lo quité a un chico del pueblo. —Vuelve a meter la mano en su mochila y saca un miniterminal—. Ahora puedes ver la microficha —dice—. Ya solo te falta uno de los papelitos. Pero la culpa es tuya. Se te cayó a ti cuando nos dirigíamos a la llanura.

Desconcertada, cojo el miniterminal.

—¿Encontrarte uno de los papelitos? —pregunto—. ¿Lo leíste?

Claro que lo leyó. Ni tan siquiera se molesta en responder.

—Así es como supe lo del secreto de Xander —dice—. El papelito decía que tenía un secreto y que te lo diría cuando volviera a verte.

—¿Dónde está? —pregunto—. Devuélvemelo.

—No puedo. Ya no lo tengo. Se lo di a Ky y lo tiró.

—¿Por qué? —Alzo el miniterminal, la microficha—. ¿Por qué todo esto?

Al principio, creo que no va a decir nada. Vuelve la cara. Pero, al cabo de un momento, me mira y se decide a responder. Su expresión es vehemente; tiene los músculos tensos.

—Eras distinta al resto —dice—. Lo supe en cuanto te vi en el campo de trabajo. Por eso quise saber quién eras. Qué hacías. Al principio, creí que podías ser una espía de la Sociedad. Más adelante, creí que a lo mejor trabajabas para los rebeldes. Y tenías un montón de pastillas azules. No estaba segura de lo que pensabas hacer con ellas.

—Así que me robaste —concluyo—. Desde el principio. En el campo de trabajo, y también en la Talla.

—¿Cómo si no iba a averiguar algo? —Señala el miniterminal—. Ya vuelves a tenerlo todo. Mejor aún. Ahora puedes ver la microficha siempre que te apetezca.

—No lo tengo todo —digo—. ¿Te acuerdas? Me falta parte del mensaje de Xander.

—No es verdad —objeta—. Te lo acabo de dar.

Quiero gritar de frustración.

—¿Qué hay de la caja plateada? —pregunto—. También la cogiste.

Es ilógico, pero, de golpe, quiero recuperar ese recuerdo de Xander. Quiero recuperar todo lo que he perdido a lo largo de mi vida, haya sido robado, requisado o intercambiado. La brújula de Ky. El reloj de Bram. Y, por encima de todo, la polvera de mi abuelo con los poemas escondidos dentro. Si la recuperara, no volvería a abrirla jamás. Me bastaría con saber que contenía los poemas.

Ojalá pudiera hacer lo mismo con Ky. Ojalá pudiera guardar en ella todas las facetas hermosas de nuestra relación y dejar fuera todos los errores que hemos cometido.

—Dejé la caja en el campo de trabajo cuando escapé —dice Indie—. Me deshice de ella en el bosque.

Recuerdo su interés por ver siempre el cuadro; el manotazo con el que tiró sus fragmentos al suelo para disimular su dolor; su modo de quedarse mirando a las muchachas de los vestidos en la cueva pintada. Indie me ha robado porque deseaba lo que yo tenía. La miro y pienso que es como mirar un reflejo en una parte removida del río. La imagen no es idéntica, está distorsionada, se arremolina, pero se parece mucho. Ella es una rebelde cauta y yo soy todo lo contrario.

—¿Cómo escondiste la microficha? —pregunto.

—No me cachearon cuando me cogieron —responde—. Solo lo hicieron en la aeronave. Y tú y yo encontramos una solución. —Se retira el cabello de la cara con un ademán muy propio de ella: brusco, pero provisto de una cierta elegancia. Jamás había conocido a nadie que fuera tan directo y tuviera menos reparos en admitir sus intenciones—. ¿No vas a verla? —pregunta.

No puedo resistirme. Introduzco la microficha de Xander en el miniterminal y espero a que aparezca su rostro.

Debería haber visto esta información en mi casa mientras el viento mecía las hojas de los arces. Bram podría haberme tomado el pelo y mis padres podrían haber sonreído. Yo podría haber mirado el rostro de Xander y no haber visto nada más.

Pero apareció el rostro de Ky y todo cambió.

—Ahí está —dice Indie, casi sin querer.

Xander.

Había olvidado sus facciones, aunque solo haga unos días que lo he visto. Pero ya lo recuerdo todo, y entonces su lista de atributos comienza a desplazarse por la pantalla.

La lista de la microficha es idéntica a la que Xander escondió en las pastillas; es lo que él quería que viera. «Mírame —parece decirme—. Las veces que haga falta.»

No sé cómo añadió el renglón del papelito que perdí. ¿Es posible que Indie mienta? No lo creo. Y me extraña que Xander no me contara su secreto el día que visitamos al archivista. Yo pensaba que podía ser la última vez que nos viéramos. ¿No lo pensaba él?

Pero Xander no quería que otra persona lo leyera todo sobre él. Abro el historial. La microficha no se vio únicamente anoche; se vio anteanoche, y la noche anterior, y la anterior.

Indie la ha visto todas las noches. ¿Cuándo? ¿Mientras yo dormía?

—¿Sabes tú el secreto de Xander? —pregunto.

—Eso creo —responde.

—Cuéntamelo —digo.

—Es suyo y debe contarlo él —arguye, igual que Ky.

Como de costumbre, no parece arrepentida. Pero advierto que la mirada se le ha dulcificado mientras mira la fotografía de la pantalla.

Y entonces lo comprendo. Al final, no es a Ky a quien ama.

—Estás enamorada de Xander —digo, en un tono demasiado duro, demasiado cruel.

Indie no lo niega. Xander es la clase de persona que un aberrante no puede tener jamás. Un niño bonito, lo más cercano a la perfección que existe en la Sociedad.

Sin embargo, no es su pareja, sino la mía.

Con Xander, yo podría tener una familia, un buen trabajo, ser amada, ser feliz, vivir en un distrito con calles limpias y vidas ordenadas. Con Xander, podría hacer las cosas que siempre creí que haría.

Pero con Ky hago cosas de las que jamás me creí capaz.

Quiero las dos cosas.

Aunque eso es imposible. Vuelvo a mirar el rostro de Xander. Y, aunque él parece decirme que no cambiará, sé que lo hará. Sé que hay partes de él que no conozco, cosas que suceden en Camas que no veo, secretos suyos que no sé y va a tener que contarme en persona. Xander también comete errores, como darme las pastillas azules, un regalo que, pese al riesgo que corrió al hacérmelo, no resultó como él creía. No me salvó.

Estar con Xander quizá sería menos complicado, pero continuaría siendo amor. Y he descubierto que el amor nos lleva a lugares que no conocemos.

—¿Qué querías de Ky? —pregunto a Indie—. ¿Qué intentabas conseguir enseñándole el papelito y dándole el mapa?

—Sabía que no nos lo decía todo sobre el Alzamiento —responde—. Quería obligarlo a hablar.

—¿Por qué me la has devuelto? —pregunto mientras le enseño la microficha—. ¿Por qué ahora?

—Tienes que decidirte —responde—. Creo que no ves con claridad a ninguno de los dos.

—Y tú sí —digo. La ira se apodera de mí. Ella no conoce a Ky como yo. Y a Xander ni tan solo lo ha visto en persona.

—Yo he deducido el secreto de Xander. —Se dirige a la entrada de la cueva—. Y a ti nunca se te ha ocurrido que Ky podría ser el Piloto.

Sale afuera.

Alguien me toca el brazo. Eli. Me mira con los ojos como platos, preocupado, y eso me arranca de mi ensimismamiento. Tenemos que sacarlo de aquí. Tenemos que darnos prisa. Esto puede resolverse más adelante.

Cuando meto la microficha en mi mochila, la veo entre las azules. Mi pastilla roja.


Indie, Ky y Xander son inmunes a ella.

Pero yo no sé qué soy.

Vacilo. Podría metérmela en la boca y no esperar a que se disolviera. La mordería, con fuerza. Quizá incluso con tanta fuerza que mi sangre se mezclaría con la pastilla y eso sería decisión mía, no de la Sociedad.

Si la pastilla surte efecto, olvidaré todo lo que ha sucedido en las últimas doce horas. No recordaré lo que ha ocurrido con Ky. No me hará falta perdonarlo por haberme mentido porque no sabré que lo ha hecho. Y no me acordaré de lo que ha dicho sobre el día que lo clasifiqué.

Si no surte efecto, por fin sabré, de una vez por todas, si soy inmune. Si soy especial como Ky, Xander e Indie.

Me llevo la pastilla a la boca. Y oigo una voz que guardo en lo más hondo de mi memoria.

«Eres lo bastante fuerte para pasar sin ella.»

«Está bien, abuelo —pienso—. Seré lo bastante fuerte para pasar sin ella. Pero no soy lo bastante fuerte para pasar sin otras cosas, y tengo intención de luchar por ellas.»

# Capítulo 41

## *Ky*

Llevar la barca es como llevar un cadáver; es pesada, voluminosa y difícil de agarrar.

—Solo caben dos —me advierte Hunter.

—No importa —digo—. Aun así, la quiero.

Hunter me mira como si estuviera a punto de decir alguna cosa, pero parece cambiar de opinión.

Dejamos la barca en la casita de las afueras del caserío donde Cassia, Indie y Eli se han reunido para esperarnos. La barca hace ruido al golpear el suelo.

—¿Qué es? —pregunta Eli.

—Una barca —responde Hunter. No da más explicaciones. Indie, Cassia y Eli miran el pesado rollo de plástico con incredulidad.

—Nunca había visto una barca como esta —apunta Indie.

—Nunca había visto una barca —dicen Cassia y Eli al unísono y, luego, ella le sonríe.

—Es para el río —se percata Indie—. Para que algunos lleguemos rápidamente al Alzamiento.

—Pero el río está cortado en un montón de sitios —objeta Eli.

—Ya no —digo—. Una lluvia así habrá arrastrado toda la tierra.

—¿Quién va en la barca? —pregunta Indie.

—Aún no lo sabemos —respondo.

No miro a Cassia. No he sido capaz de mirarla a la cara desde que me sorprendió quemando el mapa.

Eli me da una mochila.

—Te he traído esto —dice—. Comida y también algunas cosas de la cueva.

—Gracias, Eli.

—Hay otra cosa —me susurra—. ¿Te la puedo enseñar?

Asiento.

—Date prisa.

Se asegura de que nadie lo ve y saca…

Un tubo de la Caverna bañada de luz azul.

—Eli —digo, sorprendido. Cojo el tubo y le doy la vuelta. Dentro, el líquido oscila y se arremolina. Cuando leo el nombre escrito en el vidrio, se me corta la respiración.

—No deberías haberlo cogido.

—No pude evitarlo —dice.

Debería romper el tubo contra el suelo o arrojarlo al río. Pero me lo meto en el bolsillo.


La lluvia ha dejado las piedras sueltas y ha convertido el suelo en un barrizal. No hará falta mucho para provocar un corrimiento de tierra que tape el sendero que conduce a las cuevas, pero también tenemos que sellar la cueva de la biblioteca sin destruir lo que contiene.

Hunter me enseña el plano: un esquema muy detallado de dónde y cómo colocar las cargas explosivas. Es impresionante.

—¿Lo has dibujado tú?

—No —responde—. Lo dibujó Anna, nuestra líder, antes de marcharse.

«Anna», pienso. ¿La conoció mi padre?

No pregunto. Me ciño al esquema y a las modificaciones de Hunter. Llueve mucho y hacemos todo lo posible para mantener secos los explosivos.

—Baja a avisar a los demás de que voy a prender la mecha —me pide Hunter.

—Ya lo hago yo —digo.

Me mira.

—Esta era mi misión —aduce—. Anna me la confió a mí.

—Tú conoces estas tierras mejor que yo —digo—. Conoces a los labradores. Si ocurre un accidente, tú eres el que puede sacar de aquí a todos los demás.

—No te estás castigando, ¿no? —pregunta—. Por haber querido quemar el mapa.

—No —respondo—. Solo es la verdad.

Me mira y asiente.


He echado a correr en cuanto he prendido la mecha. Es instintivo: debería disponer de mucho tiempo. Llego a la orilla del río y corro hacia los demás. Aún me faltan unos metros para alcanzarlos cuando oigo la explosión.

No puedo evitarlo: me vuelvo a mirar.

Los pocos arbolillos aferrados a la pared parecen ser los primeros en caer; sus raíces arrancan piedras y tierra al desprenderse. Por un momento, veo con claridad las oscuras madejas de cada vida y entonces advierto que, por debajo de ellas, también se derrumba el resto de la pared. El sendero se fragmenta y se hunde convertido en una masa de agua, barro y piedras.

Y el corrimiento de tierra no se detiene.

«Avanza demasiado —advierto—. Se aproxima demasiado. Va a llegar al caserío.»

Una de las casas cruje, se rompe y cede al barro.

Otra.

La tierra se abre paso por el caserío y astilla tablones, rompe cristales, quiebra árboles.

Y se detiene al entrar en el río.

El corrimiento de tierra ha dejado una resbalosa lengua roja de barro y piedras que ha dividido el caserío y ha represado parte del río. El nivel del agua aumentará y es posible que haya una crecida. Mientras pienso en ello, veo que el resto del grupo sale de la casa y se dirige hacia el camino con rapidez.

Corro a ayudar a Hunter con la barca. Es para ella. Si lo que quiere es encontrar el Alzamiento, yo la ayudaré.

## Capítulo 42

## *Cassia*

La caminata es lenta y ardua; todos resbalamos, nos caemos y volvemos a levantarnos, una y otra vez. Cuando encontramos una cueva lo bastante grande para que quepamos los cinco, ya estamos cubiertos de barro. La barca no cabe. Tenemos que dejarla en el camino y oigo el martilleo de la lluvia en su cubierta de plástico. No hemos conseguido llegar a la cueva de las muchachas que bailan; esta cueva es minúscula y está sembrada de piedras y desperdicios.

Por un momento, nadie es capaz de hablar debido al cansancio. Tenemos las mochilas junto a nosotros. Mientras la mía parecía hacerse más pesada con cada paso que daba en el barro, he imaginado que tiraba comida, agua, incluso escritos. Lanzo una mirada a Indie. La primera vez que nos dirigimos a la llanura, yo estaba enferma. Ella cargó con mi mochila durante casi todo el camino.

—Gracias —le digo.

—¿Por qué? —Parece sorprendida, recelosa.

—Por llevar mis cosas la primera vez que pasamos por aquí —especifico.

Ky alza la cabeza y me mira. Es la primera que lo hace desde nuestro enfrentamiento en el caserío. Me reconforta volver a ver sus ojos. En la penumbra de la cueva, son negros.

—Deberíamos hablar —dice Hunter. Tiene razón. Lo que todos sabemos, pero nadie ha dicho, es que no hay sitio para todos en la barca—. ¿Qué vais a hacer?

—Yo voy a buscar el Alzamiento —responde Indie de inmediato.

Eli niega con la cabeza. Aún no lo sabe y sé muy bien cómo se siente. Los dos queremos unirnos a los rebeldes, pero Ky no se fía de ellos. Y, pese a todo lo que ha sucedido con el mapa, sé que Eli y yo seguimos confiando en él.

—Yo aún pienso ir en busca de los labradores —dice Hunter.

—Podrías seguir sin nosotros —observa Indie—. Pero nos ayudas. ¿Por qué?

—Yo fui el que rompió los tubos —responde—. De no haberlo hecho, es posible que la Sociedad hubiera tardado más en perseguiros. —Aunque solo nos lleva unos años, parece mucho más sabio. Quizá sea por tener una hija, o por vivir en una tierra tan dura; o puede que también hubiera sido así en la Sociedad, con una vida fácil y cómoda—. Además —añade—, mientras nosotros llevamos la barca, vosotros cargáis con nuestras mochilas. Ayudarnos a salir de la Talla nos conviene a todos. Después, cada uno podrá irse por su lado.

Ky no dice nada.

Oigo cómo cae la lluvia fuera y pienso en uno de los papeles que me dio en el distrito, el fragmento de su historia que decía: «Cuando llueve, me acuerdo». Yo también prometí acordarme. Y recuerdo la vez que me sugirió que intercambiara los poemas. No trató de persuadirme para que me deshiciera del poema de Tennyson, pese a saber que también lo tenía, y pese a saber que quizá me ayudaba a descubrir el Alzamiento. Las decisiones de qué intercambiar y qué hacer con lo que había encontrado me las dejó a mí.

—¿Qué es lo que no soportas del Alzamiento, Ky? —le pregunto en voz baja. No deseo hacer esto delante de todos; pero ¿acaso tengo opción?—. Tengo que decidirme. Y Eli también. Nos vendría bien que explicaras por qué lo odias tanto.

Ky se mira las manos y recuerdo el dibujo que me dio en la Sociedad, donde aparecía sosteniendo las palabras «madre» y «padre».

—Nunca vinieron a ayudarnos —responde—. Con el Alzamiento, rebelarte solo trae muerte para ti y tus seres queridos. Los que sobreviven nunca vuelven a ser los mismos.

—Pero a tu familia la mató el enemigo —objeta Indie—. No el Alzamiento.

—No me fío de ellos —dice Ky—. Mi padre se fiaba. Yo no.

—¿Y tú? —pregunta Indie a Hunter.

—No estoy seguro —responde—. Han pasado muchos años desde la última vez que los rebeldes vinieron a nuestro cañón. —Todos, Ky incluido, nos inclinamos hacia delante para escucharlo—. Nos dijeron que habían conseguido infiltrarse en todas partes, incluso en Central, y volvieron a intentar convencernos de que nos uniéramos a ellos. —Sonríe un poco—. Anna no dio su brazo a torcer. Llevábamos generaciones siendo independientes y era partidaria de seguir así.

—Ellos son los que os mandaron los panfletos —dice Ky.

Hunter asiente.

—También nos mandaron el mapa que estamos utilizando. Esperaban que cambiáramos de opinión y fuéramos a buscarlos.

—¿Cómo sabían que descifraríais el código? —pregunta Indie.

—Es el nuestro —responde Hunter—. A veces lo usábamos en el caserío cuando no queríamos que un forastero se enterara de lo que decíamos.

Mete la mano en su mochila y saca una de las linternas frontales. Ya es noche cerrada fuera de la cueva.

—Conocían el código porque algunos de nuestros jóvenes se habían marchado para unirse a ellos. —Hunter enciende la linterna y la deja en el suelo para que podamos vernos las caras—. Los labradores nunca nos unimos al Alzamiento en bloque, pero, de vez en cuando, lo hacían algunos de nuestros jóvenes. Yo mismo me marché una vez con esa intención.

—Ah, ¿sí? —pregunto, sorprendida.

—No llegué a hacerlo —responde Hunter—. Cuando alcancé el río de la llanura, di media vuelta.

—¿Por qué? —pregunto.

—Catherine. —Hunter tiene la voz ronca—. La madre de Sarah. Entonces no era la madre de Sarah, por supuesto. Pero Catherine no habría podido irse nunca del caserío y decidí que no podía dejarla.

—¿Por qué no podía irse?

—Iba a ser la próxima líder —responde—. Era la hija de Anna y era idéntica a ella. Cuando Anna muriera, habríamos celebrado una votación para aceptar o rechazar a su hija mayor como líder y todos habríamos aceptado a Catherine. Todos la queríamos. Pero murió al alumbrar a Sarah.

La luz de la linterna frontal nos ilumina las botas embarradas y deja nuestros rostros sumidos en la oscuridad. Lo oigo sacar algo de su mochila.

—Anna te abandonó —digo, pasmada—. Te abandonó a ti y abandonó a su nieta…

—Tuvo que hacerlo —me interrumpe—. Tenía más hijos y nietos, y un caserío a su mando. —Se queda callado—. Ya ves por qué somos reacios a juzgar el Alzamiento con demasiada dureza. Los rebeldes quieren el bien mayor de su grupo. No podemos culparlos cuando nosotros hacemos lo mismo.

—Es distinto —dice Ky—. Vosotros estáis aquí desde los inicios de la Sociedad. Las rebeliones vienen y van.

—¿Cómo huisteis hace tantos años? —pregunta Indie con interés.

—No huimos —responde Hunter—. Dejaron que nos fuéramos.

Mientras narra la historia, se repasa las líneas azules de los brazos con una tiza que ha sacado de su mochila.

—Debes recordar que, en esa época, la gente elegía a la Sociedad y sus controles como una forma de evitar un futuro episodio de calentamiento y ayudar a eliminar las enfermedades. Nosotros no la elegimos y por eso nos marchamos. No formaríamos parte de la Sociedad y, por tanto, no nos beneficiaríamos de sus ventajas ni de su protección. Cultivaríamos la tierra, nos autoabasteceríamos y guardaríamos las distancias, y los funcionarios nos dejarían en paz. Lo hicieron durante mucho tiempo. Y si alguna vez venían, los interceptábamos.

»Antes de que los exterminaran, los habitantes originales de las provincias exteriores solían venir a nuestro cañón en busca de ayuda. Explicaban que los habían enviado lejos de su tierra por amar a quien no debían o querer una ocupación distinta. Algunos venían para quedarse con nosotros y otros para realizar intercambios. Después de la época de los comités seleccionadores, nuestros libros y escritos habían adquirido un valor increíble. —Suspira—. Siempre ha habido gente como los archivistas. Estoy seguro de que aún la hay. Pero nos quedamos aislados cuando los pueblos se deshabitaron.

—¿Qué adquiríais vosotros? —pregunta Eli—. Lo teníais todo en los cañones.

—No —responde Hunter—, no lo teníamos. Las medicinas de la Sociedad siempre eran mejores, y había otras cosas que necesitábamos.

—Pero, si todos vuestros escritos eran tan valiosos —pregunta Eli—, ¿cómo pudisteis dejaros tantos?

—Son demasiados —responde Hunter—. No podíamos llevárnoslos todos. Muchos labradores arrancaron páginas o cogieron libros enteros. Pero era imposible llevárselo todo. Por eso he tenido que sellar la cueva para esconder lo que queda. No queríamos que la Sociedad pudiera destruirlo o llevárselo si lo encontraba.

Termina de repasarse las líneas de los brazos y se dispone a meter la tiza en su mochila.

—¿Qué significan las marcas? —pregunto, y él se queda con la tiza en la mano.

—¿Qué te parecen a ti?

—Ríos —respondo—. Venas.

Hunter asiente, interesado.

—Parecen las dos cosas. Puedes imaginar que son eso.

—Pero ¿qué son para ti? —pregunto.

—Telarañas —responde.

Muevo la cabeza, desconcertada.

—Cualquier cosa que conecta —dice—. Cuando las dibujamos, solemos hacerlo juntos, así. —Alarga la mano y me roza los dedos. Yo casi retiro el brazo de la sorpresa, pero me refreno. Hunter se di-

buja una línea en los dedos, pasa a los míos y traza otra por mi brazo, con suavidad.

Se aparta. Nos miramos.

—Luego tú continuarías la línea —dice—. Te dibujarías todo el
cuerpo. Después, tocarías a otra persona y empezarías una línea nueva. Y así sucesivamente.

«Pero ¿y si la línea se interrumpe? —deseo preguntarle—. ¿Como
cuando tu hija murió?»

—Si no hay nadie más —continúa Hunter—, hacemos esto. —Se
levanta y apoya las manos en la pared de la cueva. Imagino que la
presión abre una serie de diminutas grietas en la arenisca—. Te co-
nectas con algo.

—Pero a la Talla le da lo mismo —arguyo—. A los cañones les da
lo mismo.

—Sí —admite Hunter—. Pero aun así estamos conectados.

—He traído esto —digo con timidez mientras meto la mano en
mi mochila—. He pensado que a lo mejor lo querías.

Es el poema con el verso que ha utilizado para la tumba de Sarah. El que dice «por junio un viento con dedos avanza». Lo he
arrancado del libro.

Hunter coge la hoja y lo lee en voz alta:

> Cayeron como copos,
> cayeron como estrellas,
> como pétalos de rosa
> cuando de pronto por junio
> un viento con dedos avanza.

Se queda callado.

—Se parece a lo que nos pasaba en los pueblos —dice Eli—. La gente moría así. Caía como estrellas.

Ky apoya la cabeza en las manos.

Hunter sigue leyendo.

Perecieron en el pasto desarraigado,
nadie pudo hallar el lugar exacto
pero Dios puede convocar cada faz
en su lista de abolidos.

—Algunos creíamos en otra vida —dice—. Catherine creía, y Sarah también.

—Pero tú no —afirma Indie.

—No —admite—. Pero nunca se lo dije a Sarah. ¿Cómo podía quitarle eso? Ella lo era todo para mí. —Traga saliva—. La abracé hasta que se quedaba dormida todas las noches, todos los años de su vida. —Las lágrimas le corren por las mejillas igual que en la biblioteca de la cueva. Como entonces, las ignora.

—Tenía que separarme poco a poco —prosigue—. Levantar el brazo. Sacar la cara del hueco de su cuello; retirarme de forma que mi respiración ya no la despeinara. Lo hacía despacio para que, cuando saliera de la habitación, ella no supiera que me había ido. La acompañaba hasta que el sueño venía a buscarla.

»En la Caverna, creí que rompería todos los tubos y luego moriría en la oscuridad —añade—. Pero no pude hacerlo.

Vuelve a mirar la página y lee el verso que grabó en la lápida de Sarah.

—«De pronto por junio un viento con dedos avanza» —dice, casi canta, con voz triste y dulce. Se levanta y mete la hoja en su mochila—. Voy a ver si sigue lloviendo —añade, y sale de la cueva.

Cuando Hunter vuelve a entrar, todos se han quedado dormidos salvo Ky y yo. Lo oigo respirar, al otro lado de Eli. Estamos muy apretados en la cueva y me sería fácil alargar la mano y tocarlo, pero me refreno. Es extraño, realizar juntos este viaje cuando hay tanta distancia entre nosotros. No puedo olvidar lo que ha hecho. Ni tampoco puedo olvidar lo que hice yo. ¿Por qué lo clasifiqué?

Oigo que Hunter se echa cerca de la entrada y me arrepiento de haberle dado el poema. No era mi intención causarle dolor.

Si yo muriera aquí y alguien tuviera que grabar mi epitafio en la piedra de esta cueva, no sé qué querría que escribiera.

¿Qué habría elegido mi abuelo?

«No entres dócil»

O

«Con mi Piloto espero tener un franco encuentro»

Mi abuelo, que me conocía mejor que nadie, se ha convertido en un misterio.

También Ky.

De pronto, pienso en la vez del cine en la que sintió aquel dolor tan hondo que ninguno de nosotros conocía y todos nos reímos mientras él lloraba.

Cierro los ojos. Amo a Ky. Pero no lo entiendo. Él no me abre su corazón. Yo también he cometido errores, lo sé, pero estoy cansada de perseguirlo por cañones y llanuras y de tenderle la mano solo para que me la coja algunas veces pero no otras. Quizá sea ese el verdadero motivo de que sea un aberrante. Quizá ni siquiera la Sociedad podía predecir su conducta.

«¿Quién lo incluyó como una de mis posibles parejas?» Mi funcionaria fingió que lo sabía, pero no era así. Decidí que ya no importaba: yo había elegido amarlo, yo había decidido ir a buscarlo, pero la pregunta vuelve a acosarme.

«¿Quién pudo ser?» He pensado en Patrick y Aida.

Y entonces se me ocurre otra idea, la más asombrosa, improbable y creíble de todas: «¿Pudo ser Ky?».

No sé cómo habría podido hacerlo, pero tampoco sé cómo logró Xander introducir las notitas en los compartimientos de las pastillas. El amor cambia lo que es probable y hace posible lo improbable. Trato de recordar qué dijo Ky en el distrito cuando hablamos del proceso de emparejamiento y del error. ¿No dijo que daba igual quién hubiera incluido su nombre mientras yo lo amara?

Nunca he sabido toda su historia.

Es posible que el único modo de protegernos sea revelando únicamente partes de nuestra historia. La historia completa puede parecer una carga demasiado pesada, se trate de la historia de la Sociedad, de una rebelión o de una sola persona.

¿Es eso lo que Ky piensa? ¿Que nadie quiere conocer su historia completa? ¿Que su verdad pesa demasiado para cargar con ella?

## Capítulo 43

## *Ky*

Todos duermen.

Si quisiera huir, ahora sería el momento.

Cassia me dijo en una ocasión que quería escribir un poema para mí. ¿Pasó del principio? ¿Con qué palabras lo concluyó?

Ha llorado antes de quedarse dormida. He alargado la mano y le he tocado las puntas de los cabellos. No se ha dado cuenta. Yo no sabía qué hacer. Me ha entristecido oírla llorar. También he notado lágrimas corriéndome por la cara. Y cuando he rozado a Eli sin querer con el brazo, él también tenía la suya mojada por sus propias lágrimas.

Nuestro dolor nos ha esculpido a todos. Nos han infligido heridas tan hondas como las grietas de un cañón.

Yo siempre veía a mis padres besándose. Recuerdo una vez que mi padre acababa de regresar de los cañones. Mi madre estaba pintando. Él se acercó. Ella se rió y le dibujó una raya de agua en la mejilla.

La pincelada relució. Cuando se besaron, ella lo abrazó y dejó que el pincel se le cayera al suelo.

Fue un detalle que mi padre mandara aquel manuscrito a los Markham. De no haberlo hecho, es posible que Patrick no hubiera sabido nunca que había archivistas y no hubiera podido decirme cómo ponerme en contacto con ellos en Oria. Nunca habríamos tenido el viejo calígrafo. Yo no habría aprendido a clasificar ni a realizar intercambios. No habría podido regalar a Cassia su poema de cumpleaños.

No puedo permitir que la muerte de mis padres siga ignorada durante más tiempo.

Procurando no pisar a nadie, voy a tientas hasta el fondo de la cueva. No tardo en encontrar lo que busco dentro de mi mochila: las pinturas que Eli ha reunido para mí. Y un pincel. Mi mano se cierra alrededor de las cerdas.

Abro los botes de pintura y los coloco en fila. Vuelvo a alargar la mano para asegurarme de que tengo la pared delante.

Mojo el pincel y pinto un trazo por encima de mí. Noto gotas de pintura en la cara.

Pinto el mundo y, después, a mis padres en el centro, mientras aguardo a que se haga de día. Mi madre. Mi padre. Los dibujo contemplando una puesta de sol. Dibujo a mi padre enseñando a un niño a escribir. Puede que sea yo. En la oscuridad, no puedo estar seguro.

Pinto el río de Vick.

Pinto a Cassia la última.

¿Cuánto tenemos que mostrar a las personas que amamos?

¿Qué fragmentos de mi vida tengo que desenterrar, labrar y dejar ante ella? ¿Basta con que le haya señalado el camino hacia la persona que soy?

¿Tengo que explicarle cuánta envidia y amargura sentí a veces en el distrito por lo distinto que era? ¿Cómo me habría gustado ser Xander o cualquier otro de los chicos que seguirían estudiando y tendrían al menos una oportunidad de que los emparejaran con ella?

¿Tengo que hablarle de la noche que di la espalda a los otros señuelos y solo me llevé a Vick y a Eli? ¿A Vick porque sabía que nos ayudaría a sobrevivir y a Eli para aliviar mi culpa?

Tengo que decirle la verdad, pero ni tan siquiera me la he dicho a mí.

Empiezan a temblarme las manos.

El día que murieron mis padres estaba solo en la meseta. Vi el ataque aéreo. Después, corrí a buscarlos. Esa parte es cierta.

Cuando vi los primeros cadáveres, tuve náuseas. Vomité. Y luego vi que algunas cosas habían sobrevivido. No personas, sino objetos. Un zapato. Una ración de comida intacta, envuelta aún en papel de aluminio. Un pincel limpio. Lo cogí.

Ahora lo recuerdo. El hecho sobre el que me he mentido desde el principio.

Después de recoger el pincel, mirar alrededor y ver a mis padres muertos en el suelo, no traté de llevármelos. No los enterré.

Los vi y eché a correr.

## Capítulo 44

## *Cassia*

S oy la primera en despertarme. Cuando un rayo de sol se cuela
por la entrada de la cueva, miro al resto con asombro, extrañada de que no hayan advertido aún la fuerte luz y la ausencia de lluvia.

Al mirar a Ky, Eli y Hunter, pienso en cuántas heridas invisibles
pueden soportarse. Heridas infligidas al corazón, al cerebro, a los
huesos. «¿Cómo nos mantenemos en pie? ¿Qué es lo que nos empuja a seguir?»

Cuando salgo de la cueva, el cielo me ciega. Tapo el sol con la mano
como hace Ky y, cuando la bajo, creo, por un momento, que he dejado la huella de mi dedo pulgar impresa en el cielo, una marca negra
de líneas onduladas. Pero la huella se mueve y gira, y advierto que no
son las volutas de mi dedo sino los bucles de una bandada de pájaros
lejanos y diminutos. Y me río de mí por creer que podía tocar el cielo.


Cuando me doy la vuelta para despertar a los demás, se me corta la
respiración.

Mientras dormíamos, él ha pintado. Con pinceladas presurosas y livianas; con un apremio que se refleja en los goterones de pintura.

Ha llenado el fondo de la cueva de torrentes de estrellas. Ha creado un mundo de rocas, árboles y colinas. Y también ha pintado un río, uno muerto con pisadas en la orilla y una tumba señalada con un pez de piedra cuyas escamas no reflejan la luz.

En el centro ha dibujado a sus padres.

Ha pintado a ciegas en la oscuridad. Las escenas se entremezclan y se confunden. A veces, los colores son extraños. Un cielo verde, piedras azules. Y yo, de pie, con un vestido.

Lo ha pintado de rojo.

## Capítulo 45

### *Ky*

El sol que cae a plomo sobre la barca calienta el plástico. Las manos se me enrojecen y espero que ella no se dé cuenta. No quiero pensar más en el día que me clasificó. Lo hecho, hecho está. Tenemos que seguir adelante.

Espero que ella opine lo mismo, pero no se lo pregunto. Al principio, no lo hago porque me resulta imposible (caminamos en fila india por el estrecho sendero y todos nos oirían). Después, estoy demasiado fatigado para formular la pregunta. Cassia, Indie y Eli se turnan para llevar mi mochila y la de Hunter, pero, de todas formas, tengo los músculos cansados y doloridos.

El sol se esconde y se forman nubes en el horizonte.

No sé qué nos convendría más, que lloviera o que no lo hiciera. La lluvia nos retrasa, pero borra nuestro rastro. Una vez más, estamos al filo de la vida y la muerte. Pero he hecho todo lo posible para asegurarme de que Cassia sobreviva. Para eso es la barca.

De vez en cuando, nos es útil en tierra: cuando el sendero está demasiado enfangado y destrozado para caminar por él, dejamos la barca en el suelo, cruzamos por ella y la recogemos. Las señales que deja en el sendero parecen pisadas largas y estrechas. Si no estuviera tan cansado, a lo mejor sonreiría. ¿Qué pensará la Sociedad cuando vea las marcas? ¿Que algo enorme ha bajado del cielo y ha caminado con nosotros hasta el mismo borde de la Talla?

Esta noche, acamparemos. Hablaré con ella entonces. Al final del día, sabré qué decir. Ahora mismo, estoy demasiado cansado para pensar en nada que pueda arreglarlo todo.


Recuperamos el tiempo que perdimos ayer. Nadie descansa. Nadie se detiene. Todos bebemos sorbos de agua y comemos trozos de pan en ruta. Casi hemos llegado al borde de la Talla cuando empieza a anochecer y se pone a llover.

Hunter se detiene y deja la barca en el suelo. Yo hago lo mismo. Se vuelve para mirar la Talla.

—Deberíamos seguir —dice.

—Pero ya es casi de noche —objeta Eli.

Hunter niega con la cabeza.

—Se nos agota el tiempo —afirma—. No hay nada que les impida subir hasta aquí desde la Caverna en cuanto descubran lo que ha pasado. ¿Y si tienen miniterminales? Quizá den aviso para que nos intercepten en la llanura.

—¿Dónde está nuestro miniterminal? —pregunto.

—Lo tiré al río antes de que nos marcháramos del caserío —responde Cassia. Indie suspira.

—Bien —dice Hunter—. No nos interesa tener nada que pueda indicarles nuestra posición.

Eli tirita.

—¿Te ves capaz de seguir? —le pregunta Cassia, preocupada.

—Creo que sí —responde. Me mira—. ¿Crees que debemos hacerlo?

—Sí —digo.

—Tenemos los frontales —añade Indie.

—Vamos. —Cassia nos ayuda a levantar la barca.

Nos dirigimos a la orilla del río lo más deprisa posible. Noto piedras bajo los pies, sacadas del río por las explosiones. Me pregunto cuál de ellas será el pez que señala la tumba de Vick. A oscuras, todo parece distinto y no estoy seguro de saber dónde yace enterrado.

Pero sí sé qué habría hecho si aún viviera.

Lo que pensara que lo llevaría más cerca de Laney.

Bajo los árboles, alumbrados por una linterna frontal cuya luz atenuamos al máximo, Hunter y yo desenrollamos la barca y la inflamos. La barca toma forma enseguida.

—Caben dos —dice Hunter—. Si alguien más quiere unirse al Alzamiento, tendrá que seguir el río a pie y tardará mucho más en llegar.

El viento susurra al entrar en la barca.

Por un momento, me quedo completamente inmóvil.

Comienza de nuevo a llover, una lluvia limpia que duele de tan fría. Es distinta a la tormenta de antes: se trata de un chubasco, no de una tromba. Pronto cesará.

«Más arriba, en alguna parte, esta agua es nieve», solía decir mi madre mientras abría las manos para coger las gotas de lluvia.

Pienso en sus pinturas y en lo rápido que se secaban.

—En alguna parte —comento en voz alta, y espero que ella me oiga—, esta agua no es nada. Es más ligera que el aire.

Cassia me mira.

Imagino estas gotas de lluvia cayendo sobre las escamas del pez de arenisca que labré para Vick. «Cada gota es buena para el río envenenado», pienso, con las manos bien abiertas. No cojo las gotas ni trato de retenerlas. Permito que dejen su huella y no me aferro a ellas.

No aferrarme. A mis padres ni al dolor de lo que les sucedió. A lo que no hice. A todas las personas que no salvé ni enterré. A mis celos de Xander. A mi culpa por lo que le ocurrió a Vick. A mi preocupación por lo que nunca seré y por quien nunca fui.

No aferrarme a nada.

No sé si puedo, pero intentarlo me hace bien, de modo que dejo que la lluvia me golpee las palmas de las manos. Que se me escurra entre los dedos. «Cada gota es buena para mí», pienso. Echo la cabeza hacia atrás y trato de abrirme de nuevo al cielo.

Mi padre pudo ser la razón de que todas aquellas personas murieran. Pero también contribuyó a hacerles la vida soportable. Les dio esperanza. Yo creía que eso no importaba, pero importa.

Lo que fue bueno para mi padre ha sido malo para mí. Ningún fuego enemigo puede apagar ese sentimiento. Tengo que hacerlo yo.

—Lo siento —digo a Cassia—. No debería haberte mentido.

—Yo también lo siento —se disculpa—. Fue un error clasificarte.

Nos miramos bajo la lluvia.

—La barca es tuya —me dice Indie—. ¿Quién va a ir?

—La he intercambiado para ti —explico a Cassia—. Tú decides quién te acompaña.

Me siento igual que antes del banquete de emparejamiento. Esperando. Preguntándome si lo que había hecho sería suficiente para que ella volviera a verme.

## Capítulo 46

### *Cassia*

—K y —digo—. No puedo volver a clasificar personas. ¿Cómo puede pedirme esto?

—Date prisa —me apura Indie.

—Lo hiciste bien la última vez —dice Ky—. Me mandaste a mi tierra.

Es cierto. Esta es su tierra. Y, aunque tratar de encontrarlo ha sido lo más duro que he hecho jamás, me ha fortalecido.

Cierro los ojos y pienso en todos los factores.

«Hunter quiere ir a las montañas, no bajar por el río.»

«Eli es el más pequeño.»

«Indie sabe pilotar.»

«Quiero a Ky.»

¿Quién debe ir en la barca?

Esta vez, es más fácil, porque solo hay una alternativa, una configuración, que me parece apropiada.

—Es hora —dice Hunter—. ¿A quién eliges?

Miro a Ky con la esperanza de que lo comprenda. Lo hará. Él actuaría del mismo modo.

—A Eli —respondo.

## Capítulo 47

## *Ky*

Eli parpadea.

—¿Yo? —pregunta—. ¿Y Ky?

—Tú —dice Cassia—. E Indie. No yo.

Indie la mira, sorprendida.

—Alguien tiene que llevar a Eli río abajo —explica Cassia—. Hunter e Indie son los únicos con experiencia en aguas como estas, y Hunter se va a las montañas.

Hunter toca la barca.

—Ya está casi inflada.

—Puedes hacerlo, ¿verdad? —pregunta Cassia a Indie—. ¿Puedes ir con Eli hasta allí? Es la forma más rápida de llevarlo a un lugar seguro.

—Puedo hacerlo —responde Indie sin el menor atisbo de duda.

—Un río no es como el mar —le advierte Hunter.

—Teníamos ríos que desembocaban en el mar —dice ella. Coge uno de los remos que iban envueltos dentro de la barca y lo monta—. Yo solía bajarlos de noche, para practicar. La Sociedad nunca me vio hasta que salí al mar.

—Un momento —dice Eli. Todos nos volvemos. Él alza el mentón y me mira con sus ojos graves y solemnes—. Yo quiero atravesar la llanura. Es lo que querías hacer tú al principio.

Hunter lo mira, sorprendido. Eli frenará su avance. Pero Hunter no es la clase de persona que abandona a nadie.

—¿Puedo ir contigo? —le pregunta Eli—. Correré lo más rápido posible.

—Sí —responde—. Pero tenemos que irnos ya.

Cojo a Eli y lo abrazo.

—Volveremos a vernos —dice—. Lo sé.

—Sí —afirmo. No debería prometer nada semejante.

Miro a Hunter por encima de la cabeza de Eli y me pregunto si él no diría lo mismo a Sarah cuando se despidió de ella.

Eli se separa de mí y abraza primero a Cassia y luego a Indie, que parece sorprendida. Cuando termina, se pone derecho.

—Estoy listo —afirma—. Vamos.

—Espero volver a veros —dice Hunter.

Levanta la mano para despedirse y la luz de su linterna frontal le alumbra las marcas azules del brazo. Todos nos miramos durante un momento más. Luego, Hunter echa a correr y Eli lo sigue. Las luces de sus frontales no tardan en perderse entre los árboles.

—Eli estará bien —dice Cassia—. ¿Verdad?

—Es su decisión —aduzco.

—Lo sé —dice con dulzura—. Pero ha sido tan rápido…

Sí. Como el día que me fui del distrito. Y el día que murieron mis padres. Y cuando Vick se fue. Las despedidas son así. No siempre podemos prestarles la debida atención en el momento de la separación, por mucho que nos hieran.

Indie se quita el abrigo y extrae rápidamente el disco plateado con su navaja de piedra. Lo arroja al suelo con un gesto triunfal y se vuelve hacia mí.

—Eli se ha decidido —dice—. ¿Qué vas a hacer tú?

Cassia me mira. Se lleva la mano a la cara para enjugarse la lluvia y las lágrimas.

—Seguiré el río —digo—. No iré tan deprisa como Indie y tú en la barca, pero os alcanzaré en el último tramo.

—¿Estás seguro? —susurra.

Lo estoy.

—Tú has venido de muy lejos para encontrarme —digo—. Puedo acompañarte al Alzamiento.

## Capítulo 48

## *Cassia*

La lluvia amaina, se transforma en nieve. Y yo tengo la sensación de que aún estamos en el camino, de que aún no nos hemos encontrado. El uno al otro. A nosotros mismos. Lo miro y comprendo, por primera vez, que jamás lo sabré todo de él. Y vuelvo a elegirlo.

—Es difícil cruzar al otro lado —digo con voz entrecortada.

—¿A qué lado? —pregunta.

—Al lado de la persona que necesito ser —respondo.

Y entonces nos acercamos.

Los dos nos hemos equivocado; los dos trataremos de arreglar las cosas. No podemos hacer más.

Ky se inclina para besarme, pero deja las manos en los costados.

—¿Por qué no me abrazas? —Me separo un poco de él.

Él se ríe un poco y me enseña las manos a modo de explicación. Las tiene manchadas de tierra, pintura y sangre.

Acerco su mano a la mía, junto mi palma con la suya. Noto la aspereza de la tierra, la lisura de la pintura, y los cortes y arañazos que atestiguan su viaje.

—Todo se limpiará —digo.

## Capítulo 49

## *Ky*

Cuando la abrazo, la siento cariñosa y cercana, amorosa, pero entonces se tensa y se separa.

—Lo siento —dice—. Se me olvidaba. —Se saca un tubo del interior de la camisa. Advierte mi expresión de sorpresa y se apresura a decir—: No pude evitarlo.

Me enseña el tubo y trata de explicarse. El tubo centellea bajo nuestros frontales y tardo un momento en leer el nombre: Reyes, Samuel. Su abuelo.

—Lo cogí mientras mirabais a Hunter, después de que rompiera el tubo.

—Eli también robó uno —digo—. Me lo dio.

—¿A quién se llevó? —pregunta Cassia.

Miro a Indie. Podría apartar la barca de la orilla en este momento y marcharse sin Cassia. Pero no lo hace. Sabía que no lo haría. No esta vez. Si uno quiere ir al mismo lugar que ella, no podría hallar mejor piloto. Cargará con su mochila y lo conducirá a buen puerto. Nos da la espalda y se queda completamente inmóvil bajo los árboles próximos a la barca.

—Vick —respondo a Cassia.

Al principio, me sorprendió que Eli no eligiera a sus padres, pero luego recordé que no podían estar en la Caverna. Eli y su familia son aberrantes desde hace muchos años. La reclasificación de Vick debe de ser lo bastante reciente para que la Sociedad no haya tenido tiempo de retirar su tubo.

—Eli confía en ti —afirma Cassia.

—Lo sé —digo.

—Y yo —añade—. ¿Qué vas a hacer?

—Esconderlo —respondo—. Hasta que sepa quién estaba almacenando los tubos y por qué. Hasta que sepa que podemos fiarnos del Alzamiento.

—¿Y los libros que has traído de la cueva de los labradores? —pregunta.

—También los esconderé —respondo—. Voy a buscar un buen sitio mientras sigo el río. —Me quedo callado—. Puedo esconder tus cosas, si quieres. Me aseguraré de que te lleguen, aún no sé cómo.

—¿No te pesarán demasiado? —pregunta.

—No —respondo.

Me da el tubo y saca de su mochila el montón de hojas sueltas que se llevó de la cueva.

—No he escrito ninguna de estas páginas —dice, apesadumbrada—. Algún día lo haré. —Pone su mano en mi mejilla—. El resto de tu historia —añade—. ¿Me lo contarás ahora? ¿O cuando vuelva a verte?

—Mi madre —comienzo a decir—. Mi padre. —Cierro los ojos y trato de explicarme. Lo que digo no tiene sentido. Es una sucesión de palabras…

Cuando mis padres murieron, no hice nada,
por eso quería hacer
quería hacer
quería hacer.


—Algo —dice, con dulzura. Me coge otra vez la mano, la vuelve y mira la mezcolanza de arañazos, pintura y tierra que la lluvia no ha lavado todavía—. Tienes razón. No podemos pasarnos la vida sin hacer nada. Y Ky, tú sí hiciste algo cuando tus padres murieron. Recuerdo el dibujo que me regalaste en Oria. Intentaste llevártelos.

—No —digo, con voz entrecortada—. Los dejé en el suelo y eché a correr.

Cassia me abraza y me habla al oído. Palabras que son solo para mí, la poesía del amor, para darme calor y protegerme del frío. Con ellas, logra que deje de ser polvo y cenizas y vuelva a cobrar vida.

## Capítulo 50

### *Cassia*

—No entres dócil —le digo, por última vez, de momento. Ky sonríe, una sonrisa que es nueva para mí. Es la clase de sonrisa audaz y temeraria que conseguiría que la gente lo siguiera sin vacilar a un ataque aéreo, a una crecida.

—No me voy a morir —dice.

Pongo las manos en sus mejillas, paso los dedos por sus párpados, hallo sus labios, los cubro con los míos. Le beso los pómulos. La sal de sus lágrimas sabe como el mar y no veo la orilla.

Ky se ha ido. Está entre los árboles y yo estoy en el río. Y ya no hay tiempo.

—¡Haz lo que yo diga! —me ordena Indie después de ponerme un remo en las manos. Grita para que el ruido del agua no ahogue sus palabras—. ¡Si digo izquierda, rema por tu izquierda! ¡Si digo derecha, rema por tu derecha! ¡Si digo que te inclines, hazlo!

El rayo de su linterna frontal me ciega y me siento aliviada cuando se vuelve para mirar al frente. Me corren lágrimas por las mejillas a causa de la despedida y la luz.

—¡Ahora! —dice, y nos separamos de la orilla. Nos quedamos flotando un momento antes de que el río nos encuentre y nos lleve con él.

—¡Derecha! —grita Indie.

Copos de nieve dispersos nos adornan la cara conforme avanzamos, pequeñas pinceladas blancas en el haz de nuestras linternas frontales.

—¡Si volcamos, agárrate a la barca! —grita Indie.

Solo ve por delante de ella lo suficiente para dar una sola orden, tomar una sola decisión; está clasificando de un modo que yo sería incapaz, mientras el agua plateada le salpica la cara y ramas negras nos azotan desde las orillas, con árboles caídos en mitad del río.

La imito, la sigo, intento repetir sus remadas. Y me extraño de que la Sociedad la descubriera en el mar aquel día. Es un buen Piloto, en este río, esta noche.


No sé si han pasado horas o minutos. Solo estoy atenta a los cambios de la corriente y los recodos del río, a los gritos de Indie y los remos que cortan el agua a sendos lados de la barca.

Miro arriba, una vez, consciente de que algo sucede por encima de mí: el final de la noche, la primera parte de la madrugada que aún es negra, pero de un negro que parece estar difuminándose por los bordes. No reacciono cuando Indie me grita que reme por la derecha, volcamos y caemos al río.

Agua fría y oscura, envenenada por las esferas de la Sociedad, fluye por encima de mí. No veo nada y lo siento todo: agua helada, maderas que me azotan. Es el momento de mi propia muerte, y entonces algo me golpea en el brazo.

«Agárrate a la barca.»

Palpo el costado con los dedos, encuentro una de las asas, me agarro y trato de salir a la superficie. El agua sabe amarga. La escupo y me aferro bien a la barca. Estoy dentro de ella, debajo, atrapada y salvada por una burbuja de aire. Algo me hiere la pierna. He perdido la linterna frontal.

Es igual que en la Caverna: estoy atrapada, pero viva.

«Lo conseguirás», me dijo Ky en esa ocasión, pero ahora no está.

De pronto, recuerdo el día que lo conocí, el día de la límpida piscina azul en la que él y Xander se hundieron pero volvieron a salir.

«¿Dónde está Indie?»

La barca vira bruscamente a un lado y el agua se calma.

Veo una luz. Es Indie, levantando la barca. Estaba agarrada a la barca por fuera y, de algún modo, aún tiene la linterna frontal.

—Estamos en un remanso —dice, con vehemencia—. No va a durar. Sal y ayúdame a empujar.

Salgo de debajo de la barca. El agua está negra y vidriosa, momentáneamente encharcada en un ancho tramo del río, represada por algún dique natural.

—¿Aún tienes el remo? —pregunta Indie y, para mi sorpresa, descubro que sí—. A la de tres —dice.

Cuenta, damos la vuelta a la barca y nos agarramos a los lados. Ella salta al interior con la rapidez de un pez y coge mi remo para ayudarme a subir.

—Has conseguido agarrarte a la barca —dice—. Pensaba que por fin me había librado de ti. —Se ríe y también lo hago yo.

Seguimos riéndonos hasta que una ola del río nos azota e Indie grita, exaltada y triunfal. Yo la acompaño.


—El verdadero peligro empieza ahora —dice Indie cuando sale el sol, y sé que tiene razón. Aún hay mucha corriente; vemos mejor, pero también pueden vernos, y estamos agotadas. Los álamos de Virginia de este tramo del río han crecido poco porque compiten con unos enclenques árboles de color verde grisáceo mucho menos frondosos—. Debemos navegar cerca de la orilla para que no nos vean —añade—, pero, si vamos demasiado rápido y chocamos contra esas espinas, destrozarán la barca.

Pasamos por delante de un álamo de Virginia muerto con la corteza pardusca y escamosa que ha caído al río, agotado después de aferrarse a la orilla durante años. «Espero que Hunter y Eli hayan llegado a las montañas —pienso—, y que Ky esté protegido entre los árboles.»

Entonces lo oímos. Un ruido, en el cielo.

Sin decir una palabra, nos aproximamos más a la orilla. Indie trata de alcanzar las ramas espinosas con el remo para detener el avance de la barca, pero este resbala y no se queda trabado. Cuando volvemos a separarnos, clavo mi remo en el agua para frenar la barca.

La aeronave se acerca.

Indie alarga la mano y se agarra a una rama llena de espinas. Yo grito, sorprendida. Cuando ella no la suelta, salto de la barca y la acerco a la orilla. Oigo que las espinas arañan el plástico y pienso: «Por favor, no te rompas». Cuando Indie deja la rama, tiene la mano ensangrentada. Contenemos la respiración.

La aeronave pasa de largo. No nos ha visto.

—Ahora mismo, me tomaría una pastilla verde —dice Indie, y yo me pongo a reír, aliviada.

Pero no tenemos las pastillas, ni ninguna otra cosa. El agua se lo ha llevado todo cuando hemos volcado. Indie había atado nuestras mochilas a un asa de la barca, pero el agua las ha arrancado pese a sus concienzudos nudos; alguna rama o árbol ha cortado la cuerda y deberíamos estar agradecidas de que no haya sido nuestra carne o el plástico de la barca.

Vuelvo a subirme a la barca, y ya no nos separamos de la orilla. El sol alcanza su cénit. No vemos ninguna otra aeronave.

Pienso en mi segunda brújula perdida, hundida en el fondo del río como la piedra que era antes de que Ky la transformara.


Anochece. Los juncos de la ribera susurran mecidos por el viento y, en los vestigios del crepúsculo en un cielo hermoso y despejado, veo la primera estrella de la noche.

Luego, la veo brillar también en el suelo. O no en el suelo, sino en el oscuro espejo de agua que se extiende ante nosotras.

—Esto —dice Indie— no es el mar.

La estrella se apaga. Algo ha pasado por delante de ella, en el cielo o en el agua.

—Pero es enorme —digo—. ¿Qué más puede ser?

—Un lago —responde.

Un extraño zumbido surca el agua.

Se trata de un barco que se aproxima a toda velocidad. Es imposible dejarlo atrás, y estamos tan cansadas que ni lo intentamos. Aguardamos juntas, hambrientas, doloridas, flotando a la deriva.

—Espero que sea el Alzamiento —susurra Indie.

—Tiene que serlo —digo.

De pronto, mientras el zumbido se acerca, Indie me agarra del brazo.

—Yo habría elegido el azul para mi vestido —dice—. Lo habría mirado a los ojos, a quienquiera que fuera. No habría tenido miedo.

—Lo sé —afirmo.

Indie asiente y se vuelve para mirar al frente. Está muy erguida. Imagino la seda azul, del mismo color que el vestido de mi madre, ondeando alrededor de su cuerpo. La imagino de pie junto al mar.

Es hermosa.

Todas las personas poseen una cierta belleza. En mi caso, fue en los ojos de Ky en lo que me fijé primero, y los sigo adorando. Pero amar nos permite mirar, y mirar, y volver a mirar. Nos fijamos en el dorso de una mano, el ademán de una cabeza al volverse, un modo de andar. Cuando amamos por primera vez, el amor nos ciega y vemos al ser amado como un todo soberbio o como una hermosa suma de partes hermosas. Pero, cuando lo vemos por partes, cuando comenzamos a cuestionarlo («por qué nada así, por qué cierra los ojos así»), también podemos amar eso de él, y se trata de un amor más complicado y a la vez más completo.

El barco sigue acercándose y veo que sus tripulantes llevan ropas impermeables. ¿Lo hacen para no mojarse? ¿O saben que el río está envenenado? Me abrazo el cuerpo porque, de golpe, me siento contaminada, aunque la piel no se nos haya caído a tiras y hayamos resistido la tentación de beber agua del río.

—Levanta las manos —dice Indie—. Así verán que no tenemos nada. —Deja el remo en su regazo y alza las manos. El gesto es tan vulnerable, tan impropio de ella, que tardo un momento en imitarla.

Indie no espera a que ellos hablen primero.

—¡Nos hemos escapado! —grita—. ¡Queremos unirnos a vosotros!

El barco se aproxima más. Miro a sus tripulantes. Me fijo en sus lustrosas ropas negras y los cuento. Son nueve. Nosotras, dos. Ellos también nos miran. ¿Se han fijado en nuestros abrigos de la Sociedad, en nuestra estropeada barca, en nuestras manos vacías?

—¿Uniros a quién? —pregunta uno.

Indie no vacila.

—Al Alzamiento —responde.

## Capítulo 51

## *Ky*

Corro. Duermo. Como un poco. Bebo de una de las cantimploras. Cuando se vacía, la tiro. No tiene sentido rellenarla con agua envenenada.

Vuelvo a correr. Sin pausa. Por la orilla del río, bajo los árboles cuando es posible. Corro por ella. Por ellos. Por mí.

El sol baña el río. Ya no llueve, pero las charcas vuelven a estar intercomunicadas.

Mi padre me enseñó a nadar un verano en el que llovió más que de costumbre y algunos de los hoyos de los alrededores se transformaron en charcas durante una semana o dos. Me enseñó a contener la respiración, mantenerme a flote y abrir los ojos bajo el agua azul verdosa.

La piscina de Oria era distinta. Estaba hecha de cemento blanco en vez de roca roja. A menos que el sol me cegara, veía el fondo desde casi todos los ángulos. Los bordes eran rectos y lisos. Había niños saltando del trampolín. Parecía que todo el distrito estuviera en la piscina ese día, pero fue en Cassia en quien yo me fijé.

Me llamó la atención por su modo de estar sentada en el bordillo, tan quieta. Casi parecía una imagen congelada mientras el resto de bañistas gritaba y corría. Por un instante, el primero desde mi llegada a la Sociedad, me sentí tranquilo, descansado. Cuando la vi, empecé a sentirme bien por dentro otra vez.

Cassia se levantó y supe, por la rigidez de su espalda, que estaba preocupada. Miraba una parte de la piscina en la que había un niño buceando. Me acerqué rápidamente a ella y le pregunté:

—¿Se está ahogando?

—No lo sé —respondió.

De modo que salté a la piscina para tratar de ayudar a Xander.

El cloro me irritó los ojos y tuve que cerrarlos un momento. Al principio, el escozor y el color rojo que veía a través de los párpados me hicieron creer que los ojos me sangraban e iba a quedarme ciego. Me los toqué, pero solo noté agua, no sangre. Mi pánico me avergonzó. Pese al dolor, volví a abrirlos para mirar alrededor.

Vi piernas, cuerpos, personas que nadaban, y entonces dejé de buscar a Xander. Solo fui capaz de pensar...

... «aquí no hay nada».

Ya sabía que la piscina estaba impoluta, pero me resultó muy extraño verla desde abajo. Incluso en las efímeras charcas de agua de lluvia, la vida arraigó. Creció musgo. Insectos acuáticos saltaron por su soleada superficie hasta que se secaron. Pero en el fondo de aquella piscina no había nada aparte de cemento.

Olvidé dónde estaba y traté de respirar.

Cuando salí atragantándome, supe que ella reparaba en mis diferencias. Su mirada se detuvo en el rasguño de la cara que me hice en las provincias exteriores. Pero me pareció que era bastante similar a mí. Captaba las diferencias y luego decidía cuáles importaban y cuáles no. Cuando se rió conmigo, me encantó cómo se le iluminaron los ojos verdes y se le formaron arrugas en las comisuras.

Yo era un niño. Supe que la amaba, pero aún no sabía qué significaba. Con los años, todo cambió. Ella cambió. Y también lo hice yo.


He escondido los tubos y los escritos en dos lugares distintos. Es imposible saber si los tubos todavía son viables fuera de las cajas de la Caverna, pero Eli y Cassia han confiado en mí. Los he dejado muy arriba, en el nudo de un viejo álamo de Virginia, por si hay una crecida.

Los escritos no van a tener que pasar mucho tiempo escondidos, de modo que los entierro a poca profundidad y señalo el lugar con una piedra que labro. Me gusta el dibujo. Podría representar las olas del mar. Las corrientes de un río. Las ondulaciones de la arena.

Las escamas de un pez.

Cierro los ojos y me permito recordar a las personas que ya no están.

Una trucha arcoíris centelleó en el río. Una maraña de hierba dorada tapizaba la orilla por la que Vick corrió y pensó en la chica que amaba. Sus botas dejaron huellas sin muescas en el suelo.

El sol se puso en una tierra que mi madre encontraba hermosa. Su hijo pintaba junto a ella con las manos mojadas de agua. Su marido la besó en el cuello.

Mi padre salió de un cañón. Mientras estuvo dentro, vio personas que sembraban y cosechaban sus propios cultivos. Sabían escribir. Quiso llevar todo aquello a sus seres queridos.

El lago solo está a unos centenares de metros. Abandono el refugio de los árboles.

## Capítulo 52

## *Cassia*

Después de ver tantos muertos en la Talla, tantos tubos inertes en la cueva, el corazón me palpita de alegría al ver el campamento rebosante de vida que tengo ante mí. Todas estas personas, viviendo, moviéndose. En la Talla, casi llegué a creer que éramos los últimos seres humanos de la Tierra. Mientras los tripulantes del barco nos remolcan a la orilla del lago, miro a Indie y ella también sonríe. El cabello nos ondea al viento y tenemos los remos en el regazo. «Lo hemos conseguido —pienso—. Por fin.»

—¡Dos más! —grita uno de los hombres del barco y, pese a mi felicidad por haber encontrado el Alzamiento, lamento que no haya podido gritar «tres». «Pronto —me digo—. Ky llegará pronto.»

Nuestra barca toca fondo en la orilla y reparo en que ya no es nuestra barca; ahora pertenece al Alzamiento.

—Habéis llegado justo a tiempo —dice uno de los hombres que nos ha remolcado. Nos ofrece su mano enfundada en un guante negro—. Estamos a punto de trasladarnos. Esto ya no es seguro. La Sociedad conoce nuestro paradero.

¡Ky! ¿Llegará a tiempo?

—¿Cuándo? —pregunto.

—Lo antes posible —responde—. Venid conmigo.

Se dirige a un edificio de hormigón próximo a la orilla del lago. La puerta metálica está cerrada, pero se abre de inmediato cuando él la golpea.

—Hemos encontrado a dos en el lago —dice, y las tres personas que hay dentro del edificio se ponen de pie. Sus sillas metálicas, un modelo antiguo fabricado por la Sociedad, chirrían cuando las separan de una mesa repleta de mapas y miniterminales. Llevan ropa verde de diario y la cara tapada, pero les veo los ojos.

—Clasificadlas —dice una de ellas, una funcionaria—. ¿Habéis estado en el río? —nos pregunta.

Asentimos.

—Vamos a tener que descontaminaros —dice—. Llevadlas primero ahí. —Nos sonríe—. Bienvenidas al Alzamiento.

Mientras salimos del minúsculo edificio, los tres funcionarios nos observan. Dos tienen los ojos castaños, uno azules. Hay una mujer. Dos hombres. Todos con patas de gallo. ¿Por trabajar demasiado? ¿Por hacerlo para la Sociedad y también para el Alzamiento?

Van a clasificarme, pero yo puedo hacer lo mismo.


Cuando nos hemos lavado, una mujer joven nos toma una muestra de los brazos y comprueba si nos hemos contaminado.

—Estáis limpias —dice—. Ha venido bien que lloviera y el veneno se haya diluido. —Nos conduce a otra parte del campamento.

Trato de fijarme en todo mientras caminamos, pero no veo mucho aparte de otras estructuras de hormigón, pequeñas tiendas de campaña y un vasto edificio que debe de albergar algo enorme.

Después de entrar en otro edificio similar al primero, la mujer abre una de las puertas del pasillo.

—Tú estarás aquí —dice a Indie— y tú aquí. —Abre una segunda puerta para mí.

Van a separarnos. Y estábamos tan concentradas en sobrevivir que ni siquiera hemos pensado en lo que deberíamos decir.

Recuerdo el dilema del prisionero. Así es como pillan a los reos, como saben si dicen la verdad. Debería haber supuesto que el Alzamiento también recurriría a esa técnica.

No hay tiempo para decidir nada. Indie me mira y esboza una sonrisa. Y yo recuerdo cómo me ayudó a esconder las pastillas en la aeronave. Ya hemos conseguido ocultar cosas una vez. Podemos volver a hacerlo. Le devuelvo la sonrisa.

Solo espero que las dos decidamos mantener en secreto las mismas cosas.


—Di tu nombre completo, por favor —dice un hombre que tiene una voz agradable.

—Cassia Maria Reyes.

Nada. Ni un solo parpadeo. Ningún indicio de que haya reconocido mi nombre, ninguna mención de mi abuelo o el Piloto. Sabía que no podía esperar nada semejante, pero, aun así, me estremezco, levemente decepcionada.

—Estatus en la Sociedad.

«Decide, deprisa, qué decir y qué no.»

—Ciudadana, que yo sepa.

—¿Cómo has acabado en las provincias exteriores?

No voy a mencionar a mi abuelo ni los poemas; ni tampoco a los archivistas.

—Me trasladaron aquí por error —miento—. Un funcionario de mi campo de trabajo me dijo que subiera a la aeronave con las otras chicas y no me hizo caso cuando le dije que era una ciudadana.

—¿Y luego? —pregunta el hombre.

—Luego huí a la Talla. Un chico nos acompañó, pero murió. —Trago saliva—. Llegamos a un pueblo, pero estaba vacío.

—¿Qué hicisteis allí?

—Encontramos una barca —respondo—. Y un mapa. Descifré el código. Nos indicó cómo encontraros.

—¿Cómo te enteraste de que existía el Alzamiento?

—Por un poema. Y luego, por escritos del pueblo.

—¿Salió alguien más de la Talla con vosotras?

Las preguntas son demasiado rápidas para pensar. ¿Es mejor hablarles de Ky? ¿O no? Mi vacilación, aunque es poca, me ha delatado y respondo sinceramente porque me estoy preparando para mentir sobre otra cuestión.

—Otro chico —respondo—. También estaba en los pueblos. Como no cabíamos todos en la barca, viene a pie.

—¿Su nombre?

—Ky —respondo.

—¿El nombre de tu otra compañera, la chica que está aquí ahora?

—Indie.

—¿Apellidos?

—No los sé. —Es cierto en el caso de Indie y lo es en parte en el caso de Ky. ¿Cuál era su apellido cuando vivió aquí?

—¿Encontrasteis alguna pista de dónde han podido ir los labradores?

—No.

—¿Qué te ha hecho decidirte a unirte al Alzamiento?

—Ya no tengo fe en la Sociedad después de lo que he visto.

—Es suficiente por ahora —dice el hombre en tono amable mientras cierra el miniterminal—. Accederemos a los datos que la Sociedad tiene de ti y obtendremos más información para saber dónde colocarte.

—¿Tenéis los datos de la Sociedad? —pregunto, sorprendida—. ¿Aquí?

Sonríe.

—Sí. Hemos descubierto que, aunque nuestras interpretaciones difieren, los datos suelen ser fiables. Por favor, espera aquí.


En el cuartito de hormigón con paredes completamente desprovistas de vida, recuerdo la Caverna. Todo en ella tenía el sello de la Sociedad: los tubos, la organización, la entrada camuflada. Incluso la grieta abierta en su carcasa, el túnel secreto que Hunter conocía, era como las grietas que la Sociedad tiene en su sistema. Recuerdo otras cosas. Polvo en los rincones de la Caverna. Una lucecita azul del suelo fundida y sin cambiar. ¿Ha podido más que la Sociedad todo lo que ella trata de controlar y dominar?

Imagino una mano abriéndose, retirándose, cortando una atadura, y al Alzamiento ocupando su lugar.

Al final, la Sociedad ha decidido que no merecía la pena conservarme. Mi funcionaria me consideró un experimento interesante: dejó que no me tomara la pastilla roja y me observó para ver qué hacía. Confundí su interés personal con un interés del sistema, creí que la Sociedad tal vez me consideraba especial, pero parece que, para ella, nunca fui nada aparte de una excelente clasificadora, un proyecto de investigación interesante que podía abandonarse en cualquier momento porque, a la larga, yo haría lo que los datos habían predicho.

¿Qué pensará de mí el Alzamiento? ¿Interpretará mis datos de un modo distinto? Debe hacerlo. Dispone de más. Sabe que he atravesado la Talla y bajado por el río. He corrido muchos riesgos. He cambiado. Lo siento, lo sé.

La puerta se abre.

—Cassia —dice el hombre—. Hemos analizado tu información.

—¿Sí?

«¿Adónde me enviarán?»

—Hemos decidido que donde más útil serás al Alzamiento es dentro de la Sociedad.

## Capítulo 53

## *Ky*

—Por favor, di tu nombre completo.

«¿Cuál debería utilizar?»

—Ky Markham —respondo.

—¿Estatus en la Sociedad?

—Aberrante.

—¿Cómo te enteraste de que existía el Alzamiento?

—Mi padre se unió a vosotros hace mucho tiempo —respondo.

—¿Cómo has dado con nosotros?

—Por un mapa que encontramos en la Talla.

Espero que mis respuestas coincidan con las de ella. Como de costumbre, no hemos tenido tiempo suficiente. Pero confío en mi instinto, y también en el suyo.

—¿Iba alguien más contigo aparte de las dos chicas que han llegado en barca?

—No —respondo. Esta es fácil. Sé que Cassia jamás delataría a Eli y a Hunter, por mucho que quiera confiar en el Alzamiento.

El hombre se recuesta en la silla. No altera la voz.

—Bien —dice—. Ky Markham. Explícanos por qué quieres unirte a nosotros.

Cuando termino de hablar, el hombre me da las gracias y me deja solo durante un rato. Cuando regresa, se queda en la puerta.

—Ky Markham.

—¿Sí?

—Enhorabuena —dice—. Trabajarás como piloto de aeronaves y serás trasladado a la provincia de Camas para recibir instrucción. Vas a ser muy útil al Alzamiento.

—Gracias —digo.

—Te irás esta misma noche —añade mientras abre la puerta del edificio—. Come y duerme en la carpa con los demás. —Señala una de las tiendas de campaña más grandes—. Hemos estado utilizando este campamento para reunir a fugitivos como tú. De hecho, una de las chicas con las que has venido debería seguir aquí.

Vuelvo a darle las gracias y voy rápidamente a la tienda. Cuando entro, es la primera persona que veo.

«Indie.»

No me sorprende. Ya contaba con esta posibilidad, pero, de todos modos, se me encoge el corazón. Esperaba volver a ver a Cassia aquí. Ahora.

Sé que volveré a verla.

Indie está sentada sola. Cuando me ve, se mueve para hacerme sitio en la mesa. Paso por delante de los demás, que comen y hablan de sus destinos. Hay unas cuantas chicas, pero la mayoría son chicos y todos somos jóvenes y llevamos ropa negra de diario. Se ha formado una cola para la comida en el otro extremo de la tienda, pero quiero hablar con Indie. Me siento a su lado y le hago la pregunta más importante:

—¿Dónde está Cassia?

—La han hecho volver a la Sociedad —responde—. A Central. A donde va Xander. —Pincha un trozo de carne con el tenedor—. Cassia sigue sin conocer su secreto, ¿no?

—Pronto lo sabrá —afirmo—. Se lo dirá él.

—Lo sé —dice.

—¿Cómo se la han llevado? —pregunto.

—En aeronave —responde—. La han mandado a un campo de trabajo donde hay un miembro del Alzamiento que puede filtrar personas a la Sociedad en el tren de largo recorrido. Es probable que ya esté en Central. —Se inclina hacia mí—. Estará bien. El Alzamiento ha comprobado sus datos. La Sociedad ni la había reclasificado aún.

Asiento y me recuesto en la silla. Cassia debe de estar decepcionada. Sé que esperaba quedarse en el Alzamiento.

—¿Cómo ha sido el camino a pie? —pregunta Indie.

—Largo —digo—. ¿Qué me dices del río?

—Envenenado —responde.

Me echo a reír, aliviado de que alguien en quien pese a todo confío me haya confirmado que Cassia está bien. Indie se ríe conmigo.

—Lo hemos conseguido —digo—. No hemos muerto ninguno.

—Cassia y yo nos caímos al río —explica—, pero parece que estamos bien.

—Gracias a la lluvia —digo.

—Y a mis dotes de piloto —añade.

—Van a fijarse en ti, Indie —digo—. Vas a ser importante para ellos. Ve con cuidado.

Ella asiente.

—Sigo pensando que acabarás yéndote —añado.

—A lo mejor te sorprendo —dice.

—Ya lo has hecho —afirmo—. ¿En qué vas a trabajar?

—Aún no me lo han dicho —responde—, pero nos vamos esta noche. ¿Lo sabes tú? ¿Adónde vas?

—A Camas. —Si tuviera que ir a algún lugar lejos de Cassia, elegiría Camas. La tierra de Vick. Quizá consiga averiguar qué ha sido de Laney—. Al parecer, mis datos sugieren que puedo ser un buen piloto.

Indie pone los ojos como platos.

—De aeronave —aclaro—. Nada más.

Me mira un momento.

—Bien —dice, y me parece percibir un deje burlón en su voz—. Cualquiera puede pilotar una aeronave. Las colocas en la dirección correcta y pulsas un botón. No es como bajar por un río. Hasta alguien tan pequeño como Eli sabría… —Se interrumpe, abandona su actitud juguetona y deja el tenedor.

—Yo también lo echo de menos —digo en voz baja. Pongo mi mano sobre la suya y se la aprieto.

—No les he hablado de él —susurra—. Ni de Hunter.

—Yo tampoco —digo.

Me levanto. Tengo hambre, pero aún me queda una cosa por hacer.

—¿Sabes cuándo te marchas? —pregunto.

Ella niega con la cabeza.

—Intentaré volver a tiempo para despedirme de ti —digo.

—Cassia no quería marcharse sin decirte adiós —observa—. Eso lo sabes.

Asiento.

—Me ha pedido que te diga que volveréis a veros —añade—. Y que te quiere.

—Gracias —digo.



Sigo esperando que la Sociedad se cierna sobre el lago como un manto de oscuridad, pero todavía no lo ha hecho. Pese a saber que no es lo que Cassia quería, una parte de mí no puede evitar alegrarse de que esté lejos del núcleo del Alzamiento.

Aquí es posible llevar prisa y mostrar un propósito sin llamar la atención. Los demás se dirigen a las aeronaves y se disponen a recoger las tiendas de campaña. No tengo que mirar al suelo. Los saludo con la cabeza cuando me cruzo con ellos.

Pero lo que no puedo manifestar es desesperación. De modo que, cuando se hace de noche y sigo sin encontrar lo que quiero, no permito que mi inquietud se refleje en mi rostro.

Y entonces, por fin, veo un individuo que podría ser lo que busco.

A Cassia no le gusta clasificar personas. A mí se me da demasiado bien y me preocupa terminar aficionándome a ello. Es un don que he heredado de mi padre. Y para que ese don deje de ser una ventaja y se convierta en una carga basta con dar uno o dos pasos en falso.

Aun así, debo arriesgarme. Quiero hacer llegar los escritos a Cassia para que pueda intercambiarlos en la Sociedad. Quizá los necesite.

—Hola —digo.

El hombre todavía no ha hecho el equipaje. Es alguien que tiene que quedarse hasta el final pero sin categoría suficiente para asistir a las reuniones de última hora con quienes deciden la estrategia, que consigue ser útil y pasar desapercibido, que es competente pero no destaca: el cargo ideal para alguien que es, o era, archivista.

—Hola —responde. Su rostro educado carece de expresión. Su voz es amable.

—Me gustaría oír la gloriosa historia del Alzamiento —digo.

Es rápido en disimular su sorpresa, pero no lo bastante. Y es inteligente. Sabe que me he dado cuenta.

—Ya no soy archivista —arguye—. Estoy con el Alzamiento. Ya no hago intercambios.

—Ahora sí —digo.

No es tan fuerte como para resistirse.

—¿Qué tienes? —pregunta mientras mira alrededor de forma casi imperceptible.

—Escritos de la Talla —respondo. Me parece percibir un nuevo brillo en su mirada—. Están cerca de aquí. Te diré cómo encontrarlos. Y luego necesito que se los hagas llegar a una chica que se llama Cassia Reyes y acaba de ser trasladada a Central.

—¿Y mi comisión?

—Elige tú —respondo. Es el pago al que ningún verdadero archivista es capaz de resistirse—. Coge lo quieras. Pero sé lo que hay y, si te quedas con más de una cosa, lo averiguaré. Te denunciaré al Alzamiento.

—Los archivistas somos honrados —alega—. Es parte de nuestro código.

—Lo sé —digo—. Pero me has dicho que ya no eras archivista.

Sonríe.

—Esto se lleva en la sangre.

He tardado demasiado en encontrar al archivista y no regreso a tiempo para despedirme de Indie. Su aeronave comienza a despegar cuando apenas queda ya luz y advierto que tiene la base quemada y dañada. Es como si hubiera tratado de aterrizar en un lugar donde no la querían y le hubieran disparado. Las pistolas de los señuelos no pudieron hacer eso.

Creo que se trata de una de las aeronaves que los labradores intentaron derribar.

—¿Qué le ha pasado a esa aeronave? —pregunto al hombre que está a mi lado.

—No lo sé —responde—. Salió hace unas noches y volvió así. —Se encoge de hombros—. Eres nuevo, ¿verdad? Ya verás que aquí solo sabemos lo que nos concierne. Es más seguro así, si nos cogen.

Eso es bien cierto. E incluso si tengo razón en cómo se quemó la aeronave, podría haber ocurrido de un modo distinto. Puede que el Alzamiento tratara de ayudar a los labradores pero ellos creyeran que las aeronaves pertenecían a la Sociedad.

Puede que no.

El único modo de averiguar cómo funciona este sistema es desde dentro.


El archivista viene a mi encuentro unas horas más tarde, justo cuando estoy a punto de partir. Me separo de mi grupo para hablar un momento con él.

—Está confirmado —susurra—. Ella ha vuelto a Central. Realizaré el envío ahora mismo.

—Bien —digo. Está a salvo. Han dicho que la llevarían a Central y lo han hecho. Un punto para el Alzamiento—. ¿Has tenido algún problema?

—Ninguno —responde. Entonces me da la piedra labrada con escamas—. Me ha dado pena dejarla, aunque sé que no te la puedes llevar —dice. El Alzamiento tiene reglas similares a la Sociedad: ningún objeto personal innecesario—. Es bonita.

—Gracias —digo.

—No hay muchas personas que sepan escribir letras como esta —dice.

—¿Letras? —pregunto. Entonces comprendo a qué se refiere. Creía que había labrado ondulaciones. U olas. O escamas. Pero, de hecho, parece la letra «C», repetida innumerables veces. Dejo la piedra en el suelo para señalar otro lugar donde hemos estado los dos.

—¿Has enseñado a alguien? —pregunta.

—Solo a una persona —respondo.

## Capítulo 54

## *Cassia*

La primavera acaba de comenzar en Central y el hielo del margen del lago ha empezado a derretirse. A veces, cuando voy al trabajo a pie, me asomo a la barandilla de la parada del tren aéreo para contemplar su distante superficie gris y las ramas rojas de los arbustos que lo bordean. Me gusta detenerme aquí. Ver cómo el viento agita el agua y mece las ramas me recuerda que, antes de regresar a la Sociedad, crucé ríos y cañones.

Pero no me detengo aquí por las vistas. La archivista con quien trato manda a alguien para que me observe y vea cuánto tiempo espero. Así sabe si estoy de acuerdo con las condiciones de nuestro siguiente intercambio. Si me quedo aquí hasta que llegue el próximo tren aéreo (solo faltan unos segundos), significa que las acepto. En los meses que llevo en Central, me he dado a conocer entre los archivistas como alguien que no realiza intercambios a menudo pero sí posee objetos de valor.

Me aparto de la barandilla y, al volverme, veo la urbe, sus edificios blancos y multitudes de personas vestidas con ropa oscura que la recorren. Me recuerdan a mí atravesando la Talla y, una vez más, me acuerdo de la vez, hace ya mucho tiempo, que vi el diagrama de mi cuerpo en el distrito, aquellos ríos de sangre y aquellos robustos huesos blancos.

Justo antes de que llegue el próximo tren, comienzo a bajar las escaleras.

El precio es demasiado bajo. No acepto. Todavía.

«No conocía esto de mí.»

Tampoco lo conocía todo de él. Pensaba que sí, pero las personas son hondas y complejas como los ríos, mantienen la forma y se esculpen como la piedra.

Me ha enviado un mensaje. Es difícil hacer una cosa así, pero él está en el Alzamiento y no es la primera vez que logra lo imposible. En el mensaje me dice dónde puedo reunirme con él. Cuando termine de trabajar, iré a verlo.

Esta noche. Lo veré esta noche.

Al pie de las escaleras, la escarcha ha dibujado una cenefa en la pared de cemento. Parece que alguien haya pintado estrellas o flores en el momento preciso, que haya plasmado de forma fugaz una belleza que se desvanecerá demasiado pronto.

## *Agradecimientos*

Este libro no existiría sin la amabilidad y el respaldo de:

Scott, mi marido, y nuestros tres maravillosos hijos (Cal, E y True);

mis padres, Robert y Arlene Braithwaite; mi hermano, Nic; mis hermanas, Elaine y Hope, y mi abuela Alice Todd Braithwaite;

mis primas Caitlin Jolley, Lizzie Jolley, Andrea Hatch, y mi tía Elaine Jolley;

mis amigos escritores y lectores Ann Dee Ellis, Josie Lee, Lisa Mangum, Rob Wells, Becca Wilhite, Brook Andreoli, Emily Dunford, Jana Hay, Lindsay y Justin Hepworth, Brooke Hoopes, Kayla Nelson, Abby Parcell, Libby Parr y Heather Smith;

Jodi Reamer y el maravilloso equipo de Writers House: Alec Shane, Cecilia de la Campa y Chelsey Heller;

Julie Strauss-Gabel y el fantástico grupo de Dutton/Penguin: Theresa Evangelista, Anna Jarzab, Liza Kaplan, Rosanne Lauer, Casey McIntyre, Shanta Newlin, Irene Vandervoort y Don Weisberg;

y todos los lectores, siempre.